Alissa Walser
Am Anfang war
die Nacht
Musik

Zu diesem Buch: Wien, im Januar 1777. Franz Anton Mesmer, der vielleicht berühmteste Arzt seiner Zeit, wird vom Hofrat Paradis gebeten, seine Tochter Maria Theresia zu heilen, eine blinde Pianistin und Sängerin, die als Wunderkind sogar schon vor der Kaiserin spielen durfte. Als Mesmer das Mädchen in sein magnetisches Spital aufnimmt, ist sie zuvor von unzähligen Ärzten beinahe zu Tode kuriert worden. Mesmer ist überzeugt, ihr endlich helfen zu können, und hofft, durch diesen spektakulären Fall für seine »magnetische Methode« die ersehnte Anerkennung der akademischen Gesellschaften zu erlangen. Auch über ihre gemeinsame tiefe Liebe zur Musik lernen Arzt und Patientin einander verstehen. Trotz rasch einsetzender Heilerfolge entfesseln die maßgebenden Köpfe der Zeit einen Aufsehen erregenden medizinischen Skandal.

Alissa Walser, geboren 1961, studierte in New York und Wien Malerei. Seit 1987 lebt sie in Frankfurt am Main. Für ihre Erzählung »Geschenkt« wurden ihr 1992 der Ingeborg-Bachmann-Preis und der Bettina-von-Arnim-Preis verliehen. 1994 erschien ihr Buch »Dies ist nicht meine ganze Geschichte«, im Frühjahr 2000 folgte der Erzählband »Die kleinere Hälfte der Welt«. Als Übersetzerin hat Alissa Walser außerdem die Tagebücher von Sylvia Plath sowie Theaterstücke unter anderem von Joyce Carol Oates, Edward Albee, Marsha Norman und Christopher Hampton ins Deutsche übertragen. 2009 erhielt sie für ihre Übersetzung der Gedichte Sylvia Plaths den Paul-Scheerbart-Preis, 2010 den Spycher Literaturpreis Leuk. Ihre eigenen Erzählungen wurden in englischer Übersetzung unter anderem in literarischen Zeitungen wie Open City und Grand Street veröffentlicht. Zuletzt erschien ihr Erzählungsband »Immer ich«.

Alissa Walser
Am Anfang war die Nacht
die Nacht
Musik

Roman

Piper München Zürich

Mehr über unsere Autoren und Bücher: www.piper.de

Von Alissa Walser liegen bei Piper vor:
Dies ist nicht meine ganze Geschichte
Am Anfang war die Nacht Musik
Immer ich

MIX
Papier aus verantwor-
tungsvollen Quellen
FSC® C013736

Taschenbuchsonderausgabe
Piper Verlag GmbH, München
April 2012
© 2010 Piper Verlag GmbH, München
Umschlagkonzept: semper smile, München
Umschlaggestaltung: Bauer+Möhring, Berlin
Umschlagmotiv aus der Kollektion von www.tapetender70er.de
Satz: Fagott, Ffm
Gesetzt aus der StonePrint und der MrsEaves
Papier: Munken Print von Arctic Paper Munkedals AB, Schweden
Druck und Bindung: Kösel, Krugzell
Printed in Germany ISBN 978-3-492-27387-9

Jeder Laut, den wir von uns geben,
ist ein Stückchen Autobiografie.

Anne Carson

Erstes Kapitel

An diesem Wintermorgen geht der bekannteste Arzt der Stadt, verfolgt von seinem Hund, die Treppe vom Schlaftrakt zu seinen Praxisräumen hinab. Die honigbraunen Stufen erlauben bequeme Schritte und den Hundepfoten einen mühelos rhythmischen Trab. In diesem Haus gibt es keine steilen, schmalen Stiegen. Wie früher, im Haus seiner Eltern. Wo er stets durch eine Luke in den Dielen wie auf einer Leiter in den unteren Stock hinunterkletterte – wenn er nicht fiel und sich dabei blaue Flecken holte.

Natürlich wäre er lieber im Bett geblieben. Draußen ist es stockdunkel und kalt. Doch steht ein wichtiger Krankenbesuch an, vielleicht der wichtigste seiner Laufbahn: Er soll die blinde Tochter des kaiserlich-königlichen Hofbeamten Paradis untersuchen. Frau Hofsekretär hat um einen Hausbesuch gebeten. Des Aufstiegs wegen ist er so früh auf den Beinen. Und steigt diese Treppe hinab, die zu keinem Frühaufsteher passt. Die üppige Breite, die nur angedeutete Spirale – ein nicht ganz zu Ende gedachtes Schneckenhaus – erinnern an eine Harmonie, die höchstens der Ausgeschlafene empfindet. Ist er nicht. Und dass Kaline, das Hausmädchen, Lampen und Ofen angezündet hat, ist ein schwacher Trost, solange sie selbst sich nicht blicken

7

lässt. Wenn er wenigstens musizieren dürfte. Da wohnt er nun seit seiner Heirat in diesem prächtigsten aller Häuser, mit so vielen Zimmern, dass selbst sein Instrument ein eigenes hat, und darf jetzt trotzdem nicht spielen. Dabei fängt ein guter Tag immer mit Musik an. Fünf Minuten auf seiner Glasharmonika genügen. Mozart, Haydn oder Gluck oder einfach die Finger laufen lassen, bis sie selbst eine Melodie finden und leicht über die Tastatur fegen wie eine Katze, die im Schnee spielt. So leicht läuft dann auch der Tag.

Aber Anna, seine Frau, schläft, die Patienten schlafen, alle schlafen noch, das ganze Haus. Wahrscheinlich ist auch Kaline wieder eingeschlafen. Das sieht ihr ähnlich. Kaum lässt sie sich nieder, auf der Küchenbank neben dem Herd oder auf dem Hocker im Waschraum, sinkt sie in einen tiefen Schlaf. Vor zwei Tagen erst hat er sie in diesem Zustand sogar im Salon ertappt. Zurückgelehnt in eines der Kissen glich sie einem zierlichen Tier mit geschlossenen Augen. Oder einer schlanken Pflanze. Einer vom Schlaf überraschten Blüte. Gern hätte er länger auf ihre leicht gewölbten Lider geblickt. Geschlossene Augen haben etwas so Unschuldiges, Wehrloses. Doch er musste sie wecken. Seine Frau wurde in solchen Fällen schnell laut, viel zu laut für ein arglos schlafendes Mädchen. Er sagte ihren Namen, aber Kaline wachte nicht auf. Hinfassen wollte er nicht, also blieb er stehen und fing an, ihr ins Gesicht zu blasen, bis sie die Augen aufschlug. Eher erstaunt als erschrocken, Entschuldigung murmelnd. Unbemerkt stand Anna in der Tür, und so wurde es doch noch sehr schnell sehr laut, so laut, dass an Schlafen überhaupt nicht mehr zu denken war. Das Schimpfen vertrieb jeglichen Schlaf in die hintersten Winkel des Hauses. Hinab in die dunklen Kellergewölbe. Und hoch hinauf, höher noch als die Zimmer der Bediensteten, in diese winzige Kammer direkt unterm Dach. Ein Stübchen wie von Spinnweben eingesponnen, wo die Fenster, der Tauben wegen, vernagelt blieben. Dort war der Schlaf noch Schlaf, dieser natürlichste Zustand des Menschen. Und der ihm am meisten entsprechende. Schließlich beginnt des Menschen Dasein im Schlaf. Und wozu hat denn die Natur ihn vorgesehen, wenn nicht dazu, ihr Dasein fortzuführen. Und welcher Zustand wäre hierfür geeigneter als der des Schlafs? Mesmers eigene These: Man wacht, um zu essen und zu trinken, damit man ohne zu verhungern schlafen kann. Der Mensch wacht, um zu schlafen.

Nur er nicht. Er schläft, um zu arbeiten. Er muss mit den Vögeln raus, nein, weit vor ihnen. Sein Tag beginnt, da träumt noch kein Vogel von noch keiner Sonne. Und was heißt hier Sonne, was Vogel. Wien im Januar. Weder Sonne noch Vögel. Krähen ja, Rabenvögel. Große schwarz-graue russische Krähen, in der Wiener Nebelsuppe kaum zu unterscheiden vom Steingrau der Häuser. Und wie sie ewig um Futter streiten.

Was den Schlaf angeht, ist seine Frau überraschenderweise ganz und gar seiner Meinung. Anna behauptet sogar, Aufstehen vor zehn schädige die Gesundheit.

Und ein Mensch mit geschädigter Gesundheit sei nicht nach Gottes Geschmack. Und das in einem Ton, dass nicht einmal der Leibarzt der Kaiserin, Störck, wagen würde, ihrem Blick zu begegnen. Herr Prof. Dr. Anton von Störck. Der seine Studenten stets warnt vor dem Schlaf, vor dem Müßiggang. Und hatte sich der Student Mesmer nicht besonders angesprochen gefühlt von diesem Thema? Er, ein Student und über dreißig Jahre alt. Die Doktorarbeit erst mit dreiunddreißig. Der ewige Student, eine Gattung, über die seine Eltern oft gespottet hatten. Zu der sie auch ihn gerechnet hatten. Angenehm war das nicht. Er hatte tatsächlich eine Ewigkeit studiert. Erst Theologie und Mathematik, dann Jura und Philosophie, dann Medizin. Die bewährte Kombination. Mustergültig. Faulheit konnte ihm keiner vorwerfen. Auch wenn er immer gut geschlafen hat. Aber Professor Störck macht keinen Unterschied zwischen Schlafen und Faulenzen. So wie er keinen Unterschied macht zwischen Mesmers neuer Methode und dem, was irgendwelche Okkultisten, Astrologen und Scharlatane sich ausdenken. Seine Doktorarbeit hatte Störck noch akzeptiert. Auch wenn er geschluckt hatte, als er den Titel las. *De planetarum influxu in corpus humanum.* Über den Einfluss der Planeten auf den menschlichen Körper. Bis Mesmer ihm erklärt hatte, dass es ihm nicht um Horoskope gehe, sondern um eine wissenschaftliche Untersuchung darüber, wie die Gestirne sich auf die Erde auswirkten. Am Ende hatte er den Baron halbwegs überzeugt. Zumindest setzte der seine Signatur unter die Arbeit. Seither durfte Mesmer sich Doktor der Medizin nennen.

Aber am frühen Morgen an Herrn von Störck denken! Miserabler kann ein Tag nicht beginnen, als mit dem Gedanken an seinen ehemaligen Professor. Dem er einst so sehr vertraute, dass er ihn, auf Wunsch Annas, sogar zum Trauzeugen machte. Jetzt wird er ihn nie wieder los. Und auch dieser Gedanke bleibt selten allein: Wie im wahren Leben vermehren sich das Unangenehme und das Unangenehme zu Unangenehmem. Was so früh am Morgen besonders unangenehm auf den Magen schlägt. Prof. Ingenhouse, der berühmte Pocken-Impfer aus London, fällt ihm ein, Mitglied der Königlichen Akademie. Zu Mesmers Entdeckung äußerte er öffentlich: Nur das Genie eines Engländers sei imstande, eine solche Entdeckung zu machen. Es könne sich also um nichts Wesentliches handeln. Und jetzt impft Mr. Ingeniös die Wiener gegen die Pocken! Ohne sich um die Folgen zu scheren. Und Dr. Barth, der berühmte Starstecher, und wie sie alle heißen. Die ganze Mediziner-Mischpoke, die ihn nicht gelten lässt und seine neue Heilmethode schon gar nicht. Die ihn vernichten wollen. Jetzt, an diesem frühen Morgen an sie denken, denkt er, ist Selbstvergiftung. Gedanken, denkt er, sind wie Arznei. Falsch dosiert, und man geht zugrunde daran.

Er trabt los, durch den großen Behandlungssaal. Der Hund, vor Freude über den Tempowechsel, springt an ihm hoch. Mit einer Hand wehrt er ihn ab, während die

11

andere in der Tasche des Hausrocks nach dem Schlüssel zum Laboratorium tastet. Und ein Ledersäckchen findet – es ist leer. Das Mädchen wüsste, wo der Schlüssel ist, aber wo ist das Mädchen. Ruft er sie, ruft er das ganze Haus wach. Leise fluchend gelangt er in den hinteren Flur: die Tür zum Laboratorium. Steht offen!

Der Schlüssel zum geheimsten, zum wichtigsten Raum im Haus steckt im Schloss! Von innen. Weiß Gott, wer das verbrochen hat. Glück für Kaline, dass der Schlaf sie verschluckt hat. Der Hund, wie immer vornweg, steht schon beim Fernrohr. Und wie er sich freut. Dieses mächtige Wedeln. Wie er lächelt. Sein lächelnder Hund. Wie lächerlich, denkt er und sieht Hundehaare durch die Luft schweben, Richtung Mikroskop! So gern er dieses freundliche Hundegesicht hat, er scheucht ihn hinaus.

Sein Blick wandert die bekannten Geräte ab, das Fernrohr, die Elektrisiermaschine bis hin zu der Wand, an der, wie die Jagdtrophäen in der Försterstube seines Vaters früher, die Magnete hängen. Längliche, ovale, runde, nieren- und herzförmige. Ein Stück neben dem anderen füllen sie das Feld, lückenlos. Will heißen: Alle sind da, keiner fehlt.

Er holt tief Luft. Nimmt einen frischen Arztkittel aus dem Schrank, dem Anlass entsprechend den hechtgrauen aus Seide. Den mit den goldenen Tressen. Dazu weiße Strümpfe. Er tauscht den Morgenrock gegen frische Sachen und tupft sich Blütenwasser auf die Stirn. Pflückt zwei ovale und den herzförmigen Magneten von der Wand, trägt sie zum Holztisch vor dem Fenster, reibt sie mit einem Seidentuch.

Die ganze Nacht hat es gestürmt und geschneit. Im Schein der Hoflampe sieht er, dass noch immer Schnee fällt. Vereinzelte winzige Flöckchen im Lichtkreis, als wollten sie nie zu Boden, ewig nur in der Luft tanzen. Wie Jungfer Ossine, von ihren Ängsten umhergewirbelt wie ein Flöckchen vom Wind.

Bestimmt hat sie wieder so eine teuflische Nacht gehabt. *Nachts war ich einsam. Und die Einsamkeit gewährte dem Teufel Einlass.* Das sind ihre Worte. So drückt Jungfer Ossine aus, dass sie nicht besser sprechen kann als denken und nicht besser denken als ihre eigne Großmutter.

Aber er, warum hat er ihre flockigen Formulierungen im Kopf. Es müsste umgekehrt sein. Sie müsste die seinen in sich herumtragen. Nichts ist, wie es sein soll an diesem frühen Morgen. Wörter von irgendwoher ziehen ihm wie selbstständig durch den Kopf. Er traut ihnen nicht. Wörter wie ohne Bodenhaftung. Aus alter, uralter Luft gegriffen. Ungenau. Unwahr. Wörter, die er übersetzen muss, um sich wiederzuerkennen.

Wenn Jungfer Ossine vom Teufel erzählt, heißt das: Sie hat nicht schlafen können. Hat sich in ihrem Bett gewälzt. Kopfschmerzen. Dazu ein hysterisches Fieber. Sie hat erbrochen und erbrochen, bis zum Morgengrauen.

Das heißt, sie wird alle fünf Minuten nach ihm rufen lassen. Kurz gesagt, Jungfer Ossines teuflische Nacht bedeutet: Mesmer steht ein höllischer Tag bevor. Vor allem da die Welt nicht nur aus Jungfer Ossine besteht. Die neue Patientin heißt Maria Theresia. Ihr Vater, der Hofsekretär, ist Musikliebhaber. Sie selbst eine virtuose Klavierspielerin. Die Familie stadtbekannt. Auch die Kaiserin kennt sie. Und liebt sie. Maria Theresia. Er wird sie heilen. So fügt sich eins zum anderen.

Er schiebt die Magnete in die mit hellblauer Seide gefütterten Säckchen, zieht die Kordeln oben zu. Zwei wandern in seine Arzttasche, eines in die Innentasche seines Kittels. Er zupft den Stoff in Brusthöhe zurecht. Keiner soll etwas merken. Keiner soll fragen, warum er, der Arzt, der Kranke mit Magneten behandelt, einen Magnet am Leib trägt. Ist er vielleicht selbst krank? Ein Kranker, der Kranke heilen will? Das ist verdächtig! Er will den Leuten nichts erklären müssen. Sie haben keine Bildung, können ihn nicht verstehen. Anders seine Kollegen. Die könnten ihn verstehen. Aber sie wollen nicht. Herr von Störrisch nicht und Dr. Ingeniös noch weniger. Der wollte nicht mal verstehen, als Mesmer die Jungfer Ossine vor seinen Augen kurierte.

Aus einem Stall war ein Schwein ausgebrochen, in panischem Galopp durch die engen Wiener Gassen galoppiert und beinahe mit Jungfer Ossine kollidiert. Als man sie zu Mesmer brachte, war sie ohnmächtig. Gute Gelegenheit, sein Können zu demonstrieren. Er hatte Ingenhouse rufen lassen, damit er sich von der Wirklichkeit des magnetischen Prinzips überzeugen könne. Er glaubte nicht, dass der tatsächlich kommen und dann auch noch widerspruchslos ausführen würde, was Mesmer ihm auftrug. Doch von sechs weißen Porzellantassen auf dem Tisch wählte Ingenhouse eine beliebige aus, überreichte sie Mesmer, damit dieser die magnetische Kraft auf sie übertrage. Danach trug Ingenhouse alle Tassen zu der Ohnmächtigen ins Zimmer nebenan. Als sie mit der magnetischen Tasse in Berührung kam, zuckte ihre Hand vor Schmerz zurück. Ingenhouse wiederholte den Versuch mit allen sechs Tassen. Aber die Jungfer reagierte nur auf die eine magnetische, erwachte schließlich und fühlte sich schwach, aber gut. Prof. Ingeniös konnte es kaum fassen. Schüttelte den Kopf, sagte, unglaublich, und wiederholte es immer wieder, als glaube er sich selbst nicht. Bis er gestand: Er sei überzeugt. Umso erstaunter war Mesmer, dass Ingenhouse wenige Tage später öffentlich verbreitete, er sei Zeuge einer betrügerischen Demonstration geworden. Eines abgekarteten Spiels zwischen Mesmer und einer Patientin.

Als Jungfer Ossine, die längst wieder vertrauensselig durch die engen Wiener Gassen spazierte, zu Ohren kam, dass man sie des betrügerischen, abgekarteten Spiels bezichtigte, verfiel sie in ihre alten Krämpfe. Da hatte Mesmer sie in sein Spital aufgenommen.

Herr Dr. Ingeniös interessiert sich nicht für die Gesunden. Sie stoßen ihn sogar ab. Den ziehen die Kranken an, mit den schlimmen und schlimmeren Symptomen, die er ihnen aus dem Leib herauserklärt. Aber was bringen Erklärungen. Genügt es nicht, zu heilen? Herr Dr.

ist wie alle Menschen. Leicht zu entflammen für eitle Einbildung und schwer zu erwärmen für die Wahrheit. Die Wahrheit ist: Ein Magnet gibt die Kraft. Das braucht Mesmer nicht zu beweisen. Er spürt es.

Durchs Fenster sieht er die Köchin über den Hof gehen. Wahrscheinlich ist es später, als er dachte. Seine Uhr, wo ist seine Uhr. Er wird zu spät kommen. Kaline. Wo ist Kaline. Die Köchin. Nein, diese Köchin nach der Uhr ist wie einen Raben nach einem Stück Käse zu fragen.

Der Kutscher wartet schon. Auf ihn. Draußen in der Kälte. Er wirft sich den weiten schwarzen Wollmantel über, schlingt ein dickes wollenes Tuch um den Hals. Tupft einen weiteren Finger Rosenwasser, diesmal hinters Ohr, und schließt sorgfältig die Tür hinter sich ab. Der Hund begrüßt ihn, als hätte er ihn seit Tagen nicht gesehen. Er folgt ihm hinaus. Im Hof geht er eigene Wege. Tappt Richtung Stall, Pfoten ins frische Weiß. Wie schwarze Noten auf weißem Papier, denkt Mesmer. Eine Melodie fällt ihm ein. Im Hof dämpft der Schnee jedes Geräusch, außer Schneegeräuschen. Mesmers Schritte knirschen so laut, dass er erschrocken stehen bleibt und zum Schlafzimmer seiner Frau hinaufschaut. Alles still oben. Glück gehabt. Glück und Stille, alte Verwandte. Aber natürlich nimmt ihm das keiner, den es vorwärts drängt, ab. Die gehen doch davon aus, dass hinter allem das Unbegriffene steckt. Und das muss auf den Begriff gebracht werden. Weiter auf Zehenspitzen zur Kutsche. Hinein in das prächtige Winterbild mit zwei Rappen vor einem Schlitten. Zwei vollbeschirrte Pferde kauen und drehen die Köpfe und wenden sich wieder dem Hafer zu in den Säcken vor ihren Mäulern. Dem Bild fehlt ein Kutscher. Alle sind sich selbst genug. Er nicht. Er könnte die Pferde umarmen, den Kopf an ihre warmen Hälse legen, über ihre Kruppen streichen. Pferde rauben keine Kraft. Umgekehrt. Sie geben Kraft. Aber die neue Patientin. Und ihr Vater, der Hofsekretär. Ein kaiserlich-königlicher Hofsekretär kann weder mit einem unpünktlichen noch mit einem nach Pferd riechenden Arzt verkehren.

Beamte sind alle gleich. Je pünktlicher und parfümierter man ihnen entgegentritt, desto gnädiger wird man empfangen. Und was will man mehr, als gnädig empfangen werden. Gnädiger als gnädig. Am allergnädigsten.

Die Hände in den Manteltaschen tritt er sachte auf der Stelle. Dabei macht seine Rechte, unerwartet, eine große Entdeckung: eine Uhr an einer Kette. Und als er sie herauszieht, besteht keinerlei Grund mehr zur Eile. Und kaum kommt es nicht mehr drauf an, klappt alles wie am Schnürchen. Der Kutscher hastet durch die Tür eines der Nebengebäude, lässt sie eilig ins Schloss fallen. Doch Mesmer hält die Eile für gespielt. Sein sattes Gesicht verrät, der Kutscher hat gerade in Ruhe gefrühstückt. Und jetzt nimmt er, ihn grüßend, den Pferden das ihre weg.

In die innere Stadt, sagt Mesmer. Am Roten Turm könne er ihn absetzen. Von dort aus gehe er zu Fuß zu diesem Haus mit dem langen Namen. Wie hieß es? *Schab den ...*

Zum Schab den Rüssel, antwortet der Kutscher und schnalzt, bis die Rappen in Gang kommen.

Normalerweise fängt die Donau die ersten Lichtstrahlen am Morgen und bewahrt am Abend die letzten. Heute aber macht der Schnee die Donau schwarz. Die Donau ist eine Uhr. Sie lässt Zeit, Wetter und Jahreszeit ablesen. Er könnte sein Leben nach der Donau ausrichten. Überhaupt nach Flüssen, nach Wassern, nach an- und abschwellenden Fluten. Die den Bewegungen der Planeten folgen. Den Konstellationen von Sonne und Mond. Sie bestimmen die Welt. Alles, woraus wir gemacht sind, das Feste, das Flüssige. Er hat die alten Schriften studiert, Galilei gelesen, Gassendi, Kepler, Descartes. Und er hat die Natur studiert, ihre wilden Gesten. Die Ozeane, Ebbe und Flut. Die Winde – Stürme und Unwetter. Die Erde – Beben und Vulkanausbrüche. Jungfer Ossines Krampfanfälle und Zuckungen und unzählige andere Bewegungen. Die seiner Frau zum Beispiel mit ihren Reizbarkeiten und Wutausbrüchen. Und seine eigenen – Gott sei Dank eher seltenen – Nierenschmerzen. Und bald auch die Körpersprache der neuen Patientin: Ihre Blindheit wird er studieren. Und dabei wird er die Augen verschließen vor dem Einstudierten. Vor der auswendig gespielten Rolle. Und wird die Sinne öffnen gegenüber ihrer Verstocktheit.

Von denen, die er ernst nimmt, die wissenschaftlich denken und um exakte Messungen bemüht sind, wie er selbst, ahnten viele den Einfluss des Universums auf die untermondische Welt. Aber erst Newton gelangte zu universellen Prinzipien. Klarer Kopf, klare Sprache, klare Gesetze. Seit Jahren beschäftigt ihn Newtons System. Es entspricht mit ziemlicher Sicherheit der Vernunft. Newton ist groß. So groß, dass er sogar zugeben kann, wenn er ratlos ist. *I know there is an aether. I do not know what this aether is*. Einer dieser Sätze, die Newton unschlagbar machen. Dieser Satz tickt in Mesmer. Unablässig. Mal schneller, mal langsamer ... Nur, mit Verlaub, eine winzige Anmerkung ... Er will ihm ja nichts vorwerfen, aber Newton, der Physiker ... kann es sein, dass er die Einflüsse der Planeten auf alles Lebendige ein klein wenig unterschätzte? Sich vielleicht ein klein wenig zu sehr auf die Messgeräte verließ? Mesmer ist Mediziner. Und Mediziner müssen weiter denken. Müssen die leisesten Veränderungen im Gleichgewichtsgefüge ernst nehmen. Auch wenn sie mit neuester Technik nicht messbar sind. Was ist ein Barometer gegen den Mond. Der wie die Wasser auch die Lüfte hinter sich zusammenzieht und sammelt. Auch wenn die Luftfluten auf keinem Messgerät je abzulesen waren. Soll es sie deshalb nicht geben? Lächerlich. Nein, man muss weiterdenken! Warum sind sie nicht messbar? Weil der Mond, der Schlaumeier, natürlich das Gewicht der Luftfluten, die er zusammenzieht, gleichzeitig hebt!

Körper spüren, wo Barometer versagen. Sie sind durchdrungen von diesen Fluten. Von dem Einen. Dem Fluidum. Dem feinsten, allerfeinsten Stoff, den das Universum zu bieten hat. Feiner noch als der feinste Äther. Das ist Gesetz. Sein Gesetz. Und keiner soll ihm widersprechen. Vor allem nicht die Herren Doktoren von der Akademie. Vor allem nicht sein ehemaliger Professor, sein Doktorvater und Trauzeuge Anton von Störck! Alle müssten es anerkennen. Bauern, Priester, Rechtsanwälte, Ärzte, Musiker, Musikliebhaber, Köchinnen, Kutscher, Hausmädchen, die Kaiserin, ihr Hofstaat, ihre Minister, ihre Sekretäre, ihre Zofen und Kammerburschen, ihre Söhne und Töchter und sämtliche Jungfern im Lande.

Wien, die größte Stadt, in der er je gelebt hat. Ein großer Haufen Steine. Ein stinkender Haufen. Es stinkt, wohin man geht, vor allem in den brütend heißen Sommern. Unerträglich. Und Menschen. So viele, dass man unmöglich jeden Musikliebhaber kennen kann. Es wimmelt von Musikliebhabern in dieser Stadt! Es wimmelt von Musikern. Alle wollen nach Wien, zum Theater, zur Oper, zum Hof. Und zur Kaiserin. Sie scheint ein Magnet zu sein. Ein Magnet mit einer Kraft, die eine ganze Stadt magnetisieren kann, eine so große Stadt wie Wien. Dabei ist Wien manchmal auch so winzig klein (und vertratscht) – dass man mühelos alles über jeden erfährt. Mitunter mehr, als man möchte. Die neue Patientin sei arm dran, hat er gehört. Sie sei hässlich. Sie sei schön. In ihrem Leid. Sie kleide sich unvorteilhaft. Sie spiele besser Klavier, als sie singe. Sie habe einen vollkommenen Star. Sie täusche ihre Blindheit nur vor. Einigkeit herrscht nur in einem: Die Kaiserin schätze das

Mädchen über alle Maßen, verehre sie sogar. Er wird sie heilen. Darin ist er einig mit sich. Der Rest ist Mythos, denkt er, als der Schlitten mit einem Ruck stehen bleibt.

Ringsum frischer Schnee. Kaum Fußstapfen darin. Er bitte ihn, doch weiterzufahren, ruft er dem Kutscher zu und schaut durchs Fenster hinaus, während die Pferde langsam vorantrotten. Bis vor ein Haus mit gewaltiger Symmetrie und so vielen Fenstern, dass er sich wie beäugt vorkommt.

Langsam geht er auf die dunklen Fenster zu. Und schaut hinauf zum zweiten Stock, der hell erleuchtet ist. Eine gleißende Zeile Licht, in die er schaut, bis er das Dunkle aus den Augen verliert.

Zweites Kapitel

So muss ein Mensch empfangen werden. Von einem hübschen, wachen, schon seit dem frühen Morgen wachen Hausmädchen. Dem selbstverständlichsten Hausmädchen Wiens, das einem an der Tür einen Sekunden-Blick zuwirft, einen Blick, der sich kaum blicken lässt. Und die sich dann dreht und einen Schnörkel in die Luft winkt, der zum Tanz auffordert und fast schon zum Missverständnis. Und dann folgt er diesem hellen Nacken unterm hochgesteckten Haar durch die vielen dunklen Korridore, wie es sie in jedem Haus gibt. Und im Salon wird es wieder hell, und sie dreht sich zu ihm, schaut ihn an, als habe er ihre Augen jetzt verdient, und mindestens eine Sekunde lang. Doch sie hat harte Konkurrenz bekommen: ein Pianoforte. Und nicht nur eines: zwei Pianoforte im selben Salon. Mesmer kann schon kaum noch wegschauen von den Instrumenten, die da seelenruhig nebeneinanderstehen wie die Pferde vor der Kutsche mit offenen Mäulern.

Die Herrschaften seien sofort bereit, hört er die Mädchenstimme.

Und er, er dankt ihr, dass sie ihn hereingeführt hat. Und auf ihren sich senkenden Blick, zur Eile bestehe keinerlei Grund, so solle sie es bitte schön weitergeben.

Kaum ist die Kleine zur Tür hinaus, sitzt er am Instrument.

Die rechte Hand lässt er liegen auf seinem Oberschenkel, mit der Linken schlägt er die Töne an. Wie kernig sie klingen in diesem Raum, bevor sie ineinander verschwimmen. Der leichte Anschlag fällt ihm auf. Keine Frage, eine Wiener Mechanik. Der kleine Mozart hätte seine helle Freude dran. Und an seinem Motiv, ob er daran auch Freude hätte? G-B-E-D-A. Ein ruhiger Fluss. Zieht ihn mit, lässt ihn nicht los. Er wiederholt, variiert Tonlängen und Rhythmus, fügt Pausen ein und einen Triller. Und begegnet dem Nachklang der Töne mit Tönen. Nach einer Weile nimmt er seine Stimme dazu. Fängt an, die Änderungen zu summen, eh er sie auf dem Klavier anschlägt.

Ein Räuspern von der Tür. Der Herr Hofsekretär. Hinter ihm Frau Hofsekretär. Eine schlanke Frau mit Haube. Und hinter ihr etwas Undefinierbares.

Ah, der Herr Hofsekretär geht auf ihn zu. Er sehe, sagt er, den Richtigen im richtigen Haus. Das klinge nicht schlecht. Er wisse, wie schwierig Klavierspielen sei, aus eigener Erfahrung selbstverständlich. Wie viele Menschen spielten Klavier und brächten es ja auch ganz hübsch zum Klingen … Er verbeugt sich, und Mesmer bemüht sich, seine Verbeugung möglichst zeitgleich und symmetrisch auszuführen. Kein Mann soll den andern beim Verbeugen beobachten können.

Herr Paradis …

Herr von …, sagt Paradis.

Das nun noch nicht, platzt Mesmer dazwischen, dass der andere zur Wiederholung gezwungen ist.

Herr von Paradis, sagt er.

Jäh hat er sich aufgerichtet. Und wie streng er plötzlich klingt, der Herr Hofsekretär. Dieser Klang hilft der Frau Hofsekretär offenbar, einzutreten, und was sie hinter sich hervorzaubert, entpuppt sich als die Tochter.

Der erste Eindruck zählt. Das, was ihn trifft wie ein Blitz. So heftig, dass er kurz die Augen schließen muss. Und dann überschlägt sich sein Kopf im Versuch, aus allem das Wichtige, Richtige herauszufiltern. Sich alles zu merken. Das erste Bild der Patientin. Maßstab für jede Veränderung, für alles, was kommt, kommen wird müssen, wird kommen müssen. Nein. Er sammelt sich und was er empfindet. Er wird es aufschreiben. Aus Angst, es zu vergessen.

Der erste Eindruck: Erschrecken, als er sie sieht. Und er hat schon viel gesehen. Und er weiß genug, um zu wissen, dass er nicht zimperlich ist. Aber so etwas nie.

Ihre Augen sind krampfhaft geschlossen. Während der Vater, an der Frau Hofsekretär vorbei, wie durch sie hindurch, die Tochter greift und sie, die Greifhand um ihr Handgelenk geschlagen, einmal im Halbkreis um sich herumschwenkt.

Sie ist bleich, mit Wachs geschminktes Wachs. Verkleidete Verkleidung. Eine Puppe. Jetzt schmeckt er den Atem der Puppe. Dabei wollte er, was, gerade noch sagen? Dieser dumpfe süße Geschmack in seinem Mund. Der Puder der Puppe auf seiner Zunge?

Ihre Haarpracht türmt sich vor ihm auf. Ein Haargebirge. Ein Pudergespenst. Eine alte Perücke, die sie alle überragt.

Die Kleine ist die Größte im Zimmer. Sie ist größer als die Vase in der Ecke, die fast so groß ist wie ein Soldat. Größer als der Ofen. Ein monströses Kind. Mit tiefem Dekolleté. Nein, kein Kind.

Er habe gehört, sagt der Hofsekretär, dass Mesmer sich nach der Tochter erkundigt habe. Es habe ihn gefreut, dass ein Arzt nach der Kranken fragt. Darauf habe er, der Vater, sich ebenfalls erkundigt nach diesem Arzt. Ich war auf Sie aus und Sie auf mein Kind.

Er lacht, er sagt es nicht, er lacht es.

In ihre Locken sind Bänder und Schleifchen geflochten. Und Glöckchen. Die führen rings herum wie eine Prozession.

Mesmer umkreist sie wie einen Planeten. Was ist falsch? Der Planet muss um den Stern kreisen. Und sich drehen dabei. Der Stern will die Seiten sehen. Alle. Auch die dunkelsten.

Der Vater sagt, er habe über Mesmer so viele verschiedene Stimmen vernommen, und zugegeben, nicht immer nur fürsprechende. Und da wolle er nun betonen, dass er selbst ein unabhängiger Kopf sei. Überzeugt von Mesmers Seriosität und Gelehrsamkeit. Und offen für Methoden. Seine neue Methode. Die Magnete. Wer eine kranke Tochter hat, darf nicht auf die Leute hören. Kann Mesmer sich vorstellen, was man durchzumachen hat mit einem kranken Kind?

In ihrem Haar sind künstliche Bäume untergebracht, und ausgestopfte Vögel in kleinen Nestern, brütend. Womöglich hat man den Vögeln echte Eier unter-
geschoben? Das traut er den Eltern zu.

Der dramatische Faltenwurf ihres himmlischen Kleides, die Risse in der pudrig ausgetrockneten Maske, die
blassblau gesprenkelten Eierschalen in ihrem Haar.
Nichts als eine Inszenierung des Wahren im Wirklichen, denkt er. Und natürlich alles gut gemeint.

Sie werden ihr helfen. Der Hofsekretär übergibt ihm
das Handgelenk der Mädchenhand. Schlaff ist sie und
kalt wie ein ersticktes Vögelchen in Mesmers Hand.

Ihm sei, sagt der Hofsekretär, schon die geringste
Veränderung willkommen. Denn alles ist besser als das.
Er zeigt mit dem Finger auf sie. Er schiebt sie Richtung
Tisch.

Wie lebendig die künstlichen Locken auf ihrem
Kopf wippen. Ihr selbst scheint so alles Elastische zu
fehlen. Jede ihrer Bewegungen ist wie von außen bewirkt. Ihr Gesicht ein platt gedrücktes, aufgewühltes,
wieder platt gedrücktes und verlassenes Nest. Ein Spiegelbild der Hand, die er noch immer hält.

Er wolle ehrlich sein, hört er den Hofsekretär. Er habe das Kind schon vielen und berühmten Ärzten vorgestellt. Dr. Anton von Störck, den er ja auch kenne ... und
Dr. Barth, dem berühmten Starstecher. Beide haben sie
für unheilbar erklärt. Beim Klang der Namen sind Mesmer und das Mädchen zusammengezuckt. Jetzt, als der
Vater die Stimme hebt, verzieht sie den Mund.

Keiner habe helfen können.

Das wundere ihn nicht, sagt Mesmer und sieht, wie sich ihr Kopf in seine Richtung zu drehen beginnt.

Sie sei so blind wie zuvor, sagt der Vater.

Der Mädchenmund, der plötzlich an den Winkeln beflügelt zu zittern beginnt. Ein Spiel mit einem Lächeln. Was will er denn? Will er sich losmachen von dem Gesicht? Will er weg?

Und schauen Sie, sagt der Vater, ihre Augen ...

Der Sekretär hält noch immer ihren Arm. Mesmer die Hand. Jetzt mit beiden Händen. Er spürt, wie die Mädchenhand zu zucken beginnt.

Als ob die Augen ausbrechen wollten aus ihren Höhlen, sagt der Vater. Wenn das so weitergeht, sagt er, kullern sie mir bald vor die Füße. So eine Musik-Begabung und dann das! Eine Gemeinheit. Sie hat das Zeug zur professionellen Laufbahn. In ihrem Blut sind verschiedene Linien vereint, musikalische.

Mein Vater, meldet die Mutter leise, war Ballettmeister, Hofballettmeister ...

Bitte ..., sagt der Hofsekretär, legt den Zeigefinger andeutungsweise auf die Lippen.

Blind oder nicht ..., fährt er fort. Blind oder nicht.

Sie war nicht immer ..., versucht seine Frau es erneut.

Diesmal hebt ihr Mann seine Stimme um zwei Stufen auf einmal.

Seine Tochter habe für die Kaiserin persönlich gespielt. Gespielt und gesungen. Anlass: das Dankfest für den im Jahr 57 bei Planian erfochtenen Sieg. In der Augustiner Barfüßer Hofkirche. Von diesem sagenhaften *Stabat Mater* müsse er ja nicht erzählen. Davon habe er ja wohl gehört. Jeder habe davon gehört, die ganze Stadt. Jeder in Wien, fügt er hinzu, der sie liebt, die Kaiserin. Und die Musik. Die Kaiserin, tief berührt. Sie habe der Resi eine Gnadenpension bewilligt. Stellen Sie sich vor, sagt er, eine Gnadenpension aus dem Kammerbeutel der Kaiserin!

So etwas bekomme nicht jeder, sagt Mesmer.

Zweihundert Florin, lebenslang, flüstert der Vater. Und mit Ihrer Hilfe, sagt er, wird alles gut. Ob er schon sagen könne, wie lange man etwa rechnen müsse ... und die Kosten ...

Das könne er nicht sagen, sagt Mesmer. Er habe die Tochter ja noch kaum gesehen.

Hier sitzt sie doch, unterbricht die Mutter.

Ob der Doktor überhaupt wisse, sagt die Mutter, dass Resi erst in ihrem dritten Lebensjahr erblindet sei. Über Nacht.

Sie solle doch, fährt der Vater sie an, den Doktor ausreden lassen. Bitte, sagt er, bitte sprechen Sie, sagen Sie, was Sie sagen wollten.

Mesmer sagt, über diese eine Nacht wolle er gern mehr erfahren.

In jener Nacht habe es einen unerklärlichen Tumult gegeben im Haus. Ein Albtraum, sagt der Hofsekretär, das Haus. Mitsamt dem Personal, das zu Träumen neigt. Ein einziger Albtraum. Diebe und Mörder. Diebe, die zu Mördern wurden. So träumten sie es und schrien es laut heraus aus ihren eignen Träumen: Diebe, Mörder. Natürlich! Stroh in den Wänden, Stroh in den Köpfen! Ein Albtraum. Von dem Geschrei sei das Haus wach geworden. Alle seien aufgewacht. Und panisch im Dunkel umhergeirrt. Im Dunkel des Albtraums von Haus.

Auch das Kind, noch kaum drei Jahre alt. Sie sei aus ihrem Bettchen gestiegen. Und unbemerkt ins nächst untere, stockdunkle Stockwerk geraten.

Erst Stunden später von der Haushälterin entdeckt, leise weinend, in der stockdunkelsten Ecke.

Sie sei wieder hinaufgebracht worden. In ihr Bett. Sie habe sich bei diesem Vorfall den Kopf erkältet. Sie wissen schon, sagt er, die Zugluft. Übrigens nicht dieses Haus, sie seien umgezogen vor Jahren. Als man ihn zum Hofsekretär ernannt habe, habe er dieses freie Hof-Quartier bekommen. Hier lebe er gratis, gern und gut. Lieber billiger und besser.

Zwar gingen auch hier, im Haus *Zum Schab den Rüssel*, die Kerzen von der Zugluft aus, woran selbst der Filz vor den Türen kaum etwas ändere, aber verglichen mit dem alten, sagt er, herrscht hier Flaute.

Das Kind habe sich also in der Zugluft den Kopf erkältet?

Die Angst ..., sagt die Mutter.

Die Angst, übertönt sie der Vater, gab ihr den Rest. Am nächsten Morgen war sie blind.

Ob er sich dieses Unglück vorstellen könne, bricht es aus der Mutter heraus. Das eigene Kind. Das süßeste

Leben. Die allernächste Hoffnung. Am Abend zwinkert es mich mit diesen schönen klaren Augen an. Ich küsse sie, wie jeden Abend. Und am nächsten Morgen rennt sie gegen Wände. Stockblind wie ein Maulwurf oder eine Mauer, wie ... Und sie habe danebengestanden, hilflos. Ob er sich das vorstellen könne, bricht es schluchzend aus der Mutter heraus. Er habe bestimmt selber Kinder, und ...

Nein, sagt Mesmer leise, meine Frau ...

Seine Frau, fährt der Vater fort, habe ihm leider auch keinen Sohn geschenkt. Wofür sie natürlich nichts könne. Nur eine Tochter. Zwar eine mit Talent, aber was helfe das schon. Es bleibe ohne jede Wirkung auf den Fortbestand der Linie, da bei der Fortpflanzung es doch so sei, dass der männliche Same alles, was man Talent nennen dürfe, mitbringe, damit es im weiblichen Mutterboden Wurzeln schlage. Womit sein Talent zwar in seiner Tochter gedeihe, aber eben leider auch mit ihr enden werde.

Er gehöre ganz offensichtlich der Fraktion der Spermisten an, sagt Mesmer. Er wolle aber doch erwähnen, dass die Fraktion der Ovulisten, also die, die glauben, in der weiblichen Zelle sei alles, was er Talent nenne, vorhanden, keineswegs nur aus Frauen bestehe. Nein, das seien Männer. Männer und weiß Gott nicht nur Muttersöhne.

Und wie ist es wirklich wahr? Der Hofsekretär wird ungeduldig.

Darüber wird noch gestritten.

So so, sagt der Hofsekretär und meidet den Blick seiner irritierten Frau. Jedenfalls versuche er, das Beste draus zu machen. Es sei für alle ein großer Schock gewesen, nicht nur für sie, für alle, für jeden, der sie kenne.

Seine Frau bemühe sich seitdem, der Tochter ein Auge zu sein. Das sei doch das Mindeste, was sie tun könne.

Madames Weinen wird er sich merken. Diese leise Mischung aus Stöhnen und Schluchzen. Wie etwas, das gleichermaßen gut und weh tut. Wie eine nie ganz ans Ziel gelangende Erlösung.

Er habe versucht, besinnt sich der Hofsekretär, aus der Situation das Beste zu machen. Es sei das Einzige, was er habe tun können. Das Beste draus machen, sei schon immer seine Devise. Schon damals, als man ihn ins Banat versetzt habe, in die Sümpfe. Wo das Klima unerträglich sei. Wo er fast gestorben wäre. Wo er, um zu überleben, all seine Beziehungen habe spielen lassen müssen. Er habe alle Hebel in Bewegung gesetzt, um von dort wegzukommen. Und nach Lehrern für sie gesucht, natürlich den besten. Die besten Lehrer seien die von den Besten genannten. Ob Mesmer wisse, wie schwierig es sei, einen Lehrer zu finden für eine Blinde.

Selbst gelehrte Personen glaubten, dass einer, der nichts sieht, auch nichts versteht.

Das könne er sich vorstellen, ja, sagt Mesmer. Das liege daran, dass die Menschen sich weigerten, etwas zu verstehen, das sie nicht sähen ... Das mache sie blinder als blind ...

Er, sagt der Vater, habe herausgefunden, dass das alles Unsinn sei. Er habe seiner Tochter vorgelesen, so oft als möglich, stimmt's, Resi?

Das Mädchen nickt.

Immer wieder vorgelesen. Nichts, was ihr das Herz hätte verderben können, natürlich nichts, was ihre durch die Krankheit ohnehin begrenzte Brauchbarkeit als Frau noch weiter eingeschränkt hätte. Nur Nützliches haben wir gelesen. Gott und Gellert am liebsten, nicht wahr, Resi.

Komm, sagt er, sag uns ein Sprüchlein, Resi.

Und Resi, mit leise schwankendem Turmkopf, murmelt,

Ührchen, Ührchen, geh geschwind
Mach, dass bald der Sand verrinnt
Lass den Sand verrinnen,
Lass ein Uhr beginnen
Ührchen, Ührchen, geh geschwind.

Ja, Resi, jetzt überraschst du mich. Das ist neu. Das habe er nie zuvor gehört. Am Schluss habe sie es selbst gedichtet. Bei Resis Begabung wisse man nie so genau, sagt der Vater. Nur eins sehe man ganz deutlich: dass man nicht für alles Augen brauche. Denken und sprechen kann sie auch ohne. Und Klavier spielen sowieso. Und dass man manches ohne Augen besser sehen könne, das habe ihn seine Tochter gelehrt. Sag uns doch, Resi, wie der Falke aus der Fabel von Gellert aussieht.

Er ist blau. Und an den Augen hat er gelbe Punkte ...

Falsch ..., sagt die Mutter. Das ist ...

Das ist der Papagei, sagt der Vater.

Der Falke, du weißt doch, der aus ...

Lass sie in Frieden, sagt der Vater. Schon gut, Resi.

Unter den Lidern sieht er ihre Augen kreisen wie zwei Vögelchen, kurz vor dem Schlüpfen.

Ich glaube, das Kind hat genug, sagt der Vater. Sie sollte schlafen.

Ob ihr jene Nacht noch wach sei in der Erinnerung?, wendet sich Mesmer direkt an sie.

Sie kennt die Geschichte, sagt der Vater, aber sie erinnert nichts.

Ach ja?, sagt Mesmer. Nichts, Sie erinnern überhaupt nichts?

Nein, sagt der Vater.

Was ist denn das Früheste, an das Sie sich erinnern, Fräulein?

Es gibt nichts Frühestes, sagt der Vater, Gott sei Dank nicht. Jetzt erinnert sie das Gute, nicht, Resi? Weißt du noch, wie du der Kaiserin vorgespielt hast?

Die geschlossenen Augen der Tochter wenden sich der Mutter zu. Die hellen Glöckchen ihrer Haarpracht begleiten jede Bewegung. Mesmer horcht auf.

Na, sag uns, was hat die Kaiserin gerufen?, will die Mutter wissen.

Das Mädchen nickt heftig.

Ja. Bravo. Bravo hat sie gerufen, antwortet der Hofsekretär seiner Frau.

Und dann, sagt Mesmer, was kam dann?

Das Mädchen klatscht in die Hände.

Jawohl, sagt der Vater. Die Gnadenpension!

Und dann?, sagt Mesmer.

Das war's, sagt der Vater.

Ob er das von ihr hören könne, sagt Mesmer.

Die Mutter lacht auf. Der Hofsekretär legt einen Finger auf die Lippen. Alle warten.

Das Mädchengesicht zuckt, sachte erst, wie ein Gewitter hinter den Wimpern. Dann öffnen sich langsam die Augen.

Sie werden weit, quellen hervor. Die Pupillen springen unkontrolliert, wie Bälle Stufen hinabspringen. Oder wie zu kleine Schiffe auf zu großen Wellen, oder wie Fische nach Stäubchen, die sie für Mücken halten, oder wie die ersten Fliegen im Frühjahr um getrocknete Blumensträuße. Alles, was gerade noch tot und leblos war, gerät in Aufruhr, zuckt, vibriert nach einem eigenen, vom Ganzen unabhängigen System. Chaotisch und unkoordiniert wie ein irre gewordener Automat.

Augen zu!, schreit der Vater.

Das Mädchen gehorcht. Sie erlischt.

Wie das aussieht. Der Vater versucht Fassung zu bewahren.

Nur gut, sagt die Mutter ruhig, dass der Arzt es sieht.

Resi, du brauchst nicht zu sprechen, sagt der Vater. Sie solle dem Doktor lieber vorspielen. Was wirst du uns spielen, Resi?

Das Mädchen steht auf, findet den Weg zum Klavier, und ihr Rücken streckt sich. Und wie mühelos sie spricht.

Ich spiele ein Stück von meinem Lehrer. Meinem verehrten Meister Kozeluch. Ein kleines Stück, von ihm selbst komponiert.

Sie hebt die Hände, die sich in der Luft verwandeln, weiche Wolken werden, die sich federleicht auf die Tasten schmiegen.

Schon während der ersten Töne atmet Mesmer tief durch.

Bravo, ruft er, als sie endet. Ob sie auch etwas von Gluck könne.

Das Mädchen schüttelt den Kopf.

Gluck nein, sagt der Vater. Salieri. Aber das sei jetzt genug. Ob Mesmer helfen könne.

Die Augen werde er bändigen, sagt Mesmer. Beruhigen und in ihre Höhlen zurückführen.

Klingt gut für den Anfang, sagt der Vater. Im Übrigen solle es sich auch für Mesmer lohnen.

Mesmer sieht ihn fragend an.

Na ja, sagt der Vater leiser. Die Nähe zu ganz oben ... der Fall könnte die Kaiserin möglicherweise durchaus interessieren ... wenn sie davon erführe ... da könnte man möglicherweise nachhelfen ... Ob er verstehe ...

Ja.

Und wie es dann mit den Augen weitergehe?

Spekulieren sei nicht seine Sache, sagt Mesmer. Statt großer Versprechungen wolle er lieber gleich anfangen. Theorie sei wichtig, aber Veränderungen fänden da nicht statt. Die Praxis zeige, wie viel eine Theorie wert sei. Nicht umgekehrt.

Er bitte die Eltern, jetzt den Raum zu verlassen. Er brauche Zeit mit der Patientin.

Allein?, sagt die Mutter.

Selbstverständlich, sagt der Vater, werde seine Frau den Raum verlassen. Er winkt sie zur Tür.

Mesmer schaut ungläubig von einem zum andern.

Er werde, sagt der Vater, sich mit einer Ecke begnügen. Betrachten Sie diese als nicht existent.

Mesmer schüttelt den Kopf.

Aber sehen Sie doch. Der Vater weist auf das Mädchen. Wie ihr Leib schon wieder zittert. Ein Tanz wie an Fäden, an Fäden draußen im Sturm, und ohne Begleitung.

Schön gesagt!, sagt Mesmer, und überhaupt sei ihr Zittern ein gutes Zeichen. Und darum, sagt Mesmer, schlage er vor, die Patientin in sein magnetisches Haus-Spital aufzunehmen.

Ob er jetzt nicht etwas übertreibe.

Aber nein, Übertreibungen lägen ihm ganz und gar fern.

Mit Herrn von Störck und Herrn Barth sei man auch einig geworden. Man habe sie zweimal die Woche zur Behandlung vorbeibringen lassen.

Mit diesen Herren, sagt Mesmer, könne man ihn nun nicht vergleichen, so wenig, wie seine Methode mit einer der ihren.

Meine Tochter geht mir nicht so einfach aus dem Haus, sagt der Vater.

Das Pianoforte. Sie brauche das Klavier. Tägliches

Üben sei ihr wie Atmen. Er wisse doch, die professionelle Laufbahn ...

Auch er selbst, sagt Mesmer, halte Müßiggang für den Anfang jeder Krankheit. Umso größer das Glück, dass auch in seinem Haus ein Pianoforte stehe, ganz zu ihrer, der Tochter, Verfügung. Und um genau zu sein, sagt er, eines mit englischer Mechanik. Eine Nuance schwerer im Anschlag. Geeignet, zarte Hände und Finger zu kräftigen. Müde mache es nur, solange man nicht genug geübt habe. Danach spiele es sich darauf wie im Schlaf, und der Klang sei ein Traum.

Drittes Kapitel

Er hat kaum geschlafen. Bis spät in die Nacht hat er Notizen gemacht. Sie immer wieder durchgelesen. Und sich gefragt, ob die Notizen sich nicht zwischen ihn und dieses Mädchen schieben könnten. Wie viel von dem, was er aus Angst, es zu vergessen, notiere, tatsächlich noch etwas mit dem Fräulein zu tun habe.

Bis seine Frau ihn rief, und er tat, als höre er nicht. Obwohl er ihrem Ruf meist gern folgte. Nur drängte eben jetzt ein letzter Gedanke nach einer letzten Notiz. Bis Anna, in Nachthemd und Haube, in der linken Hand eine Kerze und in der rechten Hand eine Kerze, hinter ihm stand und er einen ihrer flammenden Wutausbrüche fürchtete, falls er sie weiterhin ignorierte. Er habe nichts gehört. Gehe die Notizen durch zum neuesten Fall. Ja, es sei schon halb gelungen, Fräulein Paradis sei ab morgen seine Patientin. Anna beglückwünschte ihn, bat, er solle ihr alles über die berühmte Blinde berichten, und alles, was er vorhabe mit ihr. Sie wolle in diesen Fall von Anfang an einbezogen sein. Sie habe schon so viel von ihm gelernt, und noch viel mehr von ihm zu lernen. Besagte Methode. Sie freue sich.

Er stand auf, ließ die Notizen auf dem Tisch liegen, folgte ihr, die noch über den neuen Fall plaudern wollte, die Treppe hinauf. Er war froh, als er sich neben sie ins Bett legen konnte. Und sie seinen Kopf zwischen die Hände presste und ihn so lange auf den Mund küsste, bis er zurückküsste und ihr das Nachtkleid hinaufschob. Die Töne, die sie dann von sich gab. Wie Töne von kleinen emsigen Tieren, dachte er, die nicht verstehen müssen, was sie tun. Ganz bei der Sache sind. So vertieft ineinander, dass sie zu schreien beginnen. Als sie zu schreien begann, streichelte er ihren Mund, folgte den Schatten der Lippen und legte, um sich zu bremsen, seine Hand darüber. Sie schlug die Augen auf, nur kurz, und verstummte. Das hatte er nicht erwartet. Eher das Gegenteil. Er mochte ihre Stimme. Und er vermisste sie sofort.

Die Stimme gibt Auskunft über einen Menschen, fiel ihm ein. Sie ist seine Tonart, wie seine Farbe. Die Stimme eines Menschen lässt ahnen, wo, in welcher Temperaturregion er zu Hause ist. Im Kalten, wie die zum Kreuz bekehrten Grönländer, oder im Warmen, wie die zum Kreuz bekehrten *Rapa Nui* der Osterinseln und seine Frau.

Anna war längst eingeschlafen, da dachte er immer noch über Stimmen nach.

Vor allem über die eine, die ihm fehlte, weil sie kaum etwas gesagt hatte: die der neuen Patientin. Hier war ja der Vater die Stimme der Tochter. Ob sie, wenn mit ihren Eltern allein, mehr sprach? Bevor er mit der Behandlung begann, wollte er ihre Stimme hören. Die Überlegung, wie er das anstellen solle, hielt ihn wach.

Dann läutete, in aller Frühe, die Patientenglocke. Schon am Läuten hörte er, wer da läutete. So lange und drängend läutete nur Jungfer Ossine. (Und auch das erst, seit sie angefangen hatte, ihm aus ihrem früheren Leben zu erzählen. In dem Kopfschmerzen praktisch nicht vorgekommen waren.)

Es war kurz nach vier. Er fand sie aufgelöst im zerwühlten Bett, mit der Faust gegen ihren Kopf hämmernd.

Den Schmerz halte sie nicht aus, sagte sie. Der Teufel habe ihr heute Nacht seine Hörner ins Auge gebohrt. Hier, schräg durch den Kopf. Bei diesen Worten verkrampfte sich ihr Oberkörper, und sie übergab sich vor seine Füße, dass es spritzte. Er tat einen Schritt rückwärts.

Er hatte ihr ein Tuch gereicht, mit dem sie ihr Gesicht abtupfte. Er sagte, er werde einen Magneten holen. Dann hatte er ihre Hand gehalten und die andere auf ihren Kopf gelegt. Sofort behauptete sie, es ginge ihr besser. Er solle sie jetzt nicht allein lassen. Sie sei andauernd allein. Dann lege ihr der Teufel die Hand auf. Keine zwanzig Herzschläge später schlief sie und merkte nicht, wie sich Mesmer samt seiner Hand davonschlich. Den Magnet hatte er nicht geholt. Der war offenbar nicht nötig gewesen. Er verstand zwar nicht, warum, aber umso besser.

Er legte sich nicht mehr ins Bett. Ging nicht ins Laboratorium. Er wartete. Und warten heißt, die Zeit füllen mit Gedanken an das, was er hätte tun können. Wäre jetzt nicht früher Morgen und Messerschmidt ein Nachtmensch. Und wenn man von hier nach dort fliegen könnte: zu Messerschmidts gar nicht so weit entferntem Atelier in der Landstraße. Die neuen Skulpturen besichtigen. Die überall Entsetzen auslösten. Dem Freund gut zureden, er solle sich nur nicht einschüchtern lassen. Und sich selbst gut zureden lassen. Ihn zum Bleiben überreden. Dabei frisch gebrühten schwarzen Kaffee trinken. Die Wiener seien nicht so schlimm. Man dürfe sie nur nicht so ernst nehmen wie sie sich selbst.

Bis er die vertrauten Kaline-Geräusche vernahm. Die Feuerzange, die gegen den Ofen geschlagen, der Schlackerest, der ausgekratzt und in einen Kessel gefegt wurde. Wenn er Kalines Gesicht vor sich sah, kamen ihm diese Geräusche zu derb vor. Er wünschte ihr einen Guten Morgen und trug ihr auf, Jungfer Ossines Zimmer zu reinigen. Die brauche Ruhe und werde heute nicht am magnetischen Zuber teilnehmen. Dafür solle Kaline sorgen.

Verstanden, sagte Kaline angewidert. Es sei aber viel zu früh für Derartiges. Erst seien Feuer und Licht dran, und dann das Frühstück. Oder wolle er alles durcheinanderbringen?

So würde sie mit seiner Frau nicht sprechen. Sie weiß, dass meine Frau ihr das nicht gestatten würde, dachte er. Und sagte: Keineswegs wolle er etwas durcheinanderbringen. Mit einer Decke um die Schultern zog er sich in den Behandlungssaal zurück.

Er klappte den Deckel des magnetischen Zubers hoch. Er prüfte den Wasserstand im Becken, füllte etwas Wasser und Eisenspäne nach, richtete die Flaschen am Grund des Zubers sternförmig aus und schloss den Deckel wieder. Die Metallstäbe, die schief in ihren Halterungen hingen, nahm er heraus und hängte sie sorgfältig und gerade zurück. Zum Musizieren zu früh, zum Schlafen zu spät. Er wollte wenigstens die Ruhe des Morgens nutzen. Auf dem Weg zum Laboratorium gesellte sich der Hund zu ihm. Er sah schon wieder aus, als lache er. Kein Wunder. Er ließ sich von nichts und niemandem den Schlaf rauben. Wem das gelingt, dachte er, der ist beneidenswert. Er hätte gern eine Speichelprobe von seinem Hund genommen und sie unterm Mikroskop angeschaut. Doch das Licht reichte noch nicht aus. Er hätte gern diesen kleinen Lebewesen zugesehen, die er so zahlreich schon in allen möglichen Flüssigkeiten und Körpersekreten entdeckt hatte, zuallererst in seinem eigenen Lebenssaft. Die so gefährlich fröhlich darin herumschwammen, als seien sie voll und ganz mit sich im Reinen. Und er hatte versucht, die von Leeuwenhoek beschriebenen Spermawürmer ausfindig zu machen. Darin die schon vorgeformten Kinder. Vergeblich. Andere hatten mehr gefunden. Im eigenen sah er nur, dass sich etwas bewegte. Lag das nun an der Qualität des Mikroskops oder an der Qualität seiner Säfte? Oder war seine Wahrnehmung fehlerhaft? Gern hätte er es genauer gewusst. Ob man seine Spermawürmer für gut genug zur Zeugung befunden hätte.

Wenn Jungfer Ossine wüsste, wie wenig allein wir sind, dachte er.

Mikroskopische Experimente packten ihn fast so sehr wie das Musizieren. Nur: Nach der Musik fühlte er sich entspannt. Wie nach einem ausgedehnten Schlaf. Allmählich wurde es hell.

Er wusch sich, zog seinen violetten Seidenkittel an, dazu die violetten Hosen. Und natürlich schneeweiße Strümpfe. Die Dämmerung brachte das Violett erst richtig zum Leuchten. Eine königliche Farbe. Wenn er den Morgen so anbrechen sah, fühlte er sich, als käme er aus großer Höhe auf die Erde herab. Je heller es wurde, desto irdischer fühlte er sich.

Kurz nach zehn klopfte Kaline.

Sie habe alles Verlangte pflichtgemäß erledigt.

Warum teilte sie ihm das mit? Wollte sie ihn beruhigen? Er verstand sie nicht. Er war sich nie sicher, ob ihr Verhalten besonders höflich oder genau das (dann allerdings nicht nachweisbare) Gegenteil war. Aber, fiel ihm ein, war es nicht die eigentliche Aufgabe der Wissenschaft, das Vorhandensein des Gegenteils des Nachweisbaren nachzuweisen.

Es seien schon einige Patienten von außerhalb eingetroffen, sagte sie. Die säßen mit den Hausgästen am Gesundheitszuber. Jungfer Ossine übrigens habe sich nicht abhalten lassen. Sie sei sogar als Erste im Saal gewesen. Noch vor den Musikern.

In diesem Moment hört er Riedinger die Geige stimmen.

Um sie loszuwerden, bittet er Kaline, den Hund ins Freie zu lassen.

Er schließt die Augen. Ein Haydn-Adagio klingt an. Alles bestens. Hossitzky setzt mit dem Waldhorn ein.

Als der Hund anschlägt, öffnet Mesmer die Augen. Vor dem Fenster seines Laboratoriums sieht er die Paradis'sche Kutsche vorfahren. In der Mitte des Hofes anhalten. Der bellende, wedelnde Hund trabt zur Kutsche hin.

Er sieht den Herrn Hofsekretär aus dem Wagen springen und der Hundebegrüßung ausweichen. Die Hände vor der Hundeschnauze hochreißen. Er sieht die Füße des Hofsekretärs ins Rutschen kommen und sich fangen. Gerade noch.

Er ruft etwas. Flucht er? Oder warnt er seine Frau. Es sei glatt.

Jetzt steigt die Frau Hofsekretär aus der Kutsche und hilft dem Kind heraus. Schützend hält sie die Hand über die Frisur der Tochter.

Die drei, das hohe Kind in der Mitte, gehen aufs Haus zu. Das Mädchen deutlich kleiner als gestern, und dennoch. Höher als die Eltern. Der Hund stolziert ihnen voran.

Die Türglocke. Er wartet. Warum macht keiner auf. Es läutet wieder. Wo ist Kaline?

Als er losläuft, hat seine Frau die drei schon eingelassen und in den Salon geführt. Warum ist sie schon auf?

Er bleibt vor der Salontür stehen. Lauscht den perfekten Höflichkeiten seiner Frau, die ihn nicht täuschen kann. Ihre Stimme widerspricht ihren Worten.

Sie bittet die drei, Platz zu nehmen. Die Stimme zittert. Sie kommt heraus, kochend vor Wut.

Ob er Kaline gesehen habe. Dieses Miststück! Das sei das letzte Mal. Immer wenn man sie brauche, sei sie vom Erdboden verschluckt. Das sei Prinzip.

Er sagt, sie habe recht, er sehe es auch so. Auch wenn er bezweifelt, dass Kaline überhaupt ein Prinzip hat. Sie ist wie die meisten: nichts als gestautes Leben, das immer wieder aufs Jetzt trifft und dabei Funken schlägt.

Er sagt Sätze, um seine Frau zu besänftigen. Das Gefühl, sie brenne andauernd. Seine Frau, ein schlafender Vulkan, der jederzeit ausbrechen kann. Und er, ein Tröpfchen Tau Tag für Tag am steil wuchernden Abhang. Mesmer hat dem Vulkan eine Abkochung aus Hopfenblüten und Baldrianwurzel verordnet, dreimal täglich.

Anna lässt ihn stehen. Rasend nach Kaline. Mesmer weiß, wenn er jetzt den Salon betritt, bleibt das Fräulein stumm wie tags zuvor.

Er nutzt seine Chance, lauscht vor der Tür. Ob und was und wie sie mit ihren Eltern spricht.

Es gibt Ärzte, die messen die Schwere einer Erkrankung, indem sie einen Tropfen Öl in den Urin des Kranken gießen. Schwimmt der Tropfen oben, wird der Patient bald gesund. Hängt der Tropfen in der Mitte, wird es eine lange Krankheit. Sinkt er auf Grund, steht der Tod vor der Tür. Mesmer lässt sich lieber vom Klang der Stimme erzählen, was mit dem Patienten los ist. Wozu besitzt er ein derart geschultes Gehör? Und die Stimme sieht er als das, was vom Baum über der Erde wächst, und seine Wurzeln sind die sich im ganzen Körper verzweigenden Nervenbahnen. Und darum geht es ihm doch. Um die Nerven und das Nervenkostüm.

Wer kann in fremden Häusern schon still sitzen. Der Hofsekretär geht herum und klopft die Wände ab. Er lobt den soliden Bau.

Arzt müsste man sein, hört er die Frau Hofsekretär. Ihre in die Bewunderung gesteigerte Stimme. Schau mal die Büste, sagt sie. Das ist doch der Doktor selber. Sieht ihm sogar ähnlich, oder.

Nur, dass die Büste anscheinend weniger Sorgen hat, der Hofsekretär lacht. Oder siehst du Falten? Hier zieht es, sagt er plötzlich. Resi, merkst du, wie es zieht?

Jetzt. Mesmer hält den Atem an. Wartet.

Nichts. Stille. Das Fräulein sagt nichts.

Vielleicht schüttelt sie den Kopf oder sie nickt. Bestimmt nickt sie, und die Eltern starren bestimmt auf den Vorhang. Den roten Samtvorhang, hinter dem sich alles Mögliche verbergen lässt, aber eben nicht jeder Luftzug.

Es spricht die Frau Hofsekretär.

Ja, hier zieht es. Aber eindeutig weniger als im *Schab den Rüssel*. Vielleicht könne man einen Rat bekommen ... sie sei lernwillig, was die Bewegungen der Luft angehe.

Übrigens, er sei froh, dass er kein Arzt sei! Der Hofsekretär klingt barsch. Immerhin schüttle man in seiner

Position den interessantesten Zeitgenossen die Hand. Den Genies der Zeit, sagt er. Denk an Salieri, sagt er. Ein so überaus berühmter Musiker und Komponist. Und unsere Resi lernt Singen bei ihm! Das ist doch nicht nichts, oder, Resi?

Mesmer drückt das glühende Ohr ans kalte Holz der Tür. Keine Antwort ist auch eine Antwort. Der Hofsekretär gerät ins Schwärmen. Hofrat von Kempelen! Der hat unserer Tochter schon viel Gutes getan! Ein so großer Mann, stell dir vor, bringt unserer Tochter das Lesen bei. Mit Papptäfelchen, von denen ich nicht einmal wusste, dass sie existieren, du etwa?

Ich, sagt die Mutter. Nein, woher denn. Ich bin eine Frau.

Die großen pestalozzi'schen Papptäfelchen! Und jetzt konstruiere er auch noch einen Automaten, der Schach spielen könne. Stell dir vor, sagt er, ein Automat, der sprechen kann. Eine Sensation! Auf so was käme man doch selber gar nicht. Oder wäre dir ein Automat, der sprechen kann, eingefallen?

Mir?, sagt sie. Nie im Leben.

Und nicht nur das, sagt er. Nebenbei entwickelt er auch noch eine Handdruckpresse für Blinde. Stell dir vor! Unsere Resi wird selbstständig schreiben können! Und der Metastasio! Der Dichter, der größte der Monarchie. Aber allen voran, weit voran natürlich, die Kaiserin.

Die Frau Hofsekretär seufzt. Von der Tochter kein Ton.

Dies sei ein so prächtiges Haus. Wenn sie dieses prächtige Haus sehe, sagt sie, finde sie es schlimm, dass Resi nicht mit angemessen festlicher Frisur hier ankomme. Nur, weil die hohe, festliche Perücke aus Paris nicht in die Kutsche passe. Warum denn die Kutschen nicht höher gebaut würden. Warum sich denn Generationen von Frauen mit eingezogenen Köpfen in Kutschen ducken oder aber mit Haaren wie zerdatschten Windbeuteln herumlaufen müssten. Ob sich jemals einer klargemacht habe, was das bedeute? Daran müsse doch gedacht werden. Diese verrückten Erfindungen seien ja gut und schön. Aber manchmal sei das Naheliegende das Dringlichste ... Und die Frisur nicht das Unwesentlichste am Menschen. Schließlich sitze sie auf dem Kopf. Wo, wie er immer behaupte, der Verstand wohne.

Ja, aber, sagt der Hofsekretär. Verstand sitze an dieser Stelle nicht bei allen. Sie sei wieder mal ungenau in ihren Formulierungen.

Zuerst rede sie von Frauen und dann, gerade eben, habe sie Menschen gesagt. Wen sie denn nun eigentlich meine? Frauen seien ja höchstens die Hälfte aller Menschen, dann müsse sie das spezifizieren, sagt er.

Und inwieweit jene zu diesen dazuzurechnen seien, auch darüber sei man sich noch nicht einig, die Diskussionen in den gelehrten Kreisen seien, was er höre, diesbezüglich nicht zu einem abschließenden Ergebnis gekommen.

Er, als Sohnloser, als ein mit Weib und Tochter gleichermaßen Gesegnet- wie Betroffener, er müsse selbstverständlich, ja, natürlich schon glauben, dass ...

Es folgt eine kurze Pause, und Mesmer will schon die Tür öffnen. Doch als die Mutter zur Tochter spricht, beschließt er, abzuwarten.

Keine Angst, Resi, sagt sie, auch wenn ihre Frisur heute nicht ganz so schmuck sei, so sei sie doch immer noch schmuck genug. Die Perücke sei zwar nicht aus Paris, doch dafür sei sie neu. Gerade erst gemacht vom kaiserlich-königlichen Perückenmacher. Mit frischem Haar von der *Frankfurter Haarmesse*, dem, wie man wisse, besten weit und breit. Dem auf allen Schlachtfeldern des Reichs frisch gesammelten ... Und oben drauf, die hübsche Haube, *à la Matignon*, die sei tatsächlich aus Paris, der Stadt aller Städte, und die mache sowieso alles wett.

Und, Resi, fügt sie hinzu, damit du auch weißt, wo du bist: Es steht nicht nur diese wunderbare Büste vom Doktor neben dem Kamin hier, wo er aussieht wie ein junger Gott, es hängt auch ein riesiger Spiegel an der Wand, in dem ich dich jetzt sehe, von hinten, in deinem süßen Kleid, das ist ein entzückender Anblick! Und daneben hängen drei Bilder in schmucken Rahmen. Auf dem einen ist Doktor Mesmer zu sehen, und auf dem anderen seine elegante Frau ... die uns gerade eingelassen hat.

Das sei doch wohl eher seine Mutter!, unterbricht der Hofsekretär.

Und das ... in der Mitte, fährt sie fort, ihr Sohn.

Der Doktor hat keinen Sohn, sagt der Vater. Die Mutter habe da etwas falsch verstanden.

Wer denn der Junge seiner Meinung nach sein solle?

Resi, er wendet sich an die Tochter. Der Doktor hat doch von keinem Sohn geredet, oder?

Mesmer drückt nun wieder sein Ohr an die Tür und hält die Luft an. Einen langen Moment lang. Alle warten. Versucht sie, sich zu erinnern? Jetzt. Sie spricht, sie spricht! Und das Erste, was sie sagt: seinen Namen.

Mesmer, sagt sie.

Zart klingt die Stimme. Schwach und leise und zerbrechlich. Sie fließt ohne Kraft, aber fließt. Und ist wach. Und melodisch. Ihre Stimme, wenn sie spricht, klingt nicht schwer krank. Ihre Stimme ist ein an der Oberfläche schwimmender Tropfen Öl, nein, ein darüber schwebender. Beste Aussichten. Und sie spricht weiter!

Mesmer, sagt sie, habe nicht von einem Sohn gesprochen. Aber wenn einer nicht von einem Sohn spreche, müsse das ja nicht heißen, dass keiner da sei.

Das nenne er eine logische Aussage. Mesmer hört, wie der Hofrat sich auf die Schenkel klatscht. Prima, mein Kind. Was wärst du doch ein prächtiger Sohn!

Mesmer findet, ihre Stimme klingt gedämpft, ein bisschen wie in Wolltuch gehüllt. Wie sie überhaupt etwas Verpacktes hat. Etwas Eingewickeltes. Von ihren Eltern eingepackt. Wie eine Torte auf Reisen ..., notiert er. Das eingepackt, nicht die Torte. Und dass er zuversichtlich ist. Dass er sie auspacken wird. In Fluss bringen. Er sieht es, hört es, schmeckt es sogar.

Schau mal. Die Frau Hofsekretär klingt überrascht. Die Büste stamme von demselben Künstler, der auch die Kaiserin porträtiert habe. Sie erkenne die Initialen: FXM.

Mesmer will gerade die Tür öffnen, doch er hält inne, als die Stimme des Hofsekretärs plötzlich explodiert.

Länger bleibe er nicht. Dafür sei er nicht zum Sekretär in der Kaiserlichen Kommerzhofstelle ernannt worden, dass man ihn hier herumhängen lasse. Wenn der Quacksalber nicht gleich komme, werde er in die Kutsche steigen.

Und die Frau Hofsekretär: Ob er nicht einmal was für einen andern tun wolle.

Für ihn tue doch auch keiner was. Dabei habe er Wichtigeres zu ...

Mesmer wartet einen Moment, dann überwindet er sich und öffnet mit einem Ruck die Tür.

Da ist er ja, sagt der Hofsekretär wütend. Wird auch Zeit. Er wolle seine Tochter hier nicht im Ungewissen lassen. Er wolle die Magnete sehen. Wolle endlich etwas über die neue Methode erfahren.

Nichts schlimmer als das. Sobald Mesmer erklären soll, was er tut, wird er missverstanden.

Er sei kein Freund von Erklärungen. Er werde stattdessen eine kleine Demonstration geben. Als Antwort auf alle offenen Fragen.

Sehr schön. Der Hofsekretär lächelt. Das Mädchen beginnt zu zittern und krallt sich in den Arm der Mutter. Schon gut, Resi. Die Mutter löst einen Finger nach dem anderen ab, und einer um den anderen krallt sich sofort wieder fest.

Mesmer zieht einen langen schwarzen Rohrstock hinterm Vorhang hervor und stellt sich neben das Mädchen.

Hier ist meine Hand, sagt er und legt sie ihr auf den Arm.

In diesem Moment gelingt es der Mutter, sich zu lösen. Das Mädchen lässt sich drei Schritte zu einem Stuhl hinführen.

Eine Stelle, von der aus Mesmer sie gut in dem großen Spiegel sehen kann. Mesmer bittet sie, sich zu setzen.

Seine Hand wandert nun von ihrem Arm zu ihrem Hals hinauf. Bleibt dort liegen. Mit der anderen hält und hebt er das spanische Rohr, richtet es auf das Spiegelbild des Fräuleins. Sehr langsam bewegt er es von links nach rechts.

Der Herr Hofsekretär und seine Frau schauen wie gebannt auf das Fräulein Tochter, das langsam den Kopf hin und her bewegt. Sobald Mesmer das Rohr kreisen lässt, kreist auch ihr Kopf.

Die Frau Hofsekretär schreit erschrocken, zupft ihren Mann am Ärmel und weist ihn auf die synchrone Bewegung hin.

Höchst interessant, sagt der Hofsekretär. Äußerst merkwürdig. So etwas habe er noch nie gesehen. Ob sie es auch sehe, sagt er zu seiner Frau.

Sie sehe es, weil er es sehe. Und sonst würde sie es auch gar nicht glauben.

Darum gehe es nicht, sagt er, ob du es glaubst oder nicht. Tatsache sei, er sehe, was er sehe. Und auch wenn, was er sehe, nicht sein könne, sich selbst müsse er doch glauben.

Sie folgen Mesmer hinüber in den Patienten-Trakt. Um der Patienten willen, die am Gesundheitszuber sitzen, hat er um Schweigen gebeten. Doch sie können das Flüstern nicht lassen, der Herr Hofsekretär und seine Frau. Die Tochter immer zwischen den beiden. Sie hören nicht auf. Sie kommen Mesmer vor wie die Gänse draußen im Stall, die sich und einander und alles andere mit ihrem Schnattern abtasten.

Im Behandlungssaal lassen Riedinger und Hossitzky inzwischen den letzten Satz der Haydn-Sonate anklingen. Mesmer stellt sich neben sie. Die Patienten wiegen sich wie ein einziger Organismus in einer unterwasserhaften Bewegung in den Geigen- und Waldhorntönen. Was bringen Worte, Erklärungen? Was brächte es, wenn er sagte, sie seien angeschlossen an ein magnetisches Fluidum? Sie seien durchströmt? Das heilsame Fluidum teile sich durch die Stäbe und Seile mit und werde auch von einem zum Nächsten weitergeleitet. Und die Musik verstärke den Fluss noch. Anders als Worte. Worte reizen zu Worten. Zu weiter nichts. Kein Moment lässt sich durch Worte beweisen. Gar nichts lässt sich beweisen. Nicht mit Buchstaben, nicht mit Sätzen, Traktaten.

Resi, hört er die Frau Hofsekretär flüstern, hier ist es ziemlich dunkel. Wahrscheinlich sehen wir auch nicht viel mehr als du.

Aber genug, um eine Gruppe kranker Männer und Frauen zu erkennen. Und ein kleiner Junge sitzt zwischen ihnen.

Alle sitzen um einen Holzzuber herum. Der ist mit einer Holzplatte bedeckt. Vor jedem Patienten befinde sich eine Öffnung in der Platte, und daraus rage jeweils ein Metallstab, den man herausziehen könne, da er an einem Seil hänge. In der oberen Hälfte seien die Stäbe rechtwinklig gebogen.

Der kleine Junge habe den Stab auf seine Schläfe gerichtet, flüstert sie. Und ich sehe eine Frau, eine schwer kranke Frau. Viel kränker als du. Die sei so zusammengesunken. Die würde kippen, hätte sie nicht die Stirn auf den Stab gestützt. Das Seil habe sie zusätzlich noch um den Hals geschlungen. Wie eine Erhängte. Und ihre Augen seien geschlossen.

Alle, nicht nur sie, haben geschlossene Augen, unterbricht der Hofsekretär. Und alle halten einander an den Händen, fährt er fort. Wie du's gern hast, Resi. Und, Resi, sagt er, du weißt, ich hasse Krankenräume. Ich hasse sie wie die Pest. Sie sind mir unerträglich.

Aber hier, und mit der schönen Musik, werde ihm bis jetzt nicht mal übel. Ein gutes Zeichen, Resi, sagt er.

Nicht nur gut, sagt seine Frau, beeindruckend sei dieses Dämmern in einem Raum aus violettem Samt. Und die vielen Spiegel überall. Höchst beeindruckend.

Sogar der Doktor in verwandten Farben gekleidet. Wenn du nur wüsstest, was Farben sind. Farben sind so ... so geschmackvoll. Wie alles in diesem Haus, sagt sie, mit einem Blick auf Mesmer.

Ein lautes Seufzen aus dem Kreis der Patienten lässt sie verstummen. Jemand atmet geräuschvoll, immer heftiger, schneller. Mesmer, der ahnt, was bevorsteht, gibt den Musikern ein Zeichen. Als habe sich ein Ventil geöffnet, beginnt Jungfer Ossine zu schreien. Fräulein Paradis zuckt, fällt in sich zusammen, reißt die hervorquellenden Augen auf, während Jungfer Ossine schreit und schreit und sich in die Höhe reckt, starr wie ein Brett.

Riedinger und Hossitzky wissen, was sie zu tun haben. Sie werfen ihre Instrumente hin, lösen die Jungfer aus den Seilen und tragen die Starre, Schreiende hinaus. Mesmer sieht noch, wie das Fräulein Paradis am ganzen Körper zu zucken beginnt. Sie ist empfänglich. Unendlich empfänglich. Mesmer, der ihre Empfänglichkeit gern studiert hätte, läuft zur Tür, nah am Fräulein vorbei, deren rechter Arm die Frau Hofsekretär umschlingt. Den linken Arm hat der Hofsekretär gepackt und rüttelt daran. Die Eltern flüstern auf ihre Tochter ein. Erfolglos.

Die Frau hat schlecht geträumt, Resi, weiter nichts. Alles sei gut. Man habe den Schreihals gepackt, schreit die Frau Hofsekretär, und hinausgetragen. Damit das Luder sich beruhige. Der Doktor eilt jetzt zu ihr. Alles sei gut, sagen die Eltern mit zitternden Stimmen. Und zitternden Knien.

Jungfer Ossine wählt die denkbar schlechtesten Momente für ihre Krisen.

Es ist gelungen. Ossine schläft. Im Krisenzimmer, wohin man sie gebracht hat. Auf der Matratze. Mesmer hat Magnete an ihre Füßen gebunden. Und je einen auf Bauch und Brust. Erst hat sie noch lauter geschrien, dann wurde sie leiser und begann zu stöhnen. Er hatte schon gedacht, er könne zurück in den Behandlungsraum. Doch das Stöhnen zog und zog sich hin. Und er war unkonzentriert. Dachte an das Fräulein. Dann tat er etwas, das er noch nie bei einer Patientin getan hatte: Er legte ihr die Hand auf den Mund. Und er tat es mit dem Gedanken, die Krise abzukürzen. Das hätte er nicht tun dürfen. Eine Krise ist eine Krise. Und jede Patientin hat ein Recht auf ihre Krise. Und er die Pflicht, ihr beizustehen. Er aber hatte nur an die neue Patientin gedacht. Und so hatte er Ossine sacht die Hand auf die Lippen gelegt. Mit sofortiger Wirkung. Anstatt zu sich zu kommen, stöhnte sie lauter. Wand sich unter seiner Hand und fing an, nach seinen Fingern zu schnappen, an seiner Hand zu lecken, als ob sie nichts sei als ein großer feuchter Mund, Ein Mund, dem er sich nun zu widmen habe. Er ließ ihr seine Hand. Angenehm war das nicht. Und dennoch fesselt ihn alles Lebendige. Sie begann, an seinen Fingern zu saugen. Es dauerte, bis sie die Augen aufschlug und in seine Hand hineinsprach. Jetzt sei es gut. Sie spüre es. Er solle ihr die Hand lassen, bitte.

Als sie eingeschlafen war, machte er sich auf die Suche nach Familie Paradis. Fand sie im Klavierzimmer. Wo die Eltern die Köpfe nach ihm drehten. Vorwurfsvoll die Mutter, eher gekränkt der Vater. Beiden steht noch der Schrecken im Gesicht. Die Tochter am Klavier rast die Tonleitern hinauf und hinunter. Sie jagt sich durch alle Tonarten, als müsse sie etwas hinter sich lassen, als rasten ihre Finger vor etwas davon. So schnell hat keiner mehr auf diesem Klavier gespielt, seit der kleine Mozart es heimsuchte. Schwindelerregend schnell. Und mit einem Ton, so voller orgelnder Kraft.

Resi prüfe das Instrument, sagt der Hofsekretär, den Anschlag, den Klang, die Mechanik. Nach dem letzten Cis beginnt sie ein langsames Stück, das Mesmer nicht kennt.

Eine eigene Komposition, flüstert die Mutter.

Er habe nicht gewusst, dass sie komponiere, flüstert Mesmer zurück. Es leuchte ihm aber ein. Wo der weibliche Aspekt sich durch einen männlichen nicht erfüllen werde – und das Fräulein steuere ja wohl kaum auf einen Mann zu –, lasse sich dieser männliche Aspekt durchaus mit der schöpferischen Tätigkeit des Komponierens kompensieren.

Die Mutter schaut ihren Mann an.

Was der Doktor da eben gesagt habe, verstehe sie nicht.

Ganz einfach, flüstert der Hofsekretär. Er hat gesagt, dass Resi nie heiraten wird. Und dass sie deshalb ruhig komponieren soll.

In diesem Moment nimmt das Fräulein die Hände von den Tasten, nickt, sagt, ja, das werde gehen, das Klavier habe sie akzeptiert, sie seien Freunde geworden.

Was denn mit dieser Frau plötzlich los gewesen sei, will der Hofsekretär wissen. Das sei ja unerträglich, wie sie sich benommen habe.

Die Patientin habe eine *Crisis* gehabt.

Was denn das für eine Art Krankheit sei, eine *Crisis*. Und ob sie ansteckend sei?

Gar keine Krankheit. Eher etwas wie der Modus einer Krankheit, wenn er verstehe, was er meine.

Der Modus einer Krankheit. Aha, lacht der Vater müde. Wie immer, wenn er nicht versteht. Das Wort Modus kenne er aus der Musik. Die Krankheit wechselt also von Dur nach Moll? Also darüber müsse er …

Denken Sie, sagt Mesmer, an den Charakter eines Musikstücks. Dann sei, er zögert, die *Crisis* vielleicht am ehesten einem Presto vergleichbar. Im Unterschied zur Musik aber, wo ein Presto nicht mehr gelte als ein Adagio, stelle die *Crisis* eine Art Höhepunkt jedes krankhaften Zustands dar.

Danach gehe es abwärts mit einer Krankheit. Aufwärts mit der Gesundheit. *Vous comprenez?*

So, so, sagt der Hofsekretär, eine *Crisis* ist also etwas Willkommenes. Höhepunkt und zugleich Anfang vom Ende. Verstehst du, Resi, sagt er.

Das Mädchen nickt und senkt den Kopf.

So könnte man es vielleicht sagen, sagt Mesmer.

Er wolle aber doch wissen, wie es dieser Frau jetzt

gehe. Ob sie wieder zu sich gekommen sei. Auf gut Deutsch: *Je voudrais jeter un coup d'œil dans la chambre.* Er wolle einen kurzen Blick ins Nebenzimmer werfen, sagt der Herr Hofsekretär.

Mesmer bedauert. Auf gar keinen Fall. Nach einer Krise müsse die Patientin strikt ruhen.

Wenn er seine Kleine die nächsten Wochen hierlasse, sagt der Sekretär, müsse er doch wissen, woran er sei.

Dieser Hofsekretär lässt nicht locker.

Nie sei sie so lange allein von zu Hause fort gewesen.

Er werde, sagt Mesmer schroff, jetzt das Zimmer zeigen, in dem sie untergebracht sei, dann müsse er um die Beendigung der Audienz bitten. Seine Patienten verlangten nach ihm.

Nicht gehen, sagt das Fräulein, als die Eltern sich verabschieden. Sie klammert sich an die Mutter. Deine Hände ..., sagt sie leise, als die Mutter sich von ihr losmacht. Der Hofsekretär zieht seine Frau Richtung Kutsche.

Mach's gut, Resi. Und freu dich. Bald wirst du nicht mehr alles so penetrant anfassen müssen.

Er winkt ihr.

Und Mesmer sieht den Hund an, der aufrecht vor der Tür sitzt. Mit gestrecktem Rücken, die Ohren gespitzt, blickt er den zweien nach. Als sei ihre Abreise nicht weniger spannend als ihre Ankunft.

Viertes Kapitel

Wer früh kommt, findet ihn vor der Glasharmonika. Als Kaline die Tür öffnet, spielt er ein Stück von Gluck. Ein Stück unterbrechen tut weh. Er spielt und nimmt, ohne zu wollen, wahr, wer da in Kalines Gefolge alles zur Tür hereinkommt: Ein aufgebauschtes Kleid, ein Haarturm und ein schwarzer Hund. Sein Hund.

Der Gedanke, dass Kaline ihre Aufgabe nicht erfüllt, mischt sich in sein Spielen. Kaline hätte diese Aufmachung verhindern müssen. Hätte vermitteln müssen. Von Frau zu Frau. Zur Sitzung beim Doktor nicht das Festkleid bitte. Eine Stunde werden sie ihn kosten, die Bänder, die Rüschen, die Locken.

Als der Hund ihn dann mit der Nase anstupst, kapituliert er. Bricht die Musik ab, streichelt über den Hundekopf, nickt fragend in Kalines Richtung und sieht sie achselzuckend zur Tür hinausstolzieren. Er nimmt das Fräulein in Empfang.

Sie sitzt aufrecht, die Hände vor der Brust gekreuzt wie etwas Geschlossenes, nein, etwas hinter sich selbst Verbarrikadiertes. Wie etwas, dem man sagen kann, was man will, und nichts, kein bisschen dringt durch. Er probiert es trotzdem. Ein Satz, der sich als erster Satz bewährt hat.

Ob sie ihm ein bisschen erzählen wolle. Von sich. Nichts.

Als der Hund zu ihr hingeht, sie mit der Schnauze stupst, zieht sie die Hände weg.

Ob sie den Hund nicht möge.

Nein, sagt sie.

Warum?

Sie möge Hunde allgemein nicht.

Dieser sei aber kein allgemeiner Hund, sagt er.

Was an ihm denn so unallgemein sei?

Er sei Nachkomme eines besonders klugen Hundes. Sein Vater, dieses kluge Tier, habe sich einst, Mesmer kam gerade aus der Apotheke am Neuen Markt, wo er Besorgungen gemacht hatte, plötzlich an seine Fersen geheftet. Zuerst habe er gedacht, der Hund verwechsle ihn. Habe sich nach dem Besitzer umgesehen. Habe herumgefragt, wem der Hund gehöre. Keiner kannte ihn. Keiner hatte ihn je gesehen. Er habe versucht, den Hund zu verscheuchen. Vergeblich. Der Hund ließ sich nicht verscheuchen. Als er später in die Kutsche stieg, um hierher zurückzufahren, sei der Hund hinter der Kutsche hergerannt und zeitgleich mit ihm angekommen.

Ein alter Straßenköter also, sagt sie. In ihrer Familie nenne man so einen ekelhaft.

Er habe ihn nicht ins Haus gelassen. Mindestens eine Woche nicht. Habe ihm nichts zu fressen gegeben. Der Hund blieb trotzdem. Es war übrigens ein schwarzer Hund. Genau wie dieser, sein Sohn. Rabenschwarz. Allmählich habe er sich an den Hund gewöhnt. Das brave

Tier versuchte immer, ihm alles recht zu machen. Folgte ihm wie ein wohlmeinender Schatten. Kein Leckerbissen seiner Frau konnte ihn weglocken. Das Einzige, was er nicht ertrug, waren geschlossene Räume. Nachts blieb er, gleichgültig wie kalt oder nass es war, draußen vor dem Haus. Dass er sich wohl bald darauf in eine Hündin, die keiner bemerkt hatte bis dahin, des Kutschers Hündin, verliebt habe, hat natürlich auch keiner bemerkt. So ist das mit dem, was keiner bemerkt. Es trägt die bemerkenswertesten Früchte. Nicht sofort. Irgendwann, wie aus heiterem Himmel. Als ich eines Tages wieder zur Apotheke fuhr, sagt er, war der Hund natürlich dabei. Nach dem Einkauf besuchte ich das kleine Wirtshaus in der *Kärntnerstraße*, um mich bei dem Türsteher hinten auf dem Hof nach einer Adresse zu erkundigen. In diesem Augenblick sah ich einen fremden Mann aus einem Fenster in den Hof herabschauen.

Er ruft etwas, einen Namen. Und wie der Blitz rennt der Hund ins Haus, und die Treppen hinauf, hin zu dem Fremden. Der Hund, von Freude durchflutet, überschlug sich fast. Die Tatsache, dass er dem Ruf des Fremden gefolgt war, ließ keinen Zweifel. Dieser Mann war sein wahrer Herr. Und tatsächlich, er erzählte, er habe den Hund in Russland, und zwar in Moskau, aufgezogen und ihn eben dort vor zehn Monaten verloren.

Aber, sagt das Fräulein, warum sollte das Tier nach seiner Ankunft in Wien gerade Sie auswählen? Warum folgte er gerade Ihnen überallhin, als sei er an Ihnen festgeklebt? Und warum sollte er sich weigern, in ein geschlossenes Zimmer zu kommen? Sie meinen wohl, er hat gefühlt, oder geahnt, dass es in Wien sein würde, wo an einem bestimmten Tage dieser Mensch ihn mit sich in ein Haus nehmen würde, wo sein Herr aus dem Fenster des Hofes schauen würde? Er soll wohl geahnt haben, dass er nur so seinen alten Herrn wiederfinden konnte. Und wollte also darum stets draußen sein? Aus Furcht, im wichtigsten Augenblick eingeschlossen zu sein?

Sie stelle genau die richtigen Fragen, sagt Mesmer. Und genau die, die er sich selbst stelle.

Sie, sagt sie, halte das für eher unwahrscheinlich. Woher hätte denn der Hund das alles wissen sollen?

Das sei die zentrale Frage, sagt Mesmer. Er wartet eine Weile und sagt, ob sie ihm jetzt von sich erzählen wolle.

Sie schweigt.

Dass sie nicht nur dasitzen und nichts denken, weiß er von anderen Patienten. Oft sehen sie aus, als könnten sie sich nicht mal mehr rühren, aber innen drin, da galoppiert es ihnen davon.

Fünftes Kapitel

Sie hat die Augen gesenkt. Wovon soll sie ihm erzählen. Von gestern. Von heute. Von jetzt. Von sich. Was meint er denn.

Alles fällt ihr ein. Alles auf einmal. Also garnichts. Oder nichts als Bruchstücke. Das Instrument, auf dem er gerade spielte, klingt ihr noch im Ohr. Diese Töne. Die verflogen, noch ehe sie richtig zu sich fanden. Ineinander verschwammen. Als sei jeder Ton zu groß für nur eine Tonhöhe. Als flössen da noch etliche Nebenklänge aus ihm heraus und in alle Tonrichtungen davon. In ein vielstimmiges Verklingen. Fast schon traurig. Traurig erregt. Einmal hatte ihr ihre hohe Namensvetterin von den verfallenen Gärten der Villa d'Este erzählt. Von der Musik des auseinanderfließenden Wassers. Vom sich verzweigenden Flüsschen Teverone. Und wie es einst vom Architekten Galvani, der sicher auch ein hervorragender Komponist gewesen wäre, vertont worden sei. Das hat ihr gefallen. Und dass die Kaiserin das alles wieder zum Leben erwecken lassen will. Dieses vielstimmige Verklingen.

Sie könnte sagen, dass sie nicht weiß, welcher Ton eigentlich der letzte war. Aber dann wird der Doktor vielleicht an ihrem Gehör zweifeln. Und ihr Gehör ist unerhört richtig. Sie ist stolz auf ihr Gehör. Lieber erzählt sie von der letzten Nacht. Die war weniger richtig. Sie hat kaum geschlafen. Das fremde Bett. Fremdes Knarren fremder Holzdielen. Fremde Schritte vor ihrem Zimmer. Selbst ihre eigenen, bekannten Schritte klingen fremd im unbekannten Zimmer. Sieben von der einen zu der anderen Wand, fünf vom Fenster zum Bett. Ein geräumiges Zimmer. Und die Wände glatt und kalt. Und früh am Morgen ein Hund, der den frühen Morgen verbellt, als sei auch der ein Fremder. Wenigstens einer ist wach wie sie, auch wenn es ein Tier ist.

Der, wie das Mädchen sagte, pechschwarze Hund. Aber sie greift schon wieder vor, lässt das Wichtigste aus.

Die fremde Hand, die die Schlaflose wachrüttelte. Sie erkennt die Menschen an ihren Händen. Kühle, trockene, feuchte, warme, weiche, gepolsterte, verspannte, gichtige, raue, knochige, drahtige, fette, grobe und entspannte Hände, die sie berühren. Soll sie sagen, dass sie nicht alle Hände mag? Eigentlich nur die sanften. Die fühlen sich an wie helle, mit sich selbst mitschwingende Stimmen. Wie die, die sagte, sie sei Kaline, das Mädchen. Ob sie aufstehen und frühstücken wolle. Und die, kaum eine Antwort abwartend, weitere Fragen stellte: Gebranntes Mus? Geröstetes Brot? Mit eingeweckten Pflaumen und Aprikosen aus dem eigenen Garten. Sie klingt so selbstverständlich, diese Kaline. Berührt so selbstverständlich ihre Schulter. Und liest ihr auch noch wie selbstverständlich die Wünsche vom verschlafenen

Mund ab, als sie hinzufügt, Und wie wär's mit einer großen heißen Schokolade?

Kaline bringt ihr die Kleider ans Bett. Hilft beim Anziehen. Lobt ihr Kleid und sagt, nötig sei das jetzt nicht, eher ein bisschen überkandidelt, für den Anlass. Und sie lacht dabei. Kurze, stürmische Lachstöße, dass es Marias müde Augen anweht. Und sie, Maria, erschrickt. Macht sie sich lustig, diese Kaline? Über sie, Maria. Über ihre Augen. Sie muss sofort nachtasten.

Sie legt die Finger über die hervorstehenden Augäpfel. Da verstummt Kaline plötzlich, als Maria ihre Zeigefinger, leicht gekrümmt, vom Joch- zum Stirnbein legt. Ihre Art, zu prüfen, ob die Augen gearbeitet haben. So sagt der Vater. Die Augen haben wieder gearbeitet, soll heißen, sie sind weiter herausgekommen. Dabei sollten doch ihre Finger arbeiten, nicht ihre Augen. Die sollen sich in ihren Höhlen entspannen. Während Maria am Klavier ihre Hände übt.

Sie ist jedesmal froh, wenn die Prüfung von gestern auf heute keinen Unterschied ergibt. Und, hat Kaline gefragt. Die Augen fühlten sich trocken an. Und ein bisschen hart. So ungefähr wie gekochte Eier.

Und wie Kaline dann erklärt hat, zur Sitzung mit dem Doktor genüge ein Unterkleid. Drüber ein Hausmantel. Und wie sie Marias Hand zu einem unwiderstehlich weichen Stoff führte. Einem samtig weichen, sehr leichten Stoff. Und wie sie sich zusammenriss. Für den Doktor auf Hemd und Schnürleib bestand, die Luft anhielt, als Kaline die Bänder und Schnüre zuzog, sich zuschnüren ließ und sich Unter- und Oberkleid über den Kopf zog. Das komplette, schwer wiegende Kleid.

Sie hat darauf bestanden. Stumm. Und Kaline half. Ebenfalls stumm. Wofür sie ihr dankbar war.

Danke, danke. Ihr Kopf drehte sich um dieses Danke herum, ohne dass sie es aussprach. Bis es zu spät ist für das Danke. Zu spät wie ein verpasster Einsatz. Doch manches, weiß sie, vermittelt sich auch, ohne es auszusprechen. Ob ihr Dank dazugehört? Ganz sicher ist sie nicht.

Kaline bot ihr jetzt einen Duft an, um den Schlafgeruch zu überdecken.

Den Schlafgeruch, den widerlichen. Aus dem Reich der ekligen Dinge. Ihr bestens bekannt durch die Laute ihrer Freundin.

Ekel beginnt mit Iii. Wie das Schwelgen in Wohlgerüchen mit Mmmmhhs und Ooohs beginnt. Wenn sie ihr mit den Duftfingern im Gesicht herumtupft. Und ihr hinter die Ohren schleicht, an die Achseln, die Handgelenke, zwischen die Brüste. Dort eben, wo ein Mädchen duften soll. Wie die Blumen im Garten der Eltern. Die sie pflückt, zwischen die Lippen schiebt. Die Blütenblätter mit der Zunge abtrennt. Eins nach dem andern. Spürt, wie sie erschlaffen. Und sie nicht ausspuckt, sondern in den Mund hineinzieht. Bis sie am Gaumen kleben. Wo sie sie mit der Zunge hortet. Um wenigstens etwas zu schmecken. Der Geschmack von Grün. Von Gelb. Von Rosarot. Soll sie jetzt erzählen, wie aufregend es ist, wenn man weiß, man duftet, und auch die Wörter dafür weiß, aber nicht, wie man riecht. Und nicht, wie man aussieht, wo oder wie man ist.

Sie hat sofort Ja gesagt zu Kaline. Als Kaline ihr diese Wortheimat namens Lavendel-Rosen-Wasser anbot. Gegen das Unwohlsein. Das Fremdsein in diesem Haus. Sie hat Ja gesagt, weil sie Kalines Hände mag, die ihr jetzt den Duft aufklopfen. Da gibt es noch etwas, das helfen könnte: Sie bittet Kaline, ihr die Frisur zu stecken.

Auch wenn Kaline zugibt, dass sie kein Coiffeur sei, die Frisur aber sowieso für unnötig hält und es auch sagt. Laut und deutlich. Die Frisur sei jetzt aber nicht nötig. Zur Sitzung beim Doktor genüge der eigene Kopf. Marias eigener Kopf gibt aber nicht nach. Mit ihrem deutlichen Schweigen. Einem Schweigen, das von Kaline auf jeden Fall gehört und verstanden wird. Wie von den meisten Menschen. Aber jetzt, in diesem Moment, vor dem Doktor, der darauf wartet, dass sie etwas erzählt, würde sie lieber nicht nur schweigen. Würde sie lieber sprechen. Und findet keinen Anfang. Keinen Anfang, dem sie trauen könnte. Der sie wohin führte und nicht im Kreis herum. Sie ist nicht so flink wie Kaline, die sagte, Na gut. Dann aber schnell. Und das Haar herüberbringt. Und lacht dabei. Während ihre Hände ernst blieben. Solche Hände, wie Maria sie mag.

Kalines Hände wissen, was sie tun. Sie lachen nicht ohne Grund. Es kommt vor, dass ihr die Hände eines Menschen lieber sind als der Mensch, der an ihnen angewachsen ist. Ihr letzter Arzt fällt ihr ein. Dr. Barth. Spezialist für Augen, Star und Stechen. Sie mochte ihn.

Sie hat seinen Händen vertraut. Die waren sehr leicht. Kühl und ein bisschen hart. Aber sie vertraute ihnen, denn sie berührten Maria, als hätten sie noch nie etwas anderes als Maria berührt. Seinen Händen war zu trauen. Doch seine Ideen machten ihr Angst. Und seine Ideen stülpte er allmählich seinen Händen über, wenn so etwas möglich ist. Die probierte er an, wie maßgeschneiderte Handschuhe. Was denkt sie schon wieder für wirres Zeug. Kalines Hände sind dazu da, um hinter Kalines Ideen zurückzutreten. Sie tun ihre Arbeit, als sei die Arbeit das Gemeinsame zwischen Kaline und ihr. Und nicht der Lohn, den Kaline dafür erhält. Ganz anders: das Mädchen ihrer Eltern. Deren Hände hart und spitz sind. Und trocken wie die vertrockneten Insekten, die sie im Winter in den Winkeln des Hauses findet. Das sie den *Rüssel* nennt. Die Schmetterlingsflügel, Spinnenbeine, die trockenen Hornissen, Bienen und Wespen sammelt sie in einem steinernen Döschen. Ihrem Naturalien-Kabinett. Das sie das Rüsselchen nennt. Die Hände des Hausmädchens ihrer Eltern tauft sie insgeheim: *Winterhände*. Sie gehorchen den Wünschen der Eltern. Als seien ihre, Marias Wünsche, Wünsche zweiter Klasse. Blöde blinde Bauernwünsche.

Soll sie sagen, Kalines Hände sind wie die Hände ihrer Freundin. Mit der sie durch den Garten tobte. Auf Bäume kletterte. Bis sie von den Bäumen fielen und umfielen. Vor Lachen, vor Müdigkeit. Zusammen in der Wiese lagen. Sich die Hände hielten. Einander die Haare aus dem Gesicht strichen.

Herumflacken, schimpft die Mutter. Flackt ihr schon wieder im Gras herum. Herumflacken hat Grasflecken zur Folge. Tückisch, tückisch. Sie sieht sie nicht und spürt sie nicht. Nur ihre bösen Folgen: Zu Tisch wird sie einfach auf ihr Zimmer geschickt.

Kaline aber hat sie nach dem ausgiebigen Frühstück an der Hand genommen und sie zum Behandlungszimmer gezogen. Maria versuchte sofort, aus dem Klang ihrer Schritte einen bekannten Klang herauszuhören. Eine Stelle, an der sie gestern schon vorbeikamen. Als Mesmer sie und die Eltern durchs Haus führte.

Und wie sie den Teppich, den sie überqueren, wiedererkennt. Und wie Kaline ihre Hand plötzlich nach unten zieht. Und sie dort etwas Feuchtes, Warmes, Weiches, Seidiges trifft. Etwas, das sich nicht fassen lässt. Laut hechelt. Sich stürmisch windet.

Der Hund des Doktors sei schwarz, sagt Kaline. Pechschwarz. Und wie Maria schnell ihre Hände über den Kopf zieht. Und merkt, dass sie nicht mal hinaufreichen zur Spitze ihrer Frisur. Aber Hundeschnauzen und Menschenhände gehören getrennt. Soll sie sagen, wie leid es ihr tut für den Doktor. Weil, wenn schon ein Hund, weiße Hunde, wie die Mutter sagt, schöner seien als schwarze und überhaupt edler, treuer, lieber.

Und wie sie sich dann weiterziehen lässt von Kaline. Und nun jeder Schritt begleitet wird vom Vier-Pfoten-Geklacker. Und wie dann plötzlich noch ein Geräusch dazukommt. Ein neues Geräusch. Und sie sofort stehen bleibt. Wissen will, ob Kaline das auch höre.

Und Kaline sich sofort sorgt, Ob dem Fräulein nicht wohl sei?

Doch, doch. Dem Fräulein sei sehr wohl wohl. Nur habe sie das Gefühl, sie träume. Sie höre diese Klänge. Und das könne bedeuten, dass ihre Ohren sich selbstständig gemacht hätten. Wäre nicht das erste Mal. Und ziemlich bedrohlich. Ihr Körper versuche ja immer wieder, sich selbstständig zu machen. Ohne sie zu beachten. So produziere er mitunter Töne in ihrem Kopf. Eine Art Musik. So wie jetzt eben, in diesem Moment. Und sie sagt: Klänge wie von weit her. Sphärische Klänge. Wie nicht aus dieser Welt. Worauf Kaline schallend lacht und sie weiterzieht.

Und die Töne immer lauter werden. Bis Kaline eine Tür öffnet. Und Maria klar wird, dass sie nicht träumt.

Sie hört Kaline flüstern, Wenn der Doktor Glasharmonika spiele, dürfe man nicht stören. Sie wollte ja auch gar nicht stören. Sondern diese Töne hören, die verfliegen, ehe sie richtig zu sich gekommen sind.

Und dann ein vielstimmiges Verklingen. Welchen Ton hat sie eigentlich zuletzt gehört? Sie könnte den Doktor jetzt fragen ...

Aber dann wird er zweifeln an ihrem Gehör, das doch unerhört richtig ist ... Sie hat es gewusst: Sie dreht sich im Kreis. Seit einer geraumen Weile, seit mindestens ...

Sechstes Kapitel

Ob sie jeden Tag so herumlaufe, unterbricht Mesmer ihr Schweigen.

Sie zuckt die Achseln, lächelt.

Er bittet sie, mit ihm zu sprechen. Ab jetzt. Er wolle ihre Stimme hören. Was sie sage. Und den Klang. Das helfe. Ob sie also jeden Tag so herumlaufe.

Dass sie weiter schweigt, hat er erwartet. So wie er erwartet, dass sie sprechen wird, sobald er sich hinter sie stellt. Die Arme hebt, bis seine Hände über ihr schweben – über ihrem Haarturm.

Eigentlich bräuchte er jetzt das Bibliotheksstühlchen, das, wenn man es aufklappt, ein dreistufiges Leiterchen wird. Es steht im Salon, hinterm Vorhang. Nur – unterbrechen will er nicht. Auch wenn es Kraft kostet, die Hände oben zu halten. Verfluchte Kaline.

Er streicht seitlich am Fräulein herab durch die Luft. Gut, die schweren Arme sinken zu lassen. An diesem Strom entlang, dem Strömen zwischen seinen Händen und ihrer Haut.

Ob sie also jeden Tag so herumlaufe.

Ja.

Ja?, sagt er. Ja?

Ja. Oder was er meine. Wie laufe sie denn herum?

Mit Riesengarderobe und Perücke.

Der Haarturm wiegt leise von rechts nach links.

Wie bitte?, sagt er.

Nein, sagt sie.

Er wartet eine Weile, dann hebt er die Hände erneut. Hält sie, bis sie schwer werden, und streicht abwärts durch die Luft, ohne das Mädchen zu berühren.

Die schöne Frisur, beginnt sie, trage sie für ihn. Auf Empfehlung ihrer Mutter. Die schöne Frisur sei eine Höflichkeit. So wie wenn man bitte sage und danke. Normalerweise, zu Hause, trage sie, wenn kein Besuch da sei, ein Seidentuch um den Kopf.

Er wundre sich, sagt er, dass es ihr nicht lästig sei, ständig mit Kopfbedeckung herumzulaufen. Ein Mädchen in ihrem Alter ... ein Fräulein, korrigiert er sich, könne doch ihr Haar zeigen ...

Sie habe bestimmt schönes, dichtes Haar. Bestimmt eher dunkel ...

Dunkel, ja, sagt sie. Brünett mit leichtem Rotstich. Kupfer.

Ja, So sehen sie aus. Die vornehmen Mädchen aus Wien, denkt er. Dunkelblaue Augen, Kupferhaar und Haut wie weiße Seide vor einem Hintergrund aus kaltem Blau ... Dabei die Fäuste geballt, denkt er mit einem Blick auf ihre Hände.

Das Tuch trage sie um den Kopf, um sich nicht zu erkälten, sagt sie. Sie sei sehr empfindlich. Gegen alles. Besonders gegen Zugluft.

Ihre linke Schulter beginnt zu zucken, als sie sagt,

im *Rüssel* ziehe es wie in keinem Schneehaus. Da ihre Eltern jedoch häufig Besuch bekämen, trage sie häufig die Perücke. Der feste Stoff der Haube plus die vielen Haare darauf seien ein Bollwerk gegen die Zugluft. Wenn möglich, sagt sie. Wenn ich nicht zu krank bin, trage ich sie.

Zu krank?, sagt er. Zu krank für eine Perücke?

Zu schwach, sagt sie. Manchmal sei sie so schwach.

Aha, sagt er und spürt, wie seine Arme lahm werden. Zitternd der Schwerkraft trotzen. Unaufhaltbar sinken. Der Perücke entgegen.

Da jetzt keine Gäste hier seien, sagt er schnell, werde er die Frisur herunternehmen.

Sie hebt schützend die Arme. Nicht nötig.

Sein rechter Bizeps brennt, zieht sich zusammen, er streckt ihn, um keinen Krampf zu bekommen.

Doch, sagt er streng. Sei es.

Wie Sie wünschen. Sie klingt wie ein Automat.

Nein. Nicht wie er wünsche. Sie solle es für sich tun, sagt er ungerührt. Für sonst keinen. Sprechen Sie, los. Zeigen Sie mir, wo die Nadeln sitzen.

Mit dem Finger weist sie ihm die Stellen, und erleichtert zieht er eine nach der andern heraus und legt sie auf dem Tisch ab. Bei jeder Berührung rieselt weißer Puder aus dem kunstvoll verknoteten Ganzen. Haarteil für Haarteil hebt er herunter, löst einzelne Locken und legt sie neben die Nadeln. Kruzitürken, hat sie denn mehr separate Locken als ein normaler Mensch einzelne Haare auf dem Kopf? Zuletzt hebt er die Basis der

Pracht, die Haube, die mit der untersten Haarschicht fest verbunden ist, an.

Einen Moment lang starrt er auf ihren Kopf. Kann nichts sagen. Sieht, wie ein Zucken ihre Schultern durchfährt.

Was mit ihrem Kopf los sei? Warum sie kahl geschoren sei?

Er wiederholt seine Fragen, und wiederholt sie ein zweites Mal.

Dr. von Störck. Mehr sagt sie nicht.

Woher die vielen Narben stammten.

Dr. von Störck hat meinen Kopf geschoren.

Erzählen Sie.

Seine Hände streichen an ihrem Körper entlang. In der angemessenen Höhe sind sie federleicht. So, wie sie sein müssen, um etwas ins Strömen zu bringen. Das Fluidum ist bei dem Fräulein ins Stocken geraten. Er wird es notieren.

Dr. von Störck, sagt sie, habe eine Heilung versucht. Er habe alles Mögliche versucht.

Was zum Beispiel?

Arzneien.

Welche?

Schwarze Küchenschelle zu Anfang und Baldrianwurzel.

Sie lacht plötzlich.

Baldrian. Wie das schon klingt. Das klingt ja genau so wie Schlendrian. Und mache sie manchmal so ruhig und faul wie einen Schlendrian. Sie habe diese Kräuter lieb gewonnen, lacht sie und wirkt dabei, als weine sie gleich.

Im Vergleich zu den Arzneien, die folgten. Deren Namen habe sie nicht behalten. Nur, dass von Quecksilber die Rede war. Und von Schwefel. Daran erinnere sie sich. Weil sie befürchtete, wo Schwefel im Spiel sei, sei der Teufel nicht weit. Aber Dr. Störck habe gesagt, sie solle sich keine Sorgen machen. Nur schade, dass sie das Pulver nicht sehen könne. Es sei schneeweiß. Rein wie ein himmlischer Engel. Er habe dieses himmlische Pulver in Wasser gelöst und ihr zu trinken gegeben. Danach sei sie umgekippt. Und habe sich alle zwei Stunden übergeben müssen. Sie habe sich mit Magenkrämpfen ins Bett gelegt und sei ganze zwei Wochen nicht mehr hochgekommen. Habe vor sich hingedämmert. Konnte nichts essen und bekam keine Regel mehr. Dafür aber schreckliche eitergefüllte Beulen. Den ganzen Rücken hinab. Sie konnte nur auf dem Bauch liegen. Bedingt auf der Seite. In ihren Ohren ein Geklingel, als sitze sie Tag und Nacht an der Orgel. Sie habe schon gedacht, das sei die Strafe dafür, dass sie mitunter heimlich Orgel gespielt habe. Gegen den Willen des Vaters, der sage, Orgel sei kein Instrument für ein Mädchen. Es schicke sich nicht ... Wegen der hin und her tretenden Beine hat er es verboten. Aber sie habe das Orgeln so gern. Kenne kaum ein Instrument von solcher Kraft. Da habe sie heimlich gespielt, manchmal ... Der Vater habe ihr dann auch verboten, die Arznei ein zweites Mal einzunehmen.

Die Ohren brauche sie schließlich für ihren Beruf. Daraufhin habe Dr. Störck Blutegel eingesetzt. Die hätten sie zwar nicht geheilt, aber das Geklingel im Ohr sei verschwunden. Die Regel wiederaufgetaucht. Mit den medizinischen Würmern sei sie Freund. Wie mit den Kräutern.

Sie erschauert.

Die kalte glitschige Wurmhaut sei anfangs ungewohnt gewesen. Und wie die Egel auf ihrem Bauch herumkrochen, eh sie zubissen. Sie habe bald einen Wurm vom andern unterscheiden können. Sie habe sie in ihren feuchten heißen Händen gehalten wie kühle Handschmeichler.

Keiner fühlt sich an wie der andere, sagt sie. Einer größer, der andre dicker. Einer lebhaft, einer faul. Und die Gier beim Ansetzen. Immer hungrig. Was nicht heiße, dass sie gleich beißen. Manche lassen sich Zeit. Vor allem vor einem Gewitter wollen sie nicht beißen. Als fürchteten sie sich bei Donner und Blitz vor Blut. Dann habe Dr. Störck sie in kleine Glasröhrlein gesteckt, dazu ein Stückchen Zwiebel auf ihren Leib gelegt. Dann habe er einen Löffel Zucker in Milch gelöst. Damit Marias Leib bestrichen. Und kaum brachte er die Glasröhrlein mit der offenen Seite an ihre Haut, bissen die Egel. Sie können der Zuckermilch nicht widerstehen. Da sind sie wie wir alle.

Am liebsten hätte sie Dr. Störcks Egel mit nach Hause genommen. Allein die Mutter habe es nicht erlaubt. Kein Egel Dr. Störcks, den sie nicht kenne. Auch die, die nicht anbissen. Sie habe ihnen Namen gegeben. Sie in Männlein und Weiblein unterschieden. Habe, sagt sie, mit ihnen gespielt. So wie mit Puppen ... Wenn ihre Freundinnen das wüssten! Dass sie mit Egeln spielt! Sie brauche die Würmer nur zu erwähnen, da nähmen die Freundinnen Reißaus. Und tauchten wochenlang nicht mehr auf. Dann locke sie sie mit einem Brief, einer Einladung zur Zuckermilch.

Wissen Sie, ich sammle Freundschaften, sagt sie. So wie er Bücher oder Medizinkram sammle. Ob er sich vorstellen könne, wie langweilig das Leben ohne ihre Freundinnen sei. Und ohne Würmer.

Wo Dr. von Störck ihr die Egel angesetzt habe, will Mesmer wissen.

Direkt hinter den Ohren. Und hier und hier.

Sie zeigt auf Schläfen und Brust, Bauch.

Und dann.

Dann nichts.

Er wartet. Hebt erneut die Arme. Verweilt über ihrem Kopf. Streicht langsam abwärts.

Nichts? Was heißt nichts?

Nichts heiße, sie erinnere sich nicht.

Das glaube sie nur, sagt er.

Sie glaube, sagt sie, dass danach etwas sehr Schlimmes passiert sei.

Schlimm?, sagt er.

Sie überlegt. *Fließlöchlein*. Davon habe Dr. Störck öfter gesprochen. Die genaue Bedeutung sei ihr nicht offensichtlich. Sie lacht. Er habe ihren Kopf geschoren und mit einem Zugpflaster abgedeckt. Auch habe sie geglaubt, der Kopf zerspringe. Der ganze Schädel pochte und eiterte. Und das Schlimmste – keiner habe mehr mit ihr im Zimmer sein wollen. Die Freundinnen führten ihre Ekel-Laute in die oberen Register und seien dann ausgeblieben wie die ausgebliebene Regel. Und nicht einmal eine Einladung zur Zuckermilch habe geholfen.

Alle hätten gesagt, in ihrer Anwesenheit stinke es entsetzlicher als draußen in der Gosse. Nur sie habe nichts gerochen.

Meine Nase, sagt sie, die Nase funktioniert nicht.

Ob das immer schon so gewesen sei? Ob sie sich an einen Geruch erinnern könne?

Nein. An keinen. Geruch sei ihr ein Rätsel.

Das Pflaster auf dem Kopf verstärkte die Zuckungen am ganzen Leib. Und die Augen wölbten sich nach außen. Das fühlte sich an, als werde ihr der Kopf langsam zerquetscht. Und dann, sagt sie, fingen die Blitze an. Dr. Störck hielt sie für die zurückkehrende Sehkraft. Er bestand darauf. Lobte das Pflaster.

Sie habe ihn angefleht, es abzunehmen. Aber es habe gedauert, bis zu seiner Einsicht, dass die Blitze mit dem Sehen überhaupt nichts zu tun hatten. Die Blitze kamen nicht von außen!, sagt sie. Sie kamen mitten aus meinem Kopf. Grässlich, sagt sie.

Nach acht Wochen Eiter und Gestank und unerträglichen Schmerzen entfernte Dr. Störck das Pflaster endlich. Sie, ungeheilt, aber wie neugeboren. Einfach froh, die Tortur los zu sein. Sie habe ja nicht ahnen können, was noch kommt ...

Sie bricht ab.

Weiter, sagt er.

Wie warm seine Hände vom Streichen geworden sind. Und wie weich und leicht sie sich anfühlen. Wie die langen Flossen mancher Fische.

Dr. Störck habe etwas auf ihrem Kopf befestigt.

Was, will er wissen.

Eine Maschine, sagt sie. Eine elektrische. Seine allerneueste Erfindung ...

Er unterbricht sie: Ob Störck das behaupte?

Was?

Dass er die Maschine erfunden habe.

Sie sei nicht sicher, sagt sie.

Sie solle sich bitte genau erinnern, sagt er. Das sei wichtig.

Es könne auch ihr Vater gewesen sein. Sie wisse es nicht mehr. Aus dieser Zeit sei nichts geblieben als das Gefühl eines verbrennenden Schmerzes. Ein Schmerzklumpen, der von ihren Augen aus durch den ganzen Körper rollt. Sich dann verflüssigt und einen schweren See bildet.

Wo, sagt er, sie solle ihm die Stelle zeigen.

Hier.

Sie zeigt auf ihre Brust, verstummt, sinkt in sich zusammen.

Weiter, sagt er. Weiter, reden Sie.

Erst habe er gesagt, werde er Funken aus ihr herauslocken. Und schade, dass sie die nicht sehen könne, diese wundervoll leuchtenden Funken. Sie habe sie aber gehört, sagt sie. Und das habe ihr gereicht. Einen schlimmeren Ton könne sie sich nicht vorstellen als dieses Knistern. Die Funken brachten offenbar nichts, sagt sie, da habe er ihr Stöße versetzt.

Sie habe versucht, sich einzureden, dass Schmerzen nicht umsonst seien. So starke Schmerzen müssen einen Sinn haben. Eine Wirkung. Nicht irgendeiner habe sie ihr verordnet, sondern Doktor von Störck. Leibarzt der Kaiserin! Studierter, kluger Mann … Der eine so ungewöhnliche Erfindung gemacht habe …

Mesmer unterbricht erneut. In scharfem Ton.

Herr von Störck hat die Elektrisiermaschine nicht erfunden! Wenn er das behauptet, ist er ein …

Ja?

… Lügner …

Das, sagt sie, werde sie sich jetzt merken.

Alle seien überzeugt gewesen, dass sie bald sehen werde. Das Gegenteil war der Fall. Die Kopfschmerzen und der Druck auf die Augen wurden unerträglich.

Wenn sie mit den Händen über ihre Augen strich, habe sie gedacht, sie sei im kaiserlichen Tiergarten und streichle die Panzerschildkröten der Kaiserin, so hart und geballt waren die Augen. Und kaum noch zu schließen. Die Lider dreimal so dick wie sonst. Das Augeninnere trocken, entzündet. Und der Kopf eine Wüste.

Die aus der Heiligen Schrift. Aus der ihr der Vater jeden Abend vorgelesen habe. Je schlechter es ihr ging, desto nötiger wurde Gottes Wort. Und wie alle sich vor ihr ekelten. Keiner hat mich sehen wollen. Keiner habe sie hören wollen. Alle hätten nur auf den Doktor gehört. Der ihren Zustand als Erstverschlimmerung gedeutet habe.

Dass sie den Respekt verloren hat vor diesem Herrn von Störck, erzählt sie nicht. Auch nicht, dass sie sich mitunter so sehr vor ihm fürchtete, dass sie sich weigerte, in die Kutsche einzusteigen, die sie zu ihm bringen sollte. Seine Ideen machten ihr Angst.

Angst, aber Hoffnung.

Aber irgendwann wünschte sie nur noch, er möge erkennen, wie sinnlos seine Therapie war. Sie wünschte umsonst. Dr. von Störck erkannte nichts.

Er habe ihr immer wieder dieses Ding auf den Kopf geschnallt. Auf die geschwollenen Augen. Und bei jedem Stromstoß ein Hagel aus Blitzen und Funken und höllischen Schmerzen. Immer mehr Stromstöße direkt hintereinander.

Wie viele? Mesmer ist froh, dass sie redet.

Weiß nicht, sagt sie. Einmal habe sie bis hundert gezählt. Weiter nicht. Nie im Leben habe sie so weit in den Schmerz hineingezählt. Sie schluchzt. Bekommt sekundenlang keine Luft mehr. Vielleicht sollte er diese erste Sitzung abbrechen. Aber eine letzte Frage brennt ihm auf der Zunge.

Ob die Kaiserin davon wisse?

Die Kaiserin wisse alles, was sie wissen wolle, sagt sie. Ob er glaube, dass die Kaiserin davon wissen sollte?

Oh ja, sagt er, auf jeden Fall sollte sie es erfahren.
Warum er das meine.

Er stutzt. Mit dieser Frage hat er nicht gerechnet.

Ob sie denn eigentlich sehen wolle?

Sie erstarrt, sagt, sie werde antworten, auch wenn er mit seiner Frage die ihre fortgespült habe. Natürlich wolle sie gern sehen. Unbedingt sogar.

Nach allem, was sie von Freundinnen und Verwandten wisse, müsse Sehen die schönste Tätigkeit überhaupt sein. Schöner als Sprechen und Singen. Obwohl Singen schon mit zum Schönsten zähle. Und sie wolle Klavier spielen. Für die professionelle Laufbahn brauche man Augen. Wer nicht sehen kann, wird auch nicht gesehen. Wer nicht gesehen wird, wird auch nicht gehört. Wer nicht gehört wird, lebt nicht. Sage ihr Vater. Und sie sei ganz seiner Meinung. Sie wolle reisen. Nach Italien und England. Berühmt werden. In ganz Europa. Vielleicht auch in Amerika. Sie wolle vor fremden Menschen große Konzerte geben. In fremden Städten. Und. Sie wolle wissen, wie sie aussehe. Wie Menschen aussehen. Und Tiere. Sie wolle mit prächtigen Frisuren auftreten, in eleganten Kleidern und den Leuten ins Gesicht sehen.

Bedeutet ihr das mehr als gesehen zu werden?, fragt Mesmer.

Auch wenn ihm das vielleicht wie zu viel vorkomme, was sie alles wolle … alles sage. Oder. Allerdings, fügt sie hinzu, wenn jede Therapie so schmerzhaft sei, dann bleibe sie lieber blind.

Sie weint. Sagt, sie sei bestürzt.

Man könne die Entfernung und den Lauf der Sonne messen, sowie den des Mondes und der Gestirne, und die Höhe der Berge. Man könne das Jahr einteilen und die Stunden. Die Erdkugel, das Meer, die Gebirge und Schiffe. Und könne sagen, dieser Turm – jener Palast bräuchten so und so tief reichende und so dicke Grundmauern, wenn sie die Jahrhunderte überdauern sollen. Aber ihr könne man nicht helfen? Das sei schwer zu begreifen.

Ich spüre, sagt sie, wie ich mich weiter und immer weiter entferne, von den Menschen und von der Erde. Ohne sie je gesehen zu haben ... Weiter als der Mond, weiter als die Sterne. Vielleicht bin ich ja schon nicht mehr erreichbar. Jeder Schmerz treibt mich ein Stück weiter fort von der Erde. Und den Menschen ...

Er verstehe, sagt Mesmer. Sie solle froh sein, dass sie die ärztlichen Behandlungen überlebt habe. Heutzutage müsse ja ein Kranker vor allem den Arztbesuch überstehen.

Wer Arzneien und Behandlungen überlebe, habe gute Chancen, wieder gesund zu werden.

Das verstehe sie jetzt nicht, sagt sie, dass er so rede. Er sei doch selber Arzt.

Ja, er sei Arzt. Und er forsche als Arzt. Und deshalb wisse er, dass es Ärzte gebe und Ärzte. Und Ärzte und Ärzte seien nicht dasselbe.

Das verstehe sie auf keinen Fall.

Macht nichts, sagt er. Bei ihm habe sie nichts zu befürchten. Er werde ihr keine schädlichen Arzneien verschreiben. Zu Anfang einen Sud aus *Chamomilla* und *Pulsatilla nigricans*, zweimal täglich, und am Abend eine Abkochung aus *Radix Valerianae*. Blutegel ... unbedingt. Und alle zwei Tage eine Sitzung im magnetischen Zuber. Dazu die magnetischen Einzelbehandlungen. Wichtig sei, dass sie ihm alles erzähle. Er stehe auf ihrer Seite.

Sie scheint zu überlegen, was er meint.

Alles, sagt er, was sie spüre oder denke, solle sie ihm sagen. Und solle sich nicht schämen. Für nichts. Auch die unsinnigsten Gedanken wolle er wissen. Sie hätten einen Sinn, vielleicht nur für sie und in ihrem Lebensgefüge. Doch gehöre er ja dazu nun auch. Also auch für ihn. Sie solle ihm also alles anvertrauen ... Auch wenn er jetzt vielleicht klinge wie ihr Beichtvater.

Den ganzen Morgen, sagt das Fräulein plötzlich, habe sie gefroren. Und jetzt sei ihr auf einmal warm.

Das liege in der Natur der Sache, sagt er und lässt die Hände auf ihre Schultern sinken.

Als es klopft, kurz und heftig, und die Tür auffliegt. Anna, einen Krug in den Händen und ein Zittern in der Stimme.

Sie wolle nicht stören. Nur Wasser bringen.

In einem Reflex hat er die Hände zurückgezogen. Als sei er ertappt worden bei etwas Ungehörigem. Anna steht im Zimmer. Feuer in den Augen. Dann die Abkühlung. Ihr Erschrecken beim Anblick des kahlen, vernarbten Fräuleins. Er schüttelt den Kopf. Gestikuliert.

Gehen soll sie. Auf der Stelle. Sie antwortet mit einem enttäuschten Warum.

Er legt den Finger auf die Lippen. Sie soll ruhig sein. Sie knallt den Krug auf den Tisch, dass es schwappt.

So ein schöner, klarer Fall, sagt sie laut. Ein vollkommener Star. Sie wolle doch nur zuschauen. Wolle doch etwas lernen, sagt sie. Sie sei doch seine Schülerin. Ob das Fräulein etwas dagegen hätte, wenn sie, Anna Maria, Mesmers Gattin und Schülerin, dem Meister bei der Arbeit zusehe.

Das Fräulein, in sich zusammengesunken, antwortet nicht.

Es reicht. Er hat noch nicht begonnen, es auszusprechen, da schmettert seine Frau die Tür von außen zu. Das Fräulein hat sich die Hände über das Gesicht gelegt.

Sie habe Schmerzen, sagt sie. Grell wie die Blitze.

Seine Frage, wo, ignoriert sie, ebenso den Hinweis, dass sie jetzt Ruhe brauche.

Sie wolle keine Schmerzen mehr. Sie weint. Er habe ihr versprochen ... Sie habe noch nicht Klavier geübt ... Wo die Frisur sei.

Sie steht auf. Weiß nicht, wohin. Dreht sich, stößt mit der Hüfte gegen den Tisch, legt ihren Oberkörper über die Tischplatte, tastet nach der Perücke. Findet sie. Versucht, die Haarteile auf ihrem Kopf zusammenzufügen. Durchwühlt die Locken, dass es staubt, muss husten und niesen und schluchzen und alles zugleich. Bis er sie an der Schulter berührt. Ihr die Haare aus der Hand nimmt und verspricht, er werde sie jetzt auf ihr Zimmer bringen.

Nicht aufs Zimmer, schreit sie. Ans Klavier.

Er bringt sie. Hört im Hinausgehen, wie sie durch die Tonleitern rast. Wieder mit dieser dem englischen Instrument angemessenen Kraft. Und sie moduliert sie sogar.

Siebtes Kapitel

28. Januar 1777

Beim Aufwachen hat sie eine Hand in der Hand. Eine, die sie nicht kennt. Eine feine, kühle, trockene. Weiblicher Mann oder männliche Frau. Nicht zu entscheiden. Leichte Finger, die sie drückt und die sich sofort zurückziehen. Schön. Jede angenehme Hand ist eine mögliche Freundin. Für ihre Sammlung. Zu dumm, dass sie ihr Freundschaftsbuch nicht zur Hand hat. Sie versucht sich aufzusetzen. Ihr Kopf ist schwer. Hat man ihr Steine aufgebunden? Nicht nur der Kopf. Ihre Arme und Beine. Die Füße. Nichts als Gewichte.

Nicht erschrecken. Die Stimme, die zur Hand gehört, kennt sie. Natürlich. Hätte sie wissen können. Musikerhände. Geigerhände. Riedinger, der sagt, der Doktor habe ihr Magnete aufgelegt. Und wie sie sich fühle.

Das versuche sie gerade herauszufinden. Indem sie sich erinnere, was geschehen und wie sie hier gelandet sei. Auf dieser Matratze.

Es war der achte Tag gewesen. Das weiß sie noch. Sie war früh wach geworden, hatte sich im Halbschlaf das Gesicht und wie gewohnt mit der Hand den Schlaf aus den Augen gerieben. Das Erschrecken darüber, nicht das Übliche vorzufinden. Keine Schildkröten, keine harten Eier. Keine Schwellungen. Oder täuschte sie sich?

Weiche Augen. Weicher als das Wachs der Kerzen, die sie sofort anzündete, damit Kaline gleich sehen könnte, was nicht mehr zu spüren war. Sie hatte den Stuhl zur Tür gedreht, sich hingesetzt. Auf Kalines unverwechselbar leichte Schritte gelauscht, die klingen, als schleife Kaline zwei lange Flügel hinter sich her.

Kaline war ins Zimmer geplatzt mit einer Neuigkeit, die sie weiter beunruhigte: Heute dürfe das Fräulein am magnetischen Zuber teilnehmen, verkündete sie und trug die Waschschüssel an Maria vorbei zum Frisiertisch. Mit den anderen Patienten, sagte sie. Graf Pellegrini, dem süßen kleinen Kornmann, der Herzogin von Kingston und natürlich Jungfer Ossine. Und wer heute von außerhalb noch dazukäme, werde man sehen …

Maria hatte den Kopf nach ihr gedreht. Die Hände wieder an den Augen. Die waren mit gestreckten Fingern kaum zu spüren. Täuschten sich ihre Finger? Waren sie blind geworden für ihre blinden Augen? Oder war Kaline blind? Die ihre Augen nicht bemerkte und stattdessen den Schwamm auswrang. Der Doktor war es jedenfalls nicht. Er würde sofort sehen, dass ihre Augen über Nacht in die Höhlen zurückgetreten waren. Sie hatte Kaline gebeten, sie sofort zum Behandlungssaal zu bringen. Natürlich hätte sie allein hingefunden. Aber das brauchte Kaline nicht zu wissen.

Sie erinnert sich, dass Kaline damit nicht einverstanden gewesen war. Die Musiker kämen doch erst in einer Stunde in den Saal. Und der Doktor erst in anderthalb. Und ob nicht ein paar Spritzer Wasser auf der Haut sie ein bisschen erfrischen könnten. Und erinnert sich, dass sie sofort ihr wirkungsvollstes Mittel eingesetzt hatte. Sie war zur Tür gelaufen und hatte geschwiegen. Woraufhin Kaline sie bei der Hand genommen hatte.

Im Behandlungssaal war sie um den magnetischen Zuber herumgewandert. Mehrmals. Hatte sich über den kleinen Radius gewundert. Und darüber, dass er beim zweiten und dritten Mal etwas größer schien. Sie hatte alle möglichen Wege und Plätze probiert. Zur Tür und zurück. Auf das Musiker-Podest und wieder hinab. Sie hatte die mit Samt beschlagenen Wände ertastet, die Spiegel und die magnetischen Vorrichtungen. Die Eisenstäbe in ihren Halterungen. War kreuz und quer gegangen, alles zu testen und den richtigen Platz zu finden. Dort, wo der Doktor sie nicht übersehen konnte. Was er wohl sagen würde? Sie hatte sich entschieden für einen Platz, ihren Platz, den mit der besten Akustik. Von den anderen Patienten kannte sie nur ein paar Namen. Aber was hieß das schon. Keinen von ihnen konnte sie nach ihren Augen fragen.

Ach bitte, sehen meine Augen heute anders aus?

Anders? Anders als wann?

Als gestern Abend.

Sie erinnert sich an die Frauenstimme, die ihr, wie aus dem Nichts, einen Guten Morgen wünschte, dabei klang, als sei es der miserabelste aller Morgen. Eine Stimme, die nicht meinen konnte, was sie sagte. Kam ihr bekannt vor. Der Schreihals von neulich.

Sie sei Ossine. Ihre Zimmernachbarin.

Froh darüber, dass sie mit ihr allein war, weil sie, wenn keiner sonst da war, fragen konnte, fragte sie, ob sie ihr eine Frage stellen dürfte.

Aber bitte.

Was denn da neulich passiert sei? Sie habe neulich miterlebt, wie Ossine in eine Krise geraten sei. Sie habe geschrien. So ... als werde sie gepfählt. Bei lebendigem Leib. Sie sei heute neu und fürchte sich vor dem Sitzen im magnetischen Zuber. Offenbar sei mit Schmerzen zu rechnen.

Oh, und an den Blick der Jungfer erinnert sie sich genau. Solche Blicke spürt sie auf der Haut. Wie Stiche. Oder Steinwürfe. War offenbar die falsche Frage.

Wie das Fräulein denn auf so einen Unsinn komme. Schmerzen, klar, jeder hier habe Schmerzen an irgendwelchen Stellen. Deshalb sind wir ja hier. Und Krise hin oder her, jeder gerate früher oder später in eine Krise. Auch dafür seien sie hier. Aber dass sie laut geschrien habe, sei eine gemeine Unterstellung. Sie sei keine Irre. Sei eine Dame. Also beherrscht. Auch wenn ihr oft nach Schreien zumute sei. Zum Beispiel gestern Nacht. Sie habe kein Auge zugetan. Ein Knarren habe sie wach gehalten. Schwere Schritte. Der Beelzebub höchstpersönlich. Allein, sagte sie, die Schritte kamen von nebenan. Aus Marias Zimmer. Warum denn Maria mitten in der Nacht so laut herumtrample. Sie solle doch bitte den Doktor um einen Schlaftrunk bitten. Der Doktor wisse für jeden etwas, bestimmt auch für sie. Und ob sie schon *Theriac* versucht habe?

Längst, sagte Maria. Sie hatte sich gewundert. Sie war in der Nacht nicht einmal auf dem Nachttopf gewesen. Vielleicht hatte sie zu tief geschlafen. Vielleicht hatte sie durch alle Mauern und Wände geschnarcht. Wie manchmal ihr Vater. Sich selber hört man ja nicht. Aber die anderen. Vielleicht war es das, was Ossine gehört hatte. Ihre Nase ist nachts so verstopft, dass sie durch den Mund atmen muss, um nicht zu ersticken.

Ossines Vermutung ging in eine andere Richtung. Sie fürchtete, der Beelzebub gehe bei Maria ein und aus, ohne dass die es ahne. Das allerdings sei schlimm. Da müsse man vielleicht noch andere Spezialisten hinzuziehen als Dr. Mesmer ...

Aber da hat Maria sie beruhigen können. Ihr Gewissen sei das Verlässlichste an ihr. Ohnehin ohne große Sünden. Und von den kleinen Sünden, den vielen Wünschen, Eitelkeiten und Sehnsüchten regelmäßig reingebeichtet beim Beichtvater in der Stephanskirche.

Klein könne sie Marias Sündenzählung keineswegs finden, hatte die Jungfer ihr an den Kopf geworfen, gerade in dem Moment, als die Musiker hereinkamen und in ihrem Gefolge die anderen Hauspatienten. Ossine schien beflügelt. Es sei zwar eher dunkel im Saal, sagte sie so laut, dass alle es hörten, aber doch nicht so dunkel, um nicht zu sehen, dass mit Marias Augen etwas nicht stimme.

Sie erinnert sich, dass sie in diesem Moment ihre Augen nicht mehr spüren konnte und schrecklich erschrak.

Ossine behauptete, es sei doch fast nur das Weiße zu sehen. Drauf die Pupillen wie närrische Hummeln in alle Himmelsrichtungen schössen.

Und eine fremde Männerstimme mischte sich ein. O Gott, ja. Ob man den Doktor rufen solle.

Marias Hände hatten die unerklärlichen und wieder leicht geschwollenen Augen ausfindig gemacht. Die unerklärlichen Tränen, ihr nasses Gesicht, ohne dass sie weinte.

Bei dem Fräulein sei was im Busch. Ossine wandte sich an alle im Raum, das habe sie sofort gespürt. Die wandle nicht umsonst im Schlaf unkontrolliert im Kreis.

Sie erinnert sich, dass eine fremde Hand ihren Arm berührte, eine haarige, derbe Hand, und dass sie in einem Reflex danach schlug. Dreimal kurz danach schlug, während das Fremde versuchte, ihre Hand einzufangen.

Verzeihung, sagte eine Männerstimme. Er habe vergessen, sich vorzustellen. Graf Pellegrini. Er habe schon viel gehört von ihr ...

Ossine rief dazwischen, Das rabiate Fräulein solle sich beruhigen. Den Doktor, schnell!

Und sie erinnert sich, dass einer der Musiker aufmerksam wurde. Er sei Riedinger. Was denn hier los sei?

Dieselbe freundliche Stimme, die jetzt neben ihr sitzt und sagt, dass sie sich nicht an alles erinnern müsse. Es sei normal, den Schlaf zu vergessen.

Und sie: Sie wolle sich aber erinnern.

Ossine hatte behauptet, das Fräulein sitze, obwohl wenn es im Zuber so etwas wie Stammplätze nicht gebe, genau an dem Platz, an dem sie, Ossine, die letzten vierzehn Tage gesessen habe. Dort, zwischen Graf Pellegrini und dem kleinen Benjamin Kornmann.

Ce n'est pas un problème, hörte sie den Diskant einer Knabenstimme.

Und Riedinger. Dass das bestimmt keine böse Absicht gewesen sei. Eher ein Versehen, hatte er gesagt.

Ein Versehen aus Blindheit!, hatte Ossine die Stimme gehoben. Sie sei ja nicht so. Sie suche sich einen neuen Platz. Nur gesagt haben wolle sie es, sagte sie, um Maria nicht die Chance zu nehmen, daraus zu lernen.

Und der kleine Kornmann warf ein, sein Vater werde ihn abholen. In den nächsten Tagen. Vielleicht noch heute. Dann könne Jungfer Ossine seinen Platz haben.

Nein, danke, rief Ossine. Zum Fräulein, das nichts sieht, sei ein Sicherheitsabstand notwendig. Auch, weil sie, Ossine, sonst ständig dran denken müsse. Und das sei die Sache nicht wert.

Na dann sei doch alles bestens, sagte Riedinger.

Sie erinnert sich, dass sie nach diesem peinlichen Vorfall aufgestanden war. Und dass Riedinger meinte, sie solle ruhig sitzen bleiben.

Ja, sitzen bleiben, sagte Ossine. Aber zu spät sei zu spät. Sie verzichte auf den Platz. Maria könne ihn behalten.

Sie erinnert sich, dass sie unschlüssig war. Dass sie sitzen wollte, aber stehen blieb, während Ossine sich schräg gegenüber niederließ. Und dass sie lange so dastand. Und auch den kleinen Kornmann ignorierte, der flüsterte, Wenn sein Papa hier sei, könne die miese Jungfer was erleben. Sein Papa werde ihr die Leviten lesen.

Sie stand, bis die Musiker begannen, die Instrumente zu stimmen. Alle Patienten ihre Plätze einnahmen. Sie erinnert sich, dass sie jedes Guten Morgen registrierte, dass sie die Stimmen in Gut oder Böse schied, in Freundlich oder Gleichgültig, und dass ihr klar war, wie haltlos diese Unterscheidungen waren. Sie erinnert sich, dass sie den Faden verlor. Und ihr Sätze durch den Kopf jagten. Und dass sie gespannt war, ob sie sie aussprechen würde.

Das ist mein Platz. Das spüre ich. Orte vibrieren. Und ich höre sie. Ich bin Musikerin. Und ich habe Ossine schreien hören. Zeterundmordio. Dafür gibt es auch Zeugen. Ossine hat geschrien wie am Spieß. Auch wenn sie selbst es nicht glauben will.

Als es ringsum still wurde und klar, dass sie keinen ihrer Sätze aussprechen würde, hatte sie sich auf den Stuhl sinken lassen. Ossines Vorwürfe standen im Raum. Mitten zwischen den fremden Menschen. Wieder ein verpasster Einsatz. Und der wie vielte schon, dachte sie, seit ihrer Ankunft? Ach wäre das Leben doch eine Fuge. Keine Stimme käme zu kurz.

Sie wunderte sich, dass alle schwiegen. Als bewirke das Sitzen im Kreis eine Magie, die die Münder schließt. Sie erinnert sich an eine letzte Störung. Eine allerletzte Nachzüglerin. Kleine und schnelle Schritte, klappernde Schühchen im Frauen-Galopp. Angst, zu spät zu kommen. Etwas zu verpassen. Wo, bitte, sei Doktor Mesmer? Sie hatte gespürt, wie der Wind sich drehte und mit ihm die Köpfe.

Riedinger schickte die Nachzüglerin auf den letzten freien Platz. Der Doktor komme gleich. Sie erinnert das Zögern der Frauenstimme.

Sie habe mit dem Doktor zu sprechen. Wichtiges.

Wie bitte? Um was es gehe? Sie solle sich bitte setzen.

Sie wollte sich nicht setzen.

Worauf Riedinger auf Rückenbeschwerden tippte und sagte, es werde sich sicher eine Lösung finden.

Ja, sagte sie. Nein ... er täusche sich. Sitzen, das sei nicht das Problem. Allein ... hier, das sei es. Hier zu sitzen sei das Problem.

Sie erinnert sich an die Spannung im Raum.

Nicht ... zu diesen ... Leuten. Sie wissen ja nicht, wer ich bin, fügte sie hinzu.

Die Patienten tuschelten. Erst mit Mesmers Schritten und Stimme wurde es schlagartig still.

In diesem Haus gebe es nur einen Zuber, sagte er. Wer sich darin keinen Platz suche, finde auch keine magnetische Therapie.

Er wisse wohl nicht, wen er vor sich habe.

Das wisse er sehr wohl, und er freue sich, die Marquise von Müller zu begrüßen. Er bitte, Platz zu nehmen, damit man beginnen könne.

Sie bestehe auf einen separaten Zuber!

Sie könne darauf bestehen, sagte er. Das werde aber nichts ändern. Es gebe keinen separaten Zuber.

97

Dann solle er einen einrichten, sagte sie. Einen für ihresgleichen. Standesgemäß.

Im Sommer werde er mehrere Zuber einrichten. Draußen, sagte er, im Park, unter den Bäumen. Dann habe sie die Wahl, in welchem Zuber sie sitzen wolle. Er könne ihr aber aus Erfahrung sagen, Bäume interessierten sich recht wenig für Herkunft. Bäume ließen jeden unter sich sitzen.

Ob Winter oder Sommer, drinnen oder draußen, sie werde sich keinesfalls zu solchem Pack setzen. Also?

Sie wartete. Alle warteten.

Nein, sagte Mesmer. Und wenn er fünf Zuber einrichte. Seine Antwort sei Nein.

Ob das sein letztes Wort sei.

Sein allerletztes.

Sie erinnert sich an das Rauschen, als habe die Dame ein Loch in die Luft gerissen, das sich nur langsam wieder schloss. Einige Patienten lachten, andere klatschten in die Hände. Als sie die Tür zuwarf, Stille.

Sie erinnert sich, dass sie unsicher war, was sie von dieser Szene halten sollte. Und froh, dass ihre Eltern nichts davon ahnten.

Sie hatte, wie alle anderen, darauf gewartet, dass der Doktor die Spannung zerreiße. Aber er zerriss sie nicht, er schob sie beiseite, wie man einen Vorhang beiseiteschiebt. Und dahinter kommt wieder ein Vorhang zum Vorschein. Und so weiter. Mesmer machte die Runde. Patient nach Patient. Flüsterte mit jedem. Das Flüstern baute eine neue Spannung auf. Und ihr fiel ein, wie sie manchmal im Garten saß oder, wenn sie mit den Eltern Ausflüge machte, draußen in den Feldern, und glaubte, sie hörte die Blumen wachsen. Die Blumen, die Ähren. Ein Kornfeld, das in die Höhe schoss.

Er hatte ihr von hinten seine Hände auf die Schultern gelegt. Sie waren leicht und warm. Und sie machten ihre Schultern ebenso leicht und warm. Das Gefühl, sie habe in Ketten gelegen, die jetzt an ihr hinabrutschten. Sie ließ sich fallen und alles, was sie im Moment dazugehörte. Sie erinnert sich an den Wunsch, sich dies schon lange gewünscht zu haben. Seit dem ersten Händedruck. Nein, früher schon. Sie fühlte sich sicher. Der Raum schmiegte sich ihr an. Jetzt, hier. Ihr Ort. Einen andern gab es nicht. Wenn er jetzt noch nach ihren Augen fragte ...

Wie sie geschlafen habe, wollte er wissen. Und wie sie sich fühle.

Sie flüsterte, Ausgezeichnet.

Er sah ihre Augen nicht. Er stand ja hinter ihr. Und ihr fiel ein, dass es dunkel war hier drinnen. Und dunkel heißt, die Menschen sehen nichts. Und wenn die Menschen nichts sehen, dann sind sie blind. Und blöd.

Sie ließ sich einen eisernen Stab in die Hand drücken. Damit solle sie berühren, was sich am unwohlsten fühle. Wo sie Schmerzen habe.

Schmerzen? Sie habe keine Schmerzen, hatte sie gemurmelt. Das war gestern. Heute hatte sie abgeschwollene Augen!

Aber er redete schon weiter: In den nächsten Tagen solle sie zur Einzelsitzung kommen. Er überließ sie dem Eisenstab.

In den nächsten Tagen. Also heute nicht. Und morgen eher auch nicht. Übermorgen vielleicht. Oder der Tag danach. Aber sie wird ihm im Hellen begegnen. Sie wird sich so lange vor ihn hinstellen, bis er sie sehen muss. Sie probierte den Stab aus. Richtete ihn auf Brust, Bauch, Kopf. Auf ihr Herz. Und ihren Nabel. Auf ihre Armbeuge. Sie richtete sich auf. Senkte den Kopf. Kopf und Eisenstab. Augen und Eisenstab. Kehle und Eisenstab. Lauter lustige Paare, dachte sie und richtete ihn mal aufs rechte, mal aufs linke Auge. Stützte schließlich den Kopf drauf. Am Mittelpunkt zwischen beiden Augen, dort wo ihre Augenbrauen sich trafen. Spürte sie etwas? Einen Strahl, der aus dem Eisenstab herausspritzte. Auf die Augen. Angenehm kühl. Und ringsum eine Flüster-Stille – wie in der Kirche –, die erst mit Mesmers Ansage endete.

Alle sollten einander die Hände reichen. Zusammenrücken. So dicht wie möglich. Und dann: Haydn!

Der Graf griff ihre Linke mit seiner haarigen Hand. Sie erinnert sich, dass sie kurz überlegte, auf welche Körperpartien er seinen Stab wohl gerichtet hielt, wo sein Schmerzpunkt war. Und sie tippte auf den Bauch. Manchmal wären Augen nicht schlecht! Aber auch so spürte sie das empfindliche Gleichgewicht im Kreis.

Spüren Sie es, spüren Sie es, der Graf kitzelte ihre Hand, da kommt es ...

Was?

Die Welle ...

Von dem kleinen Kornmann ein harsches Pssssst!

Dann erfasste die Welle die Gruppe. Ein sanftes Neigen, Heben, Fallen, Steigen. Maria glaubte, jedes Zucken zu spüren im Kreis. Als sammle sich jeder Herzschlag in ihr und vervielfältige sich. Alle schwangen und wiegten sich. So eine kleine feine Bewegung, die nicht weniger von außen als von innen herkam. Und in den Augen nie Gekanntes: Als wische ein zarter Pinsel darin herum. Oder waren es Fischflossen?

Die, von denen ihr Geographielehrer erzählt hatte. Als sie, Drähte in der Hand, auf der Landkarte dem Lauf der Donau folgte. Jede Drahtkurve eine Flussbiegung, jede Flussbiegung ein Glücksgefühl. Diese Donau mit ihren munter fächelnden Lachsforellen und Saiblingen am Grund. Die lassen das Wasser an ihren kalten Leibern entlangströmen. Und gehen dann doch dem Fischer ins Netz. Ein Stückchen davon hatte der Lehrer mitgebracht – schneidend feine Schnüre. Ihr graute. Und dann auch noch das Opfer: eine frische, feuchtkalte, glitschige Lachsforelle. Fühlte sich an, als wolle sie sich keinesfalls anfassen lassen: Meine Hände sind ja auch kein Wasser. Sie erinnerte sich, wie sie das gesagt hatte. Und später, Freitag, landete die Forelle auf dem Mittagstisch ihrer glaubensstrengen Eltern, und sie hatten sie gemeinsam verspeist.

Sie erinnert sich, dass alle sich rhythmisch wiegten in dieser einen, zarten, harmonischen Unterwasserbewegung zur Musik und sie, Maria, mit ihnen. Und ein Gefühl, als gäbe es weder Anfang noch Ende, nur dieses Mitgetragenwerden von der Musik. Von ihrer Musik. Von Haydn. Und von diesem Geiger. Riedinger. Seinen Namen hatte sie behalten. Sein Spiel. Riedingers Geige klang menschlich. Als sei der Klangkörper nicht hölzern, sondern Haut und Fleisch und Knochen. Und weiblich. Ein singendes Mädchen. Eine singende Frau, denkt sie. Ein singender Fisch. Traurig und beschwingt zugleich. Sie erinnert sich, dass sie mitsingen wollte. Lachen wollte. Über sich. Und dachte, dass, wenn sie laut lachte über sich, das doch hieße, dass sie froh sei. Sie wagte es nur wieder nicht. Störte sie aber nicht. Alles Gewohnte macht glücklich.

Sie erinnert sich, wie neben ihr ein Fisch, der biblische Walfisch, Graf Pellegrini, laut zu prusten begann. Und dass sie ihr Lachen kaum zurückhalten konnte. Dachte, so verlässlich sei sie also doch nicht, dass sie lachte über seine Brust, dieses Instrument mit hundert Kammern. In denen es knurrte, grollte, röchelte. Resonanzräume, die sie in ihrem Körper nicht lokalisieren konnte. Während der kleine Kornmann neben ihr mädchenhaft zu summen begann, sich höher und höher hinaufsummte, bis ins Insektenhafte. Bis dann von schräg gegenüber ein schweres Stöhnen alles übertraf. Zum Schreien anschwoll, noch ehe der heitere Haydn verklang. Ossine. Schneller als jedes Presto. Presste sie die Schreie aus ihrem Leib. Und hielt sie gleichzeitig fest. Kämpfte. Jeder

Schrei war ein Sieg. Der die andern dämpfte. Alle kämpften mit sich. Ihren Körpern und Korsetten.

Gewinnerin war Ossine. Die Erste, die Lauteste, die Tiefste von allen.

O Gott. Maria hatte rollige Katzen im Ohr, die nachts auf den Dächern und Mauervorsprüngen schrien. Sie hatte das Wort im Ohr, das einzige, das es in ihrer Familie dafür gibt: Wüst. Dagegen anzuspielen, eine Qual. Kein Musiker hat das verdient. Dann. Mit Schrecken hatte sie ihre Augen gespürt, die außer Kontrolle gerieten. Jucken und Brennen. Zuckungen verbreiteten sich wellenartig über ihr Gesicht. Sie, ausgeliefert. Ihr Kopf wurde hochgerissen. Sie ließ alles los. Der Eisenstab donnerte zu Boden. Eine haarige Hand griff nach ihr und griff in die Luft. Sie rieb sich die Augen. Wollte schreien. Konnte nicht. Dann doch. Zuckungen rissen sie in alle Richtungen. Und sie erinnert sich, dass die Musik in diesem Moment jäh verstummte. Und drei Männer in Ossines Richtung rannten. Allen voran der Doktor. Ossines Schreie durchfuhren Maria, dass sie empfand, ihr Körper sei ein gigantisches Ohr, das gleich platzen würde, wenn sie nicht nachgäbe. Und dann, wie gut es tat, nachzugeben. Und wie alle zu ihr rannten.

Sie erinnert sich, wie der Doktor an Ossine vorbei und zu ihr gerannt kam. Erinnert sich an die Musikerhände, die sie packten. Erinnert sich, dass sie dachte, sie sei jetzt ihr Instrument, das sie schnell und sanft hinausbugsierten. Fort aus den Ohren der Gruppe. Begleitet von einem leise vibrierenden Neid auf die Zuwendung. Und auf den Doktor. Während die markerschütternde Schreie Ossines verhallten. Dann nichts mehr.

Man hatte sie wohl in jenes abseits gelegene Zimmer gebracht. (Sie hatte den Weg dorthin längst erkundet. Hatte sich hingetastet. War dort gewesen.) Vielleicht hatte Riedinger sie gehalten.

Sie hat es vergessen, wie man den Traum nach dem Aufwachen vergisst.

Arme und Beine sind schwer, wollen sich strecken. Alles ist schwer.

Riedinger sagt, der Doktor habe ihr Magnete an den Leib gebunden, während sie schlief.

Was geht hier vor? Sie wundert sich über ihre Erschöpfung, wo sie doch geschlafen habe.

Das sei normal so. Und sie müsse jetzt nicht sprechen. Riedinger klingt vertraut.

Ach, Riedinger. Sie will doch sprechen. Von Kaline weiß sie, dass er erst spät mit dem Geigen begonnen hat. Nun hält er sich mit Mesmers magnetischem Zuber über Wasser.

Sie stehe noch völlig im Bann seiner Geige, sagt sie. Nur gut, dass er hier sei.

Eine Anstellung in der Hofkapelle wäre ihm lieber, sagt er. Oder eine Konzertreise. Er breitet eine Decke über ihr aus.

Eine Konzertreise? Wolle sie auch machen, sagt sie.

Was soll's. Jetzt ist es raus. Soll er sie doch für verrückt halten. Sie, ein Mädchen! Blind! Und will quer durch Europa!

Er habe viel von ihr gehört, sagt er, sie aber noch nie spielen hören.

Ob er sie auf der Geige begleiten wolle?

Natürlich will er.

Sie schlägt Koželuch vor, ihren Lehrer. Eine Sinfonie. Schöner Geigenpart. Nicht ganz leicht.

Ob sie Noten habe?

Sie brauche keine Noten. Sie spiele nach Gehör.

Wie studiere sie dann neue Stücke ein?

Sie habe zwei Pianoforte zu Hause. Nebeneinander im Salon. Koželuch spiele auf dem einen. Sie auf dem anderen. Er spiele erst die gesamte Komposition. Sie höre zu. Dann spiele er Takt für Takt. Und sie spiele nach.

Doch für ihn, Riedinger, werde sie Noten besorgen. Sie werde einen Boten an die Eltern schicken.

Er freue sich drauf, sagt er. In einem Ton, dem sie alles glaubt.

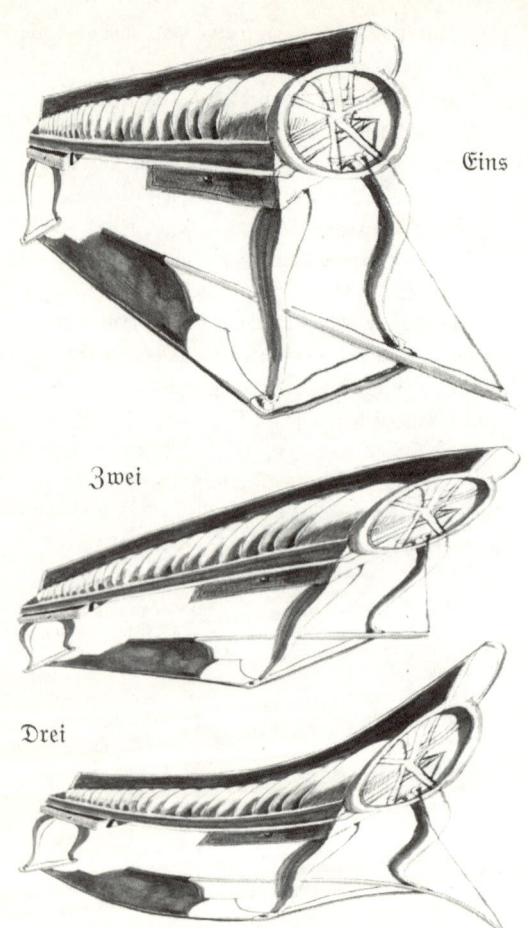

Eins

Zwei

Drei

Vier

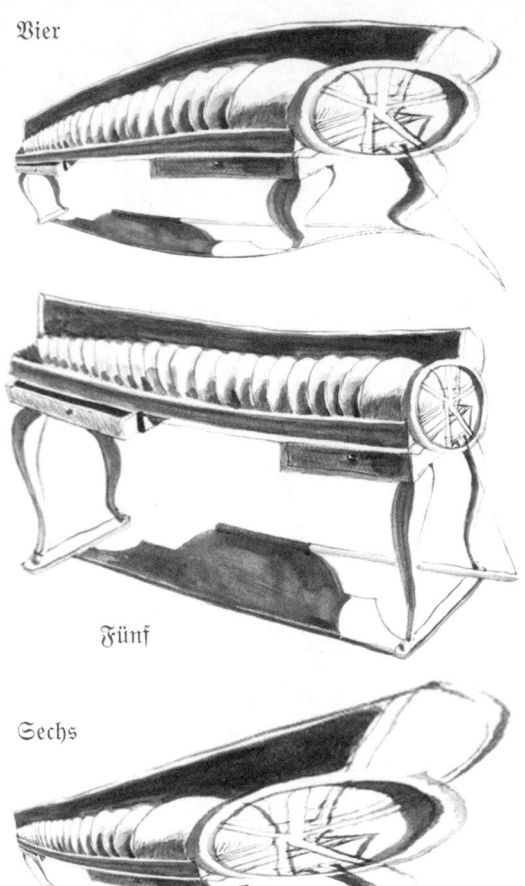

Fünf

Sechs

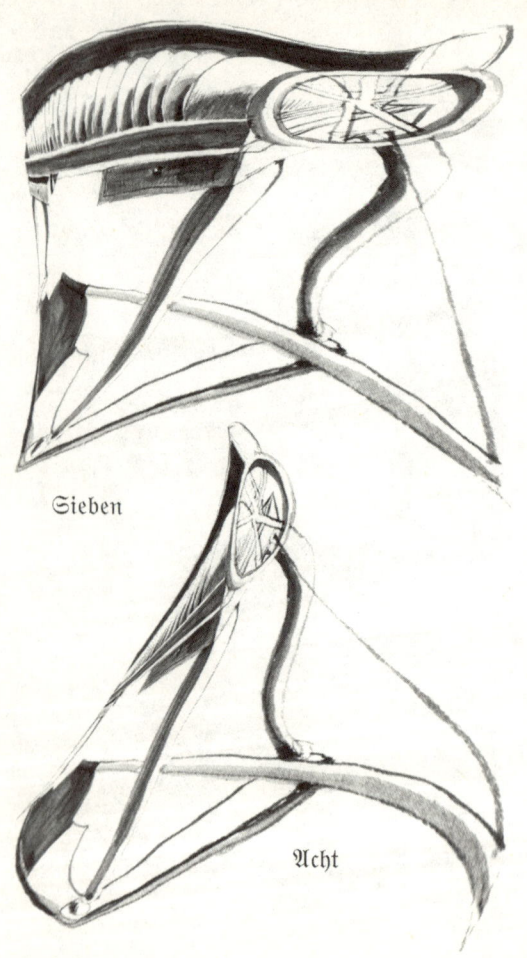

Sieben

Acht

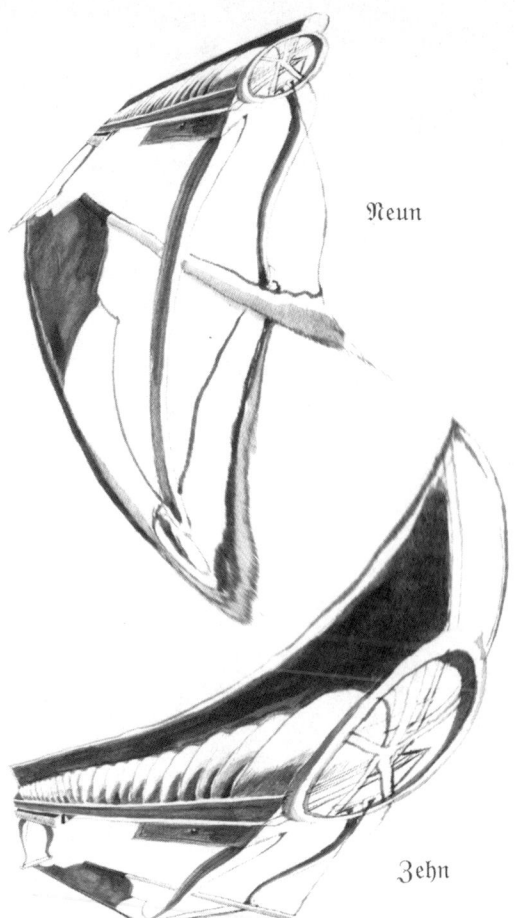

Neun

Zehn

Achtes Kapitel

Soll er sie warnen? Beim magnetischen Streichen empfinden manche Patienten Schmerzen. Andere fallen in Krämpfe. Zustände von Betäubung und Ohnmacht. Bei manchen entstehen geheime Sympathien. Doch nichts von Dauer. Maria ist stärker, als sie glaubt. Besser einfach anfangen. Ohne viel Worte. Worte lenken ab. Und Maria reagiert stark auf Worte. Wie auf Schmerz.

Als er hereinkommt, sitzt sie schon.

Er setzt sich vor sie. Gesicht zu Gesicht. Ihre rechte Körperhälfte vis à vis seiner linken. So versetzt er sich in Harmonie mit ihr. Schließt die Pole kurz.

Er wird seine Hände auf ihre Schultern legen. An ihren Armen entlang abwärts bis zu den Fingerspitzen streichen. Wird einen Moment lang ihren Daumen halten. Alles wiederholen. Zweimal, dreimal. So wird er von ihrem Kopf bis zu ihren Füßen Ströme errichten. Und herausfinden, ob die Krankheitsursache tatsächlich, wie er vermutet, eine verstopfte Milz ist.

Wenn er Maria anschaut, sieht er immer die Kaiserin vor sich, wie sie Maria beim Klavierspielen zuschaut. Von Musik durchströmt. Aber jetzt, jetzt schaut die Kaiserin ratlos drein. Und da kommt er ins Bild. Und weist auf Marias Augen hin.

Die Augen, notiert er, sind zurückgetreten. Eindeutiger Erfolg meiner magnetischen Behandlung. Neben Maria, notiert er weiter, sitzt der Hund. Dass sie heute den Hundekopf auf ihrem Schoß duldet, ist eine weitere Veränderung in die richtige Richtung. Ihre Nerven entspannen allmählich.

Das Unterkleid verbirgt an keiner Stelle ihre Füglligkeit. Sie ist dick. Nicht, dass er füllige Frauen nicht mag. Sie ist ein Bild von Patientin. Das ins Stocken geratene Fluidum verursacht Pölsterchen, Aufschwemmungen, Schwellungen und Dellen an ihrem Körper. Und: Auf ihrem Kopf wachsen dunkle Stoppeln. Erstaunlich, notiert er, die völlige körperliche, nicht geistige! Schlappheit, sobald sich kein Instrument in Sichtweite ... nein, er korrigiert, Hörweite/Tastweite befindet. Heute neu, notiert er weiter, der merkwürdig nach vorn gereckte Hals. Dann unterstreicht er: Die zurückgetretenen Augen sind ein Beweis für meine Methode.

Den kann ihm keiner mehr nehmen. Der lebende Beweis sitzt vor ihm. Hoffentlich erinnert sich die Kaiserin daran, wie Marias Augen einst ausgesehen haben. Augen vergessen schneller als Ohren. Er hätte Maria zeichnen lassen sollen. Warum hat er Messerschmidt nicht überredet, ein paar Skizzen von ihr anzufertigen oder ein Gipsmodell von ihrem mitgenommenen Kopf. Heute, am zehnten Tag, ist es bereits zu spät. Eindeutig ein mehrdeutiges Ergebnis: ein großes Versäumnis und ein großer Erfolg!

Er sieht die Kaiserin allmählich begreifen, wie sehr

sie Mesmer braucht. Was, wenn sie ihm befiehlt, eine Schule zu gründen. Die Methode weiterzugeben. Werdende Ärzte einzuweihen. Sie zu bilden nach seinem Vorbild: sich selbst. Weil sie ihn für ein nachahmungswürdiges Beispiel der Menschheit hält. Er, der Mustermensch. Man wird ihn achten. Seine Schüler wird man *Die Geistlichen* der Gemeinde nennen. Die Pfarrer werden sie vorstellen. Bis in die kleinsten Kirchsprengel. Und Mesmer wird Aufsicht führen über alles, was sich auf das Glück und die Vervollkommnung des menschlichen Geschlechts bezieht. Er ist nicht nur Arzt. Er ist Lehrer, Ratgeber, Entscheider, Versöhner seiner Mitbürger. Und natürlich Bewahrer ihrer Gesundheit. An Mesmer kommt keiner vorbei. Er selbst am allerwenigsten.

Er hat kaum begonnen, da sprudelt Maria los. Glasklar und hell ihr Sopran.

Sie sei extrem wach. Seit gestern Morgen. Seit der Sitzung im magnetischen Zuber. Nichts, nicht das Geringste entgehe ihr. Und alles werde in ihrem Kopf Musik. Hören Sie die Tropfen, sagt sie. Die vielen schnellen Tropfen?

Der Schnee schmelze, sagt er. Wie langsam er spricht im Vergleich zu ihr. Gestern Vollmond, heute also Wetterwechsel, ein Wärmeeinbruch, Tauwetter ...

Das Haus, unterbricht sie ihn, ein einziges Tropfenorchester. Aus allen Winkeln tropfe es, von allen Simsen und Vorsprüngen, und es tropfe auf alle Böden und rinne herab an den Wänden. Und sie säßen hier im Trockenen beisammen, und das mache sie so munter, sagt sie. Sie spüre es mit ihrem ganzen Körper, auf eine seltsame Art, wie sie es nicht kenne. Schon fast, sagt sie, quälend. Diese vielen Rhythmen aus allen Himmelsrichtungen. Langsam von dort hinten, schnell und immer schneller von da vorn. Und dort drüben ein ganz eigenes Stakkato. Mal *Crescendo*, mal *Diminuendo*.

Hinterm Haus sei Schatten, sagt Mesmer. Während vorne die Sonne den Schnee vom Dach brenne.

Eine Schnee-Oper, sagt sie. Aber was nützt das. Sie könne ja nicht mitschreiben. Könne höchstens mitspielen. Aber wie soll sie sich das Gespielte je merken. Alles verklingt. Ohne dass sie wisse, was es eigentlich gewesen sei, und worum sich's gedreht habe. Das quäle sie. Erschöpfe sie. Diese verschwendete Entzückung.

Sie füllt und füllt sich. Immer wieder. Wie die Brüste einer Amme. Oder wie die Leber von Prometheus. Ihr Vater erzählte von ihm. Der den Menschen das Feuer gebracht hat.

Ihr sei plötzlich so warm, sagt sie. Die Wärme fließe herab an ihr. Wie wenn ich gewaschen werde, sagt sie. Ich wüsste so gern, wie das Wasser aussieht ... Das so schön klingt. Und so sei wohl die Musik entstanden, sagt sie, und das Tanzen. Aus Schnee und Sonne und Wasser. Ob er das auch glaube? Und redet schon weiter. Während er an ihren Armen herabstreicht.

Ihr Vater sei da anderer Ansicht. Ihr Vater sage, die Gelehrten sagten, die Musik sei zusammen mit dem Tanz entstanden.

Und der Anfang sei ein empfindsamer alter Mann gewesen. Der habe ein junges Mädchen gesehen und dabei himmlische Gefühle bekommen. Er habe als Erster über dieses himmlische Gefühl nachgedacht. Das Mädchen sei mit Blumen in der Hand über eine Wiese auf ihre Mutter zugehüpft. Ein paar ebenso hübsche Jungs jagten hinter ihr her. Spielerisch versuchten sie, das Mädchen zu fangen. Das fand der Alte so vergnüglich, dass er es wieder und wieder sehen wollte. Er forderte die jungen Leute auf, ihr Spiel zu wiederholen.

Alle alten Männer, die zusahen, waren begeistert. Sie bewunderten und lobten die Jungen. Und aus der Freude am Hüpfen und der Freude über den Beifall wuchs bei den Jungen eine natürliche Gier, sich immer neue Kapriolen auszudenken. Und immer noch besser zu singen. Und so seien allmählich Musik und Tanz entstanden. Und die Geschichte gehe noch weiter. Als nämlich die Griechen merkten, wie das Tanzen den Körper stärkt, ihn leicht und anmutig macht, mussten ihre jungen Leute zu allen Anlässen tanzen und singen. Und sie entwickelten auch Waffentänze und Kriegsmusik.

Sie macht eine kurze Pause. Mesmer, der ihr gebannt zuhört, merkt, dass seine Hände in ihren Armbeugen stehen geblieben sind. Langsam streicht er weiter.

Die Sibariten waren ein Volk, das sich vor allem in der Pferdezucht sehr gut auskannte. Sie waren so tanzbegeistert, dass sie auch ihre Pferde tanzen lehrten. Dies allerdings zu ihrem größten Schaden. Denn die Cretonienser, mit welchen sie in Streit gerieten, hatten heimlich die Musik ihrer Pferde-Ballette belauscht. Und als die sibaritischen Reiter sie angriffen, ließen sie genau diese Ballette blasen. Die Sibariten verloren jede Kontrolle über ihre Kavallerie, weil die zu tanzen anfing. So verloren die Rösser ihren Herren die Schlacht ...

Schöne Geschichte, sagt er und beginnt von vorn.

Ja, sagt sie, aber.

Was?

Ich weiß nicht. Ob sie wahr ist.

Das spiele keine Rolle. Sie handelt von der Musik und ihren Effekten, sagt er. Und was ist wahrer als die Macht dieser Effekte?

Mit wahr meine sie, ob sie sich so und nicht anders zugetragen habe.

Das sei nicht Sinn von Geschichten. Geschichten seien erfunden und erlogen. Jedenfalls die meisten. Jeder könne sich alles ausdenken. Aber manche, sagt er, verbreiten eine Art Urgedanken. Und die werden wahr, allein durch die Begabung derer, die sie auffassen. Dabei gehe es weder um Begriffe noch darum, ob etwas so gewesen sei. Solche Geschichten entstammen einem unbewussten Trieb. Der letztlich nur angeregt werden müsse.

Das sei ihr zu hoch, sagt sie.

Das glaube er nicht. In der Zeitung habe er über sie gelesen, dass nichts zu hoch sei für sie. Dieser Meinung schließe er sich an.

Aber, sagt sie, es gehe doch um die Wahrheit. Und wie es in Wirklichkeit gewesen sei, so sei es wahr. Ihre

Blindheit sei, was das betreffe, ein großer Nachteil. Denn Augen seien doch wie geschaffen für die Wahrheit. Zu sehen, wie etwas sei. Das behaupteten zumindest die meisten ihrer Freundinnen. Ein Grund mehr, warum sie sehen wolle.

Da müsse er sie enttäuschen, sagt er. Die Augen seien der Wahrheit kein bisschen näher als die anderen Sinne. Alles Lug und Trug und Einbildung. Alle, auch die Augen, erfinden Geschichten, so gut sie können. Das erlebe er als Arzt täglich. Es komme darauf an, die Geschichten zu hören.

Wie Musik?, sagt sie.

Ja, sagt er, vielleicht wie Musik.

Wie sei sie überhaupt drauf gekommen, sagt sie. Sie wisse es nicht mehr. So ginge es ihr. Und übrigens sei ihr inzwischen nicht nur warm, sondern heiß. Und ihre Nase fange an zu laufen. Ob er ein Taschentuch habe. Nicht eins. Sie brauche fünf.

Fünf, notiert er im Kopf, sie verlangt fünf Taschentücher.

Sie fühle sich blendend, sagt sie, seit heute Morgen. Vor allem die Augen, sagt sie, und deutet darauf. Und jetzt fühle sie sich, mal abgesehen von der Nase, sogar noch besser. Bestimmt werde es einen Punkt geben, an dem sie sich so gut fühle, dass es kein Besser mehr gäbe. Vor diesem Punkt fürchte sie sich.

Ihr Gesicht rötet sich, ihr Hals, ihr Dekolleté.

Die Hitze sei heftig. Sie wolle unterbrechen.

Mesmer streicht unbeeindruckt an ihren Armen entlang abwärts. Hört auch nicht auf, als sie sagt, sie habe Schmerzen. Die Augen. Und wo ihre Frisur sei. (Das muss er notieren, wenn sie sich schwach fühlt, verlangt sie immer zuerst nach der Frisur.) Sie fasst sich an den Kopf.

Dieses Stoppelfeld sei nicht ihr Haar. Ich habe langes Haar. Nicht solche Borsten. Wie die der Schweine, aus denen man Bürsten herstelle. Ihr werde die Hand taub beim bloßen Drüberfahren.

Und er sagt, bei Priestley stehe, dass Haare nichts anderes seien als kleine Hörner.

Sie schleudert die Hände von sich. Trifft den Hund. Zuckt zusammen, als der aufjault. Murrend zur Seite rückt. Wühlt ihre Hände in sein Fell, rutscht vom Stuhl neben den Hund. Vergräbt ihr Gesicht im Hundefell. Der Hund weicht hechelnd aus, legt sich nieder. Sucht mit der Schnauze ihre Hände. Leckt ihr die Hände, die Augen.

Der Hund, schluchzt sie, sei der Einzige, der wisse, wie es stehe um sie.

Dann dreht sie sich um.

Warum er nichts sage, schreit sie.

Ihre Augen, sagt er. Seien wieder in die Höhlen zurückgetreten.

Warum er das nicht schon früher gesagt habe. Er sei doch ihr Arzt, sagt sie. Und sie, sie sei doch blind! Sie könne doch nicht sehen, wo ihre Augen stehen.

Sie will sofort zum Klavier. Er bringt sie. Steht dann vor der Tür. Lauscht dem unbekannten, ziemlich strengen Stück Musik. Könnte Haydn sein. Als er aufschaut, steht Anna neben ihm.

Sie schaut ihn an.

Nicht jetzt, sagt er.

Wann?, sagt sie.

Später.

Wann später?

Am Abend.

Nein. Sie wird laut. Jetzt.

Gut, sagt er. Aber nicht hier.

Wo dann?

Oben.

Sie folgt ihm so dicht auf den Fersen, als treibe sie ihn die Treppe hinauf. Oben angekommen, gerät das Laute außer sich.

Sie habe ihn geheiratet.

Das sei ihm bekannt.

Du bist mein Mann.

Er schaut sie nicht wirklich an. Er schaut an ihr vorbei, als warte hinter dieser Ungehaltenen bereits eine andere auf ihn. Seine vernünftige Anna.

Ihr Mann, ihr seliger, kaiserlich-königlicher Proviantamtsobristleutnant Konrad von Posch, habe ihr Lesen und Schreiben beigebracht. Und doch wohl nicht umsonst. Damit müsse sie etwas anfangen. Das sei ihre Pflicht. Er könne ihr doch auch etwas beibringen. Sei das zu viel verlangt? Sie unterstütze ihn, wo sie nur könne. Habe ihm das Laboratorium eingerichtet. Mit neuester Technik! Wer von seinen Kollegen habe schon ein Mikroskop von de Leeuwenhoek! Dafür könne er ihr, seiner Angetrauten, auch etwas zurückgeben. Ein Stück von seiner Methode.

Sie solle sich gedulden, sagt er.

Wie lang noch? sagt sie. Und was er sich dabei denke, sie des Zimmers zu verweisen. Vor der Jungfer. Die werde doch in ganz Wien verbreiten, in welchem Ton der Doktor sich erlaube, mit seiner Frau zu sprechen. Witwe des kaiserlich-königlichen Proviantamtsobristleutants von Posch. Ob er naiv sei.

Er hebt die Hand. Lässt sie sinken. Jede Geste bringt sie tiefer in Rage.

Kein Problem. Natürlich werde er sie unterrichten.

Und warum er sie dann neulich hinausgeworfen habe? Vor der kleinen Paradis.

Er zuckt mit den Schultern. Der falsche Zeitpunkt, sagt er. Sobald die Therapie anschlage, könne sie dabei sein. Und zwar so oft und wann immer sie möge.

Sie sieht ihn prüfend an. Ob das Absicht sei?

Was?

Dass er sie nicht teilhaben lasse an seinem Leben? Und jetzt auch noch anlüge.

Er lüge nicht.

Oh doch, sagt sie. Die Therapie hat längst angeschlagen.

Was sie damit meine?

Ob er sie für blind halte?

Er wartet.

Die Augen der Kleinen. Stehen nicht mehr heraus!

120

Wenn das kein Erfolg sei! Nach kaum einer Woche!! Sie habe ihm eigentlich gratulieren wollen. Allein sein Verhalten mache es schwer ...

Sie tritt zu ihm hin, umarmt ihn. Er macht sich los.

Mit ihrem verstorbenen Mann, sagt sie, habe sie einen Sohn gezeugt. Der sei jetzt immerhin auf der Militärakademie. Also flügge. Und ihm, ihrem Mesmer, habe sie stattliche zehn Jahre voraus. Zu alt für weitere Kinder. Aber ... sie habe gedacht ... die Patienten ... könnten ihre ... deine und meine ... Kinder sein ...

Von ihren Phantasien hat er nichts gewusst.

Kompliment, sagt er. Sie sei eine gute Beobachterin. Das müsse ein Mediziner auch sein.

Ob er ihr also den Trick verraten werde?

Welchen Trick?, sagt er.

Den, auf den es ankommt, sagt sie. Den, mit dem er die Menschen unter Kontrolle bekomme.

Er wisse nicht, wovon sie rede, sagt er.

Oh doch, sagt sie. Du weißt es ganz genau. Ich seh dir an, dass du es weißt. Sag einfach Ja ...

Sie droht, wieder laut zu werden.

Er kommt ihr zuvor. Mit seinem Ja. Das zusammenfällt mit einem Räuspern. In der Tür steht Kaline.

Anna brüllt. Was ihr einfalle. Sie zu belauschen ...

Verzeihung, unterbricht Kaline. Der neuen Patientin gehe es schlecht. Entsetzlich schlecht. Sie wälze sich unter Schmerzen auf dem Boden. Bohre die Fäuste in die Augenhöhlen, dass sie, Kaline, fürchte, die Augen würden dem Druck nicht mehr lange standhalten ...

Nahe dem Klavier liegt das Fräulein. Über sie gebeugt, kniet der kleine Kornmann. Wedelt ihr mit ihrem Fächer Luft zu. Und zeichnet mit seinem Zeigefinger ihre auf die Augen gepressten Fäuste nach, das gerötete Gesicht.

Mesmer schickt ihn hinaus, zündet eine Kerze an. Spricht ihren Namen. Keine Reaktion. Er setzt sich vor ihre Füße. Berührt ihre Knie.

Warum sie weine, jetzt, wo doch die Augen Fortschritte machten. Ob sie sich nicht freue?

Zeigen Sie mir die Augen. Ich will sie sehen.

Sie nimmt die Fäuste weg, setzt sich auf.

Öffnen Sie die Augen bitte.

Sie gehorcht.

Er hält ihr die Kerzenflamme entgegen. Sie schreit auf. Die Hände schnellen zum Gesicht, bedecken es. Sie fällt nach hinten auf den Rücken. Ein Lichtblick. Darauf hat er gewartet.

Neuntes Kapitel

Licht gleich Schmerz. Sehen tut weh. So muss es sein. Wenn sie das gewusst hätte. Wäre sie bei ihren Eltern geblieben. Vielleicht. Vielleicht nicht. Nebenwirkungen des Sehens. Davon hat keiner gesprochen. Nicht die Eltern, nicht die Doktoren, nicht die Freundinnen. Die haben geschwärmt. Sie hat ihre Aahs und Oohs noch im Ohr. Fast schon gesungen waren die. Reichten hinauf in die höchsten Regionen von Quietschtönen. Quietschesquietschtöne. Aus denen Maria schloss, Sehen müsse reinste Lust sein. Doch nicht das Sehen ist es. Die Leute schwärmen von dem, was sie sehen, wie sie von dem schwärmt, was ihr als gesehen erzählt wird. Kleider, Blumen, Häuser, Pferde, Kutschen. Diamanten und Frauen. Sie vergessen das stechende Weiß und das weiße Stechen, vergessen das schmerzhaft blendende Gleißen. Dumm, zu glauben, Sehen sei lustvoll wie Singen. Das Singen der Donau. Singen kann Maria jeden Tag und ohne sich zu verletzen. Singen ist nach Klavierspielen das Beste. Dem Atem sich öffnen. Sich innen vom Atem streicheln und außen von der Stimme einhüllen lassen, mitsamt Raum, in dem sie sich befindet, und allem Drumherum. Dem immer weiter werdenden Drumherum.

Marias Welt-Raum. Daran ändert die Augenbinde nichts, die Mesmer ihr verordnet hat. Er ist so besorgt um sie. Fünf Schichten Seide, darunter müsse es stockdunkel sein. Er hatte sich getäuscht. Nicht einmal fünf Schichten Seide reichten aus. Das Licht schoss durch die Ritzen, wo die Binde auf der Nase auflag, zu ihren Augen hinauf.

Mesmer musste die winzigen Ritzen verschließen. Nur wie.

Er zog Anna zurate. Zwei Tage lang häkelte sie winzige Pölsterchen, um die Lücken zu schließen. Experimentierte mit Garn, Farbe, Form. Ließ das Fräulein neben sich sitzen, um Maß zu nehmen an ihrem Gesicht.

Sagte, die schwarzen, wurstförmigen, nicht zu locker gehäkelten seien die besten.

Ob sie auch schwarz und bohnenförmig sagen dürfe, wollte Maria wissen.

Warum nicht. Über diese schwarzen bohnenförmigen wickelte Anna fünf Schichten Seide. Die sich anfühlen wie Blumen. Blütenblätter.

Als hätte Mesmer ihr Blumen geschenkt.

Maria zählt sie mit den Fingern nach. So weich und zart hatte sie sich Licht vorgestellt. Bevor es sie traf. Wenn es das Licht war, das sie traf, mit einer Wucht, dass sie ohnmächtig wurde. Das war eine Kriegserklärung. Nein, das Licht war perfide. Hinterfotzig wie der Preußenkönig.

Ein Licht ohne Kriegserklärung. Wie Fritz in Schlesien eingebrochen war. Ihr Erzfeind, das Licht.

Man müsse sie schützen vor dem Licht. Besonders jetzt. Im grellen Vorfrühling. Das hat sie Mesmer sagen hören.

Seine tiefe Stimme gibt allem, was er sagt, ein Fundament. Als sie wieder zu sich gekommen war, sprach er von den länger werdenden Tagen, und er versprach ihr, dass sie, angemessen eingepackt, bei milder Witterung spazieren gehen dürfe. Im Garten. Ein Gartenspaziergang werde sie harmonisieren. Die Schneeglöckchen und Märzenbecher, an der Hauswand vielleicht schon Krokusse.

9. März 1777

Am Morgen war sie hinter Mesmer her unzählige Stufen hinaufgestiegen. Nach ihr Kaline und der Kutscher, die zerrten ihre Koffer und Kisten hinauf. Die Stufen ächzten, das Holz. Ihre Kisten und Koffer ächzten, Kaline und der Kutscher.

Jetzt wohnt sie unterm Dach. Die Mansardenfenster sind klein und vernagelt. Der Kutscher sagte, die Tauben würden gern hier oben wohnen. Ließe man sie, würden sie aus dem Taubenschlag hier herauf ziehen, ihre Nester zwischen die Balken bauen und auf die Simse.

Das Taubengurren beim Aufwachen, das Taubengurren beim Einschlafen. Die Kratzgeräusche kleiner Krallen auf Holz. Fedrige Umdrehungen, wenn die Vögel sich wenden. Unter dem Federbett das Gefühl, sie liege in einem Nest mit ihnen, so nah hören sie sich an. Lieber Tuchfühlung mit den Tauben als mit Jungfer Ossine. Maria geht ihr aus dem Weg, ihren katzenhaft hausgreifenden Schritten, ihrer sich selbst antreibenden Stimme. Dafür läuft sie Umwege. Verzichtet auf ihr Frühstück.

Wie heute Morgen. Sie war schon im Speisesaal, als sie ein Schlürfen vernahm. Deutlich war es dicke heiße Schokolade, die da geschlürft wurde. Dann landete die Tasse auf der Untertasse. Heftig, fast scherbelnd. Sie hörte Ossine fragen, ob noch ein kleines Tässchen davon da sei. Und ein Kipferl. Die Stimme, die nicht sagt, was sie meint. Sie wollte kein kleines Tässchen, kein Kipferl. Sie wollte Kannen. Große Kannen Schokolade und pfundweise Kipferl. Es gibt diese Leute, die innen aus nichts als Löchern bestehen. Nie satt von nichts. Alles fällt wie durch sie hindurch aus der Welt. So war Ossine. Eine Art Ende der Welt. Auch wenn es auf einer Kugel anscheinend kein Ende gibt. Was man ist, hat man ihr auf jeden Fall genommen. Man ist, was ihr fehlt. Und schlafend schläft man ihren Schlaf. Maria war, noch kaum über die Schwelle, gleich wieder umgedreht und weiter zum Klavierzimmer geschlichen. Hatte ihren Frühstücks-Schokoladendurst mit dem Bach'schen Hammer ins Klavier gefugt. Bis sich plötzlich etwas näherte. In ihrer Nase auftauchte. Und darüber war sie so erstaunt, dass sie ihr Spielen unterbrach.

Der kleine Kornmann stand neben ihr und sagte, die Tasse Schokolade habe er für sie gerettet.

Sie konnte sich nicht mal bedanken. Weder für die Schokolade noch für die Erkenntnis, die er ihr damit verschafft hatte: Ihre Nase begann offenbar wieder zu funktionieren.

Hier oben ist sie sicher. So weit steigt die Jungfer nicht hinauf. Was die nicht zählen kann, steigt sie nicht, dachte Maria. Der Nachteil: zu viele Stufen zwischen Maria und ihrem Klavier. Obwohl sie, nachdem sie die Treppe einmal gründlich auf und ab studiert hat, schnell unten ist. Und wieder oben. Fast hat sie am Klavier die Zeit vergessen. Mesmers Visite! Ist ihr nur wieder eingefallen, weil Kaline sie daran erinnerte. Gerade noch rechtzeitig. Also schnell die Treppe wieder hinauf, zwei Stufen auf einmal. Nach der Hälfte war sie außer Puste. Verschnaufte auf dem Absatz, wo die Treppe schmal wird. Die restlichen Stufen eng und steil. Als sie oben ankam, hörte sie von unten schon den Doktor heraufsteigen. Seine schweren, gleichmäßigen Schritte. Immer im Takt. Immer taktvoll. Keine Pause, kein Verschnaufen. Nichts hält ihn auf. Er geht, wie er atmet. Kraftvoll. Eine samtige Kraft. So stellt sie sich den Mond vor, von dem er so oft spricht. Den Mond und das Meer. Die unermesslichen Kräfte. Er ist ihnen auf die Schliche gekommen. Und er teilt sie mit ihr. Mit Maria.

Mit Mesmer trottete der Hund herein. Allein wäre der nicht gekommen, dachte sie. Hechelnd stand er vor ihr, stupfte ihre Hände mit der feuchten Nase. Sofort versuchte sie ihn zu riechen und musste lachen. Gern hätte sie seine Nase angefasst, lange und ausgiebig, mit beiden Händen. Aber diese Hundenase hält nie still, und wenn sie noch so zärtlich hinfasst.

Streichelhände, nein, vielen Dank. Da weicht die Hundeschnauze augenblicklich aus. Gefüllte Hände aber, die etwas verbergen, sind ihr unwiderstehlich. Und das Verborgene zu finden scheint der Sinn ihres Daseins.

Maria hatte Kaline ein Gefäß mit Wasser heraufbringen lassen, das stets gefüllt zu sein habe. Auch das zieht den Hund an. Sie selbst roch am Wasser, so lange, bis ihre Nasenspitze Nässe spürte. Wie zart Gerüche sind, im Vergleich zu Licht. So zart, dass sie Wasser nicht finden würde. Der Hund schon. Im Dunkeln wie im Hellen.

Mesmer sagte, er habe ihr etwas mitgebracht. Eine Überraschung. Und sie war zu ihm hingelaufen, mit nach vorn gestreckten Armen. Um das Etwas entgegenzunehmen. Da hatte er es weggezogen. Ihr vor der Nase weg, vor den Fingern. Und sie spürte diesen Stich. Dachte, das hätte er nicht tun müssen. Sie hätte wenigstens dran riechen wollen. Sie hätte heulen können. Er nahm ihr die Augenbinde ab. Sagte, Mut, Mut, als sie nicht wagte, die Augen zu öffnen. Hier oben sei keine Gefahr. Hier in der Kammer sei es dunkel. Zu dunkel, um wehzutun. Also Augen auf. Denken Sie an die Kaiserin.

Was denn die Kaiserin damit zu tun habe. Warum die Kaiserin für alles herhalten müsse. Für alles Heldenhafte.

Was denn am Augenaufmachen heldenhaft sei, wollte er wissen. Zwar könne man bei Kepler lesen, dass die Lichtstrahlen den Lebensgeistern des Tierleibs entsprächen. Das dürfe sie aber nicht falsch verstehen. Licht sei doch kein wildes Tier, sagte er.

So fühle sich's aber an. Wie ein wildes Tier, das es auf ihre Augen abgesehen habe. Und fremd.

Na dann, sagte er. Dann bin ich eben der Dompteur. Der höchstpersönliche Leib-Lichtbändiger. Dafür stehe er zu Diensten. Ihr allein. Er bringt sie zum Lachen mit solchen Sätzen. Wenn sie lacht, tut nichts weh.

Sie öffnete die Augen, wartete auf Schmerz. Und wartete vergeblich. Merkte, auch der Doktor wartete auf etwas. Auch er vergeblich. Mit dem, worauf er wartete, konnte sie nicht dienen. Leider. Dafür ihm mitteilen, dass sie heute die heiße Schokolade gerochen habe.

Sie hörte, wie er etwas aufschrieb. Sagte, Gerüche seien wie Vögel. Dachte, das sei ein großartiger Satz. Und er werde ihn nun auch aufschreiben.

Aber er sagte, sie solle sich auf ihre Augen konzentrieren.

Sie gab sich Mühe. Riss die Augen auf. Sie wartete und wartete und ließ ihn viel zu lange warten, dachte sie. Hörte den Hund trinken. Das Schlabbern klang so nass, dass ihr einfiel, der Hund sei ein Brunnen, aus dem es herausströme, gleich würden die Wassermassen sie alle die Treppe hinabspülen. Sie musste lachen.

Was denn so lustig sei?, sagte er.

Nichts, sagte sie, drehte sich um zu ihm und sagte,

ja, etwas sei anders als sonst. Sie fühle etwas durch ihre Augen einfließen, durch die Lichtröhre, sagte sie, wie ein sanft eindringender Wind. Gleichzeitig ziehe irgendetwas in ihrem Kopf mit aller Gewalt nach hinten. Ein Gefühl, als rissen ihre Augen ab. Was das sei, könne sie nicht sagen.

Klingt nach Fortschritt. Mesmer nahm ihre Hand, und als sei das nicht schon Belohnung genug, führte er sie hin zu dem Ding. Sie erkannte die Kugel sofort. Ein Globus! Er ließ ihre Finger über Amerika spazieren, wo, wie sie wusste, Indianer lebten. Dann fuhr sie selbst mit dem Finger über die Kugel. Irgendwo musste doch Kap Horn hervorstechen. Sie presste ihren Leib an das Ding. Freute sich, weil sie die ganze Welt umarmte. Warum hatte der Doktor ihr eine Welt mitgebracht? Sie dachte, er habe etwas vor mit ihr. Sie spürte es. Freute sich darauf. Wusste nur nicht, was.

Ob sie weine?, sagte er, und sie wischte sich eine Träne ab, zuckte mit den Schultern und fing an zu lachen. Der Globus rieche so trocken.

Mesmer nahm ihren Finger und führte ihn um die halbe Kugel herum. Hier, sagte er. Genau hier stehen wir. Sie und ich. Und genau hier werden Sie Sehen lernen.

Am Tag danach war es sein Fernrohr, das sie mit den Augen nicht, erst mit den Fingern wiedererkannte. Erst eine Weltkugel und jetzt das Fernrohr, dachte sie. Mit einem Fernrohr könne man das, was bisher nur Zauberer konnten, hatte ihr Geographielehrer gesagt. Man könne die Sterne auf die Erde herabholen. Alles Ferne hole man zu sich heran. Das Fernrohr verwandle Ferne in Nähe. Es hatte ein bisschen gedauert, bis sie verstand, dass man, was man sich so heranholte, nicht begreifen konnte. Das war eben das Zauberhafte daran. Und heute. Was hat er heute dabei?

Etwas Großartiges, sagt er.

Sie hört ihn das Ding auf den Tisch stellen.

Heute, sagt er, spielen wir »Anfassen verboten«. Und heute halten wir uns daran.

Wir?, sagt sie.

Er zögert. Sie, sagt er.

Ich, sagt sie. Und Sie?

Ich, sagt er.

Verstehe, sagt sie. Ob es wieder etwas aus seinem Laboratorium sei? Wieder so ein Zaubergerät?

Erstens stünden im Laboratorium keine Zaubergeräte herum, sagt er, sondern wissenschaftliche Messgeräte. Zweitens solle sie schauen, nicht raten.

Sie streckt, wie gewohnt, die Arme aus. Er steht hinter ihr, greift unter ihren Achseln hindurch nach ihren Händen. Zieht die Arme sacht zurück an ihren Körper. Sie denkt, sie riecht ihn, und er riecht so, wie Pfeffer schmeckt. Grund genug, die Arme erneut zu strecken.

Augen auf, sagt er.

Die Hände am Körper und nichts anfassen dürfen ist, als habe man sie ihr amputiert. Wie den auf den Schlachtfeldern von Kalin und Olmütz Verwundeten, von denen der Graf erzählt hatte. Die Glieder unheilbar durchschossen. Sie schrien schon vor dem Amputieren. Sie schrien, sobald sie bei Bewusstsein waren. Ob er schon mal Hände amputiert habe, fragt sie?

Wie sie darauf komme, ihre Hände seien nicht vergleichbar mit denen von Soldaten, sagt er. Soldaten haben Kriegshände. Ihre seien aus Gold.

Wie die Ihren, sagt sie.

Würde die Kaiserin sonst investieren?

Gewiss doch, sagt Maria. Die Kaiserin habe gegen Preußen zu bestehen. Für den Krieg könne sie jedes Händchen brauchen. Ob golden oder nicht. Allerdings sage ihr Vater, inzwischen sei der Kaiserin die Musik lieber als der Krieg.

Wem nicht, sagt er. Und jetzt bitte Augen auf.

Erst wenn er ihr verrate, wie man das mache. Eine Hand amputieren.

Mit einer Säge.

Ob er das auch schon getan habe?

Also bitte, sagt er. Ja. Und ihre Augen hätten noch viel zu lernen, sagt er. Also: Schauen Sie. Was steht da auf dem Tisch?

Sie will ja, aber sie kann sich nicht an die Spielregel halten. Ihre Arme strecken sich wie von selbst. Und er mit seinen wunderbar warmen Händen zieht sie wieder zurück.

Dieses sinnlose Augenaufmachen! Warum quält er sie. Blöder Arsch.

Zwecklos, sagt sie. Sie wisse es nicht.

Gehen Sie näher ran, sagt er.

Warum sie nicht hinfassen dürfe? Nur kurz. Einen Augenblick lang. Ob er ihre Geduld auf die Probe stellen wolle?

Nein, sagt er. Sie seine vielleicht? Augen auf.

Wiederholen bringe nichts.

Ob sie etwas sehe?

Woher solle sie das wissen?

Und was steht da?

Keine Ahnung. Etwas.

Dunkel und hell? Heller und dunkler?

Sie sei kein Papagei. Und deshalb jetzt lieber still, sagt sie. Und fügt hinzu, man kann es gar nicht anfassen.

Was, sagt er. Was kann man nicht anfassen?

Sie nennt es *Stellen*. Die *Stellen* könne sie nicht anfassen.

Flecken, sagt er. Gratuliere, sagt er. Sie sehen Flecken. Hell und dunkel.

Der dritte große Fortschritt seiner Behandlung, notiert er. Zur Belohnung darf sie die Flecken ertasten.

Sie hätte ihm eine sofort kleben können. Doch da ist nichts.

Sie schlägt mit den Händen um sich. Nichts. Nur Luft. Sie stolpert. Fällt hin. Rappelt sich auf.

Übrigens fühle sie plötzlich ihr Gesicht nicht mehr.

Keine Angst, das legt sich wieder, sagt er und zieht sie hoch.

Er ist wie ihr Vater. Er nimmt sie nicht ernst. Kein bisschen. Ihr Gesicht beginnt zu zucken. In altbekann-

ter Reihenfolge. Augen, Wangen, Mund. Arme, Beine.
Sie könnte alles kurz und klein schlagen. Allem voran
den Herrn Doktor Mesmer. Was er Flecken nennt, fängt
an zu brennen. Brennen und jucken. Augen schließen
hilft nicht. Die Hände helfen nicht. Nichts hilft. Sich
auf den Boden werfen, heulen.

Sie verschwende Zeit, schreit sie. Jeder wolle nur sehen, wie sie sehe. Das sei abartig. Sie sagt, er habe ihr
genug beigebracht. Genug sei genug.

Als er nichts sagt, schreit sie, er solle sie in Ruhe lassen. Verschwinden. Aus ihrem Leben. Sie wolle bleiben,
wie sie sei.

Dafür, sagt er, sei es zu spät. Sie habe sich bereits
verändert. Er wisse es. Sie wisse es. Und bald auch alle
Welt.

Nein, schreit sie.

Warum dann ihre Augen nicht mehr herausstün-
den? Und sie plötzlich Gerüche beschreibe?

Gut, sagt sie, er habe recht. Die Augen hätten sich
verändert. Und die Nase. Mehr sei nicht nötig. Warum
sollte sie sich überhaupt verändern wollen. Warum er
das verlange?

Er verlange es doch gar nicht.

Sie sei zufrieden. Mit sich. Ihrem Leben. Sehen, wozu denn? Klavier spielen kann ich auch ohne.

Jetzt klinge sie wie ihr Vater, sagt er.

Sie wendet ihm erschrocken den Kopf zu.

Na denn, sagt er, wickelt ihr die Binde um.

Er nimmt es wieder mit. Das großartige, unbekannte

Ding. Zur Strafe. Sie hat gehofft, es bliebe stehen. Sie hätte sich draufgestürzt. Es nach Lust und Laune betatscht und beschnüffelt. Danach war ihr jetzt. Und vielleicht hätte sie es zerquetscht. Kurz und klein geschlagen. Die Treppe hinabgeworfen, die sie jetzt hinabrennt, zum Klavier, wohin sonst. Um endlich ihren Kopf zu leeren von diesem großartigen, unbekannten Ding.

Die Augenbinde legt sie ab, blinzelt auf die Tastatur. Dritter Satz des Haydn-Konzerts. Ein Rondo. Genauer, die ersten zehn Takte. Wenn sie stolpert, wiederholt sie. Sie stolpert oft heute. Öfter als sonst.

Sie nimmt sich die Stellen vor. Der ganze Nachmittag besteht aus Stolperstellen. Es klingt, wie wenn Kaline Zwiebeln hackt. Dabei ist es ein Rondo! Das Leichtigkeit atmen sollte! Unhörbaren Fingerwechsel. Ihre Finger funktionieren nicht.

Schluss für heute. Schluss, ehe sie noch weitere Rückschritte macht.

Vor dem heutigen Tag bitte in Acht nehmen. Es gibt Wolfsrachen-Tage, denkt sie. Die versuchen, alles zu vernichten, zu fressen, was man an vielen lammfrommen Tagen erarbeitet hat. Sie muss sich verwahren. An einem friedlichen Ort. Und wo ist es friedlicher, als dort, wo Tauben wohnen?

In ihrer Kammer Stille. Eine fremde Stille. Eine geladene. Wo sind die Tauben? Sie bleibt stehen. Nicht mal schlafende Tauben? Wahrscheinlich ist es später, als sie denkt. Sind da Flecken oder täuscht sie sich? Die Flecken scheinen verlässlich. Wenigstens das. Verlässlich in ihrem unruhigen Flackern und Zittern. Wie sie selbst. Sie wickelt sich die Augenbinde wieder um. Stellt sich vor, sie habe ihre Augen jetzt versorgt, zu Bett gebracht. Wie das Kindermädchen früher sie. Jetzt können sie sich ausruhen, Maria und ihre Augen. Gemütlich im Sessel dösen. Diesen Tag aus sicherer Höhe an sich vorbeiziehen lassen.

Es raschelt im Zimmer. Eine hereinverirrte Taube? Das Rascheln klingt nicht nach Federn.

Hallo, sagt Maria und erhält eine raschelnde Antwort. Einzig bekannt in diesem Rätsel das leise, erstickte Geklingel. Sie geht den Geräuschen nach. Läuten und Rascheln fliehen vor ihr. Sobald sie sich regt, regen sie sich auch. Bleibt sie stehen, stehen die Geräusche still.

Sie hält inne. Fängt an zu summen, senkt den Kopf. Schlägt plötzlich los. Arme nach vorn wie bei Blinde Kuh, schnell. Auf der Jagd durchs Zimmer fängt Maria ein Kleid, eine Frau. Sie verkrallt sich in ihre Beute.

Aua, sagt Kaline. Aua, und, tut mir leid.

Wie bekannt-unbekannt sich das anfühlt: Marias Kleid. Kalines Leib. Marias Perücke. Kalines Hals. Ihr Kinn, ihre Ohren. Kalines Ohrläppchen. Marias Ohrringe baumeln daran. Kalines stramme Oberarme, ihr weiches Dekolleté und ein bisschen zu viel Kleid für zu wenig Busen und diese fremden Übergänge zwischen Taft und Haut und Spitzen und flaumigem Haar!

Es tue ihr entsetzlich leid.

Maria fällt nichts ein als, Was ihr denn einfalle! Kaline! Diebin. Elster. Sofort ausziehen. Auf der Stelle. Hier wimmle es nur so von blöden Ärschen. Sie habe die Nase gestrichen voll von diesem ...

Sie habe doch nur mal sehen wollen, sagt Kaline, was so ein Kleid aus ihr ...

Mal sehen wollen, schreit Maria, mache offenbar nichts als komplett schwachsinnig.

Sie hört Kaline sich ausziehen. Hülle um Hülle fällt, wird, ehe die nächste folgt, zusammengelegt. Taftkleid. Schnürbrust. Leibchen. Unterrock eins, Unterrock zwei und drei. Zuletzt Kaline, nackt, mit Turmperücke auf dem Kopf. Was für ein dumpfer Ton. Hell dagegen das Klimpern der Haarnadeln, die jetzt eine nach der andern auf dem Tisch landen.

Entschuldigung, murmelt Kaline. Hätte sie gewusst, wie schlimm es für das Fräulein sei, hätte sie sich beherrscht.

Beherrscht?, ruft Maria, während Kaline in die eigenen Kleider steigt, die klingen wie leere Kartoffelsäcke, die man auf einen Haufen wirft, um sie zu verbrennen. Sie wisse doch gar nicht, was das sei. Sie sei doch durch und durch von anderen beherrscht.

Ach, das Fräulein könne so gebildet reden, sagt Kaline. Sei überhaupt so klug. Und verstehe doch sicher, dass der Doktor nichts erfahren dürfe. Was der erfahre, erfahre seine Frau. Dazu brauche man keine Klugheit, um zu wissen, was, auch wenn man nicht wisse, wie. Also bitte, sie verliere sonst ihre Stelle.

Selber schuld, schreit Maria und fängt an zu weinen. Und Kaline sagt nichts mehr, stimmt ein,

Zwei Frauen auf dem Bett, die sich leer weinen und anfangen, einander zu trösten.

Maria, um etwas Nettes zu sagen, sagt, sie beneide Kaline. Kaline könne sehen.

Das sei keine Kunst. Und zu beneiden eher das Fräulein. Das so viel kann. Ich selbst kann gar nichts, sagt sie. Und von allem, was sie nicht kann, vermisse sie am meisten das Lesen. Nichtlesenkönnen sei wie nicht laufen können. Sie sei drauf angewiesen, dass man ihr vorlese.

Maria doch auch. Sie könne nur mit den pestalozzi'schen Täfelchen lesen. Ansonsten sei sie auf Hilfe angewiesen. Das meine in dem Falle den Vater. Und wer, sagt sie, ist es bei dir?

Hmh, sagt Kaline. Mein Vater kann nicht lesen.

Wer dann?

Könne sie nicht verraten. Ein Geheimnis.

Ich behalt's für mich, sagt Maria.

Sicher?

Ehrenwort.

Das Ende, wenn es herauskäme!

Das Ende von was?, sagt Maria.

Von allem.

Es sei doch schon alles zu Ende. Maria lacht, als Kaline zusammenzuckt. Sag schon, wer? Der Doktor? Ein Patient? Wer?

Er, sagt Kaline. Er. Nacht für Nacht. Wenn das Haus schläft.

Wer?

Nein, sie verrate es nicht, sagt Kaline. Nur, dass er einmal spätabends heiße Milch verlangt habe. Wegen ihm hocke sie halbe Nächte in der Küche. Kaum hatte sie ihm die Milch gebracht, habe er gesagt, sie solle sie auf den Tisch stellen. Dann habe er plötzlich die Tür zugesperrt. Von innen. Sie solle sich's bequem machen.

Und, hat sie es getan?, sagt Maria.

Erst sei sie zur Tür gegangen. Aber er habe sie am Handgelenk zurückgehalten. Sie zum Sessel geführt. Sie habe sich gesträubt und hingesetzt. Kaline kichert. Warum nicht. Er habe ihr vorgelesen aus einem berühmten Buch. Und wie spannend! Blöde nur, dass es sie sofort hineingerissen habe. Sie denke den ganzen Tag nur noch an die abendliche Vertrautheit, an das Fräulein in dem Buch. Die habe immer so schöne Kleider an. Und da habe sie sich auch mal so sehen wollen ...

Wie das Buch heiße?

Weiß nicht. Eine Liebesgeschichte. Aus dem Leben. Nicht aus ihrem.

Ihr Vater lese ihr aus der Bibel vor, sagt Maria. Die kenne sie praktisch auswendig. Und Gellert und manches von Klopstock. Aber ums Leben mache ihr Vater einen Bogen wie um verpestete Häuser. Da sei sie auf ihre Freundinnen angewiesen, und auf Opernbesuche.

Ob sie noch ein Geheimnis wissen wolle?, sagt Kaline.

Sie warte doch noch auf das erste. Auch wenn sie sich's denken könne.

Wie bitte?

Der Graf, sagt Maria.

Wie sie draufkäme?

Ist doch klar, sagt Maria. Es ist doch immer der Graf. In jeder Oper, in jedem Roman ist es der Graf.

Sie müsse gehen. Kaline steht auf. Sie habe noch viel zu tun. Das müsse erledigt sein. Sie wolle die eine Stunde nicht gefährden. Sie sei so neugierig.

Sie zupft ihre Kleider zurecht.

Nein, sagt sie und geht zur Tür. Es sei mehr als Neugier. Es sei wie Laufen lernen ... oder wie Sehen.

Verstehe, sagt Maria.

Langsam und unsicher steigt Kaline die Treppe hinab. Die Tür hat sie offen gelassen, dass Maria ihr hinterherfragen kann.

Ob Kaline heute Mittag vielleicht zufällig dem Doktor begegnet sei. Als er nach der Visite die Treppe herabkam?

Ja, warum?

Und, hat er da nicht etwas im Arm gehabt?

Moment, sagt Kaline. Kann sein, er hatte was im Arm.

Und, was es war.

Sah schwer aus. War in ein weißes Tuch gewickelt. Er hat es in sein Laboratorium gebracht. Warum sie frage?

Zehntes Kapitel

21. März 1777

Morgen wird ein großer Tag. Der Höhepunkt seiner Therapie: Er wird ihre Augen freilegen. Wird sie bitten, sie geschlossen zu halten. Er wird vor sie hintreten. In seinem violetten Anzug. Die weißen Strümpfe, von weißen Bändern gehalten. Er wird ihr befehlen, ihren Kopf nach seiner Stimme auszurichten und die Augen zu öffnen. Sie wird ihm folgen, wie sie immer folgt. Sie wird ihn erblicken. Ihn. Ihren Menschen.

Die Vorbereitungen laufen. Seit dem Mittag dringt hölzernes Hämmern durchs Haus. Der Kutscher, auf Mesmers Weisung, entfernt die letzten Balken von den Fenstern im Dachstübchen. Das Fräulein verträgt Licht nicht nur, es braucht es. Unbedingt. Und angemessen dosiert.

Bis in den magnetischen Zuber dringt der Lärm. Vergeblich versucht Riedinger mit seinem Bach-Solo, Arzt und Patienten abzuschirmen. Hätte er, Mesmer, selbst mit anpacken sollen? Zumindest hätte er wissen müssen, dass die Fensterbefreiung einen Kutscher allein mehr als einen halben Tag kosten würde. Deshalb wohl hatte er so betreten geschaut und gesagt, er sei doch Kutscher. Und ich Arzt, hatte Mesmer geantwortet. Worauf der andere sich wortlos an die Arbeit gemacht hatte.

Anna hat es gewusst. Ist geflohen. Sitzt beim Schneider. Freigebig bei Gelegenheit. Der wird sich freuen. Darf ihr den letzten Schrei auf den Leib schneidern. Spitzen aus Paris. So teuer wie überflüssig.

Was der Kutscher macht, macht er richtig. Wenn er hämmert, dann richtig. Und wenn das Holz splittert unter seinem Hammer, dann richtig. Klingt, als ginge es um die Ration für den Winter. Dabei zieht er nur ein paar Nägel aus den Balken. Nägel, länger schon im Holz, als Mesmer hier lebt. Wer weiß, wer die Fenster einst zugenagelt hat. Der Proviantamtsobristleutnant wahrscheinlich. Der Fenster-Steuer wegen. In letzter Zeit fällt der ihm viel zu oft ein. Wenn sie aus der Vergangenheit erzählt, ist Anna so freigebig wie beim Einkaufen. Was Mesmer über den Proviantamtsobristleutnant schon alles erfahren hat. Viel mehr als nötig. Dass er ausgezeichnet reiten konnte, geht ja noch. Dass er Englisch, Französisch, Griechisch und Russisch konnte. Und gern jagte. Und zielte und schoss und nie daneben. Obendrein sei er ein kluges Köpfchen gewesen. Mit Sinn für Finanzen. Das hätte genügt. Zusammen mit dem Porträt neben dem Kamin hätte Mesmer sich daraus einen erträglichen Vorgänger zurechtgebastelt. Einen würdigen. Dass der Proviantamtsobristleutnant öfter unangenehm aus dem Mund gerochen hat, hätte Anna ihm nicht sagen müssen. Das hat er dann notgedrungen als medizinische Aussage verbucht. Dass aber der Proviantamtsobristleutnant trotzdem gern geküsst habe, und zwar mit der Zunge tief zwischen Annas Lippen, worunter soll ein Mann das verbuchen? Sie hätte es für sich behalten können. Zumal das auch alle harmloseren Aussagen gefährdete. Aber offenbar mussten ihre Lippen genau das loswerden. Und jetzt hat Mesmer sich mit einem Phantasma herumzuschlagen. Das immer wieder aufblitzt. Wenn er ihre Lippen anschaut. Oder in schwachen Momenten. Und es hält ihn ab davon, intensiver nach Annas früherem Leben zu fragen. Zum Beispiel, ob der Proviantamtsobristleutnant einen Nagel in einen Holzbalken treiben konnte? Das hätte ihn jetzt interessiert. Und ob er die Nägel wohl auch selbst wieder herausziehen hätte können. Oder hätte auch er den Kutscher damit beauftragt?

Aber wohin denkt er sich da. Er muss sich konzentrieren. Wie seine Patienten, die verzweifelt versuchen, sich in Harmonie zu wiegen. Was bei diesem Krach unmöglich ist. Schon das geringste Geräusch verursacht Erschütterungen in unseren Nervenbahnen. Jede Ton-, jede Taktänderung lässt sich an den Patienten ablesen. Erst recht Hammerschlag. Auch wenn Riedinger sich Mühe gibt. Den Bach hat er beendet, jetzt marschiert er, etwas zu hammerartig, zu laut, in eine kleine liebliche Melodie. Warum spielt er nicht einen Marsch. Warum setzt er dem Gehämmer keinen Marsch entgegen? Dieses lyrische Stückchen! Die Patienten sind offensichtlich außer sich. Das Fräulein hält ihren Eisenstab mal ans rechte, mal ans linke Ohr. Der Graf stützt die Stirn drauf ab, als sei alles verloren. Keiner, der den Stab nicht im Kopfbereich umherwandern ließe. Jungfer Ossine malträtiert sich den Schädel. Und der arme Riedinger hetzt durch ein nervöses, viel zu schnelles *Andantino affectuoso*. Als sich dann als dritte Stimme auch noch die Türglocke einmischt, einmal, zweimal, dreimal, ist klar, dass sich jetzt keine Harmonie mehr herstellen lässt.

Kaline hört entweder nichts oder will nichts hören. Oder ist sie geflohen? Ausgeflogen mit den Tauben. Wohin, dafür reicht die Phantasie im Moment nicht aus.

Mesmer, der Türöffner, verlässt seine Patienten im Zuber, um einen jungen Mann einzulassen. Der, als sei das der Zweck des Besuches, wünscht ihm, über das Hämmern hinweg, einen wunderschönen guten Tag. Und übergibt ihm ein Schreiben aus der kaiserlich-königlichen Amtskanzlei. Dazu braucht man keine Augen. Das fühlt man schon am Papier.

Endlich. Endlich hat der Hofsekretär der Kaiserin gesteckt, wovon sowieso bald jeder in Wien reden wird. Von der neuen, der heilenden Methode. Gefunden von ihm, Mesmer, der suchte und suchte. Bis Gott ihm zuteil werden ließ.

Der Brief, der sein Leben zweiteilen wird. In das trübe Vorher und das aufgeblühte Danach. Ein Leben, von dem die Kaiserin nichts weiß, und das Leben der Kaiserin, in seinem Namen. Das Leben im Schatten, das Leben an der Sonne. *Ante* und *post*. Jenseits. Diesseits. Ausatmen, halten und ... einatmen. Es ist sein altes Leben, aus dem heraus er den blonden Götterboten betrachtet. Den Überbringer einer glänzenden Zukunft. Während die Hände das Papier auffalten. Besondere Nachrichten, ist es nicht so, werden von besonderen Boten gebracht. Die aussehen wie Prinzen, Söhne des Lichts. Regelmäßige Zähne, schneeweiße Manschetten. Das lange, zurückgebundene Haar unter einer Pelzkappe. Und draußen ein schweißglänzender, weißer Hengst.

Aber Herr Paradis fasst sich kurz. Sein Schreiben schreibt den enttäuschten Mesmer so fest in sein altes Leben, dass jegliches Denken an ein neues sofort erstirbt. Genau genommen besteht der Brief aus nichts als dem Konstatieren einer Tatsache.

Morgen, gleich morgen am frühen Vormittag, werde der Hofsekretär ihn aufsuchen, um zu sehen, wie weit die Tochter fortgeschritten sei. Hochachtungsvoll. Mit übergroßer, in den Kanten blutiger Sepia-Signatur und ein paar Klecksen. Weiter nichts. Das Maß aller Dinge. Der Hofsekretär. Keine Kaiserin, keine Patientin, kein Arzt.

Dass das Ehepaar Paradis hier einfach so einfallen wird, um den gesamten Therapie- und Zeitplan durcheinanderzuwerfen, das wird er um jeden Preis verhindern. Beim zweiten Blick auf den Boten fällt Mesmer auf, dass der mindestens einen halben Kopf größer ist als er selbst. Wie hochnäsig er auf ihn herablächelt. Nein, er grinst. Und riecht. Völlig verranzt unterm Zitronenwasser.

Mesmer lässt ihn vor dem Laboratorium stehen. Er solle die Antwort an seine Herrschaft gleich wieder mitnehmen

Jetzt also auch noch einen Brief schreiben. Als genüge es nicht, dass im Zuber Patienten warten und Riedinger gegen den Kutscher angeigt, der mit seinem Hammer das Haus erschüttert, sodass Kaline zusammen mit den Tauben das Weite gesucht hat.

Morgen unmöglich, schreibt er und unterstreicht Wort um Wort. Aber es genügt nicht. Von ihm erwartet man Begründungen. Das ist die größte Zumutung. Dieser Begründungszwang. Er beginnt von vorn.

Man dürfe den Prozess, in dem die Tochter so offensichtliche Fortschritte mache, auf keinen Fall unterbrechen. Er bitte um Geduld, schreibt er. Diesen einen Tag brauche ich noch. Mit Ihrer Tochter allein. Sie weiß inzwischen, was von ihr verlangt wird. Sie weiß, was auf dem Spiel steht. Sie tut, was man ihr sagt. Ich staune. Und Sie. Sie werden staunen. Wie das Mädchen sich konzentriert. Auf alles, was man vor sie hinstellt. Wie sie zu blicken versucht. Und wie sie schauen kann. Sie werden sie nicht wiedererkennen! Sie erkennt Gegenstände. Den Globus auf dem Tisch. Das Fernrohr und das Fortepiano. Das Mikroskop. Folianten der Bibliothek. Ihre Perücke. Den Perückenständer und was man so vor sie hinstellt.

Das Fehlen von Menschen in dieser Liste solle dem Vater keine Sorgen bereiten. Der Mensch, der Höhepunkt dieser Geschichte, sei die nächste Stufe. Davon, schreibt Mesmer, erwarte ich viel. Ich? Er streicht das Ich. Schreibt ein Sie darüber. Davon erwarte sie viel. Kruzitürken. Jetzt muss er alles noch mal schreiben.

Maria freut sich auf Menschen. Sie ist neugierig. Auch auf sich selbst. Morgen ist es so weit. Sein großer Tag. Ihr großer Tag. Ihrer beider großer Tag.

Er, Mesmer, wird der Erste sein. Der, auf den sie die Augen richtet. Der Erste, den sie kennen wird. So etwas lässt er sich nicht durch einen ungeduldigen Vater verderben.

Im Moment werden die Fenster befreit. Es darf wieder hell werden in dem seit Jahren verdunkelten Stübchen. Mesmer streicht den Satz. Er zerknüllt den Brief, tritt vor die Tür. Der Bote ist verschwunden. Stattdessen die Anwesenheit Kalines. Zumindest akustisch. Ihr aufforderndes, hohes Mädchenlachen klingt zwischen Hammer und Geige. Sein Instinkt sagt Mesmer, dass er, um den Boten zu finden, nur dem Lachen folgen muss. Das Lachen führt ihn zur Küche. Wo der Bote im Türrahmen lehnt und Blicke tauscht und Wort für Wort belohnt wird. Jede Andeutung einer Geste, jeder Versuch einer Gebärde wird belohnt von ihrem hellen Lachen.

Sagen Sie, unterbricht Mesmer, sagen Sie Herrn Paradis, dass ich morgen leider verhindert bin. Einen Tag später aber, übermorgen, am Vormittag, erwarte er ihn. Und jetzt ab. Er habe zu tun. Herumstehen und andere von der Arbeit abhalten, das könne sich vielleicht ein Bote leisten. Ein Arzt nicht. Und ein Hausmädchen schon gar nicht, will er hinzufügen, verkneift es sich aber, nachdem Kaline ihn erst verärgert, dann flehend ansieht, und dann vorausschauend den Kopf senkt, in

ihre Schürze greift und ihm von dort einen Brief aus-
händigt.

Den habe der Bote gebracht, der heute Vormittag
den kleinen Kornmann abgeholt habe.

Abgeholt?

Wie ihn das überrascht, muss Kaline nicht wissen.

Zurück in seinem Zimmer liest er als Erstes Bankier
Kornmanns Dankesschreiben. Mesmer habe das Teuerste, was er besitze, gerettet, seinen lieben Sohn. Leider
habe er nicht persönlich nach Wien kommen können,
um den Kleinen zu holen. Diesmal sei der Grund nicht
außen zu suchen. Vielmehr seien es Turbulenzen im in-
nersten Kreis, dem der Familie, die sein Reisen unmöglich machten. Er schicke den Diener, seinen treuesten.
Im Coupé, seinem schnellsten. Davor die ausdauerndsten
ten Pferde. Damit sie seinen Benjamin nach Hause hol-
ten. In tiefer Dankbarkeit.

Er liest es noch einmal. Zweimal. Dreimal ...

23. März 1777

Es ist still im Haus. Der Kutscher hat gute Arbeit geleis-
tet. Das Ergebnis ist Begeisterung, und auch Mesmer
überzeugt es. Trotz der kleinen Fenster ist das Dachstübchen lichter als die Räume der unteren Stockwer-
ke. Ein vollwertiges Zimmer.

Wie hoch oben man hier sei. Wie weit man schauen
könne. Über den ganzen Himmel. Und die halbe Erde.

Bis hinüber in die Prater-Auen. Wo er seine Kinderzeiten herumspazieren sehe. Der Kutscher überschlägt sich schier. Was allerdings die Tauben angeht, ist er pessimistisch. Die Tauben werden zurückkehren. Und hier heraufziehen. Er kenne die Tauben. Sie lassen sich nicht vertreiben. Aber er werde sich etwas überlegen. Was der Kutscher überlegt, wird gut. Rom ist also nicht verloren, und das Dachstübchen noch nicht den Tauben in die Krallen gefallen.

Sie ist bereit, und er stellt sich vor sie hin. Steht, wie er immer steht, in violetten Samt gekleidet, stabil, getragen. Streicht ein Hundehaar vom Ärmel. Summt leise dazu. Sieht, wie sie den Kopf leicht hebt. Als nehme sie Witterung auf.

Riesig, sagt sie. Und wenn sie Wiederholungen nicht überflüssig fände, würde sie jetzt sagen, er sei umwerfend.

Warum sie sich nicht an die Abmachung halte. Noch solle sie nicht schauen.

Sie halte sich dran, sagt sie. Ihre Augen seien geschlossen. Schauen Sie, wie zu meine Augen sind.

Dann solle sie bitte aufhören zu raten, sagt er.

Sie rate nicht.

Woher sie es dann wisse?

Was?

Dass er umwerfend sei.

Sie ahne es. Und höre es. So ein Tenor!

Dass er eine große Stimme habe, hat er oft genug

149

gehört. Genauso, dass Violett seine Farbe sei. Von seiner Mutter, vom Pfarrer, von den Patientinnen. Später von Anna. Irgendwann hat er angefangen, das an sich zu finden, was jene ihm zusprachen. Irgendwann hat er es gefunden. Er hat gelernt, sich mit den Augen seiner Mutter zu sehen. Diese kleine, eher zierliche Frau, die er nur barsch kennt. Aber nur barsch, weil sie sich dafür schämte, stolz auf ihn zu sein. Franz Anton. Eins zweiundsiebzig. Kompakt. Nicht mager, nicht dick. Ein genau bemessener Riese. Der alles kann, beten und singen und schwimmen. Und rechnen. Und zeichnen kann er auch. Und jagen. Die Liste ist endlos. Die Lehrer verhaspeln sich bei so viel Talent. Und er hat das Leuchten in ihren Augen gesehen. Den Stolz. Und wie sich im Keim dieses Anfalls von Zärtlichkeit Wut formte, die ihr Kinn nach vorn schob, die untere Zahnreihe vor die obere klemmte. Wie eine Kampfdogge sah sie aus. Und dasselbe Gesicht, wenn sie den Kater im Schoß hielt. Erst zart, dann heftig schmuste. Ihn, sich festkrallend, kraulte

Und wie der Kater nahm Mesmer sich in Acht vor ihrer Zärtlichkeit. Die sachte begann. Und gewaltig endete. Wie stark er sei. Wie stattlich. Wohlgestalt. Wie stabil, und verlässlich. Inzwischen schlug sie ihm so heftig auf den Rücken, als wolle sie die geliebte Stabilität fällen wie eine Weihnachtstanne.

Auch seine Frau Anna schwärmt von seiner Kraft. Bei solchen Gelegenheiten klammert sie sich an seinen Arm. Legt ihren Kopf an seine Schulter. Wenn er auch nur zuckt mit dem Bizeps, will sie ihn küssen. Auf der Stelle. Auf mehr als den Mund.

Marias Gesicht bleibt entspannt. Ihre Hände können ihn, wo er steht, nicht fassen. Auch nicht, wenn sie die Arme ausstreckte.

Er beginnt sich zu bewegen. Wiegt sich in den Hüften. Verlagert das Gewicht von einem aufs andere Bein. Hebt Arme, Hände in weißen Handschuhen. Zeichnet Ornamente in die Luft. Wie die orientalische Tänzerin, von der Messerschmidt aus Rom berichtete. So tanzt er. Wie auf langsamste Musik.

Augen auf. Sagt er.

Sie gehorcht.

Zum ersten Mal sieht er ihren Blick auf sich. Wie er auf ihn fällt. Und wie ihr Kopf diesem Blick folgt. In klitzekleinen, echohaften Bewegungen. Und die Fülle ihrer Aufmerksamkeit. Und wie es sie anstrengt, ihre Gedanken von allem, was war und was sein wird, abzuziehen. Sehen strengt sie sichtlich an. Sie ahnt, dass von dem Grad ihrer Aufmerksamkeit ihre Erkenntnis abhängt, notiert er im Kopf.

Sie sagt nichts. Was soll sie auch sagen.

Er beginnt sich zu drehen. Langsam, unmerklich wie die Erdkugel.

Sie hält den Kopf ruhig, blinzelt. Eine Weile. Eine ganze schweigende Weile lang lässt sie ihn gewähren.

O Gott, wie fürchterlich, sagt sie dann. Wendet sich ab. Die Hände schnellen vors Gesicht.

Ob sie Schmerzen habe.

Sie erstarrt. Verfällt in einen Krampf ... Sie weint? Er geht zu ihr. Nein, Gott sei Dank. Sie weint nicht. Aber was ... Er hält inne. Beobachtet, wie sie zwischen den Fingern hindurchblinzelt. Ein nächster Krampf erfasst sie.

Zu viel des Guten, will er wissen. Ob sie ihn ...?

Ihr Körper schüttelt sich. Sie kann nicht sprechen. Sie lacht. Bebt vor Lachen.

Bei meinem Anblick, notiert er im Kopf, zeigen ihre Nerven eine Reaktion völliger Überreizung.

Was denn so komisch sei, sagt er.

Er wartet. Bis sich der Aufruhr legt.

Nein .... Nur ... dieses Dings da.

Was sie meine?

Na, dieses ... dies anstößige Ding da, sagt sie ... da ... in Ihrem Gesicht ....

Das ist meine Nase.

Ein lautloser Lachkrampf, der ihren Leib erschüttert.

Entschuldigung. Das sieht so merkwürdig aus, gefährlich, sagt sie, und lustig, diese Nase ... als drohe sie mir. Als wolle sie mir die Augen ausstechen. Sie krümmt sich. Kniet nieder. Klemmt die gestreckten Arme zwischen die Schenkel. Kann weder sprechen noch schweigen. Richtet sich auf. Streckt die Arme nach ihm. Nach seiner Nase.

Er macht einen Schritt auf sie zu.

Um Gottes willen! Sie weicht zurück. Er solle stehen bleiben! Er werde sie erstechen mit dem Dings da.

Kaum rührt er sich, lacht sie. Und lacht. Bekommt kaum Luft. Das Lachen verselbstständigt sich. Ohne Luft, notiert er, und ohne dass etwas lustig ist. Wie soll er es nennen? Ein unterirdisches Erdbeben, eine Lawine. Eine hysterische Gewalt aus dem heiteren Himmel der dunklen Natur.

Sie ringt um Luft. Er ruft den Hund zu Hilfe, der unterm Tisch so tut, als schlafe er.

Augenblicklich beruhigt sie sich. Lockt den Schwarzen mit ihren Händen und höchsten, süßesten Tönen. Komm schon. Sie schnalzt mit der Zunge. Na komm, kleiner Teufel.

Sie hält ihm die geschlossene Hand hin, lässt ihn schnuppern. Öffnet die Hand, um ihn zu streicheln. Und als er weg will, zu Mesmer hin, hält sie ihn am Halsband fest.

Bleib, du stures Vieh. Und dann: Ich glaube, Hunde sind schöner als Menschen. Schon allein die Nase. Dem Hund stehe sie. Auf jeden Fall passe sie in sein Gesicht. Besser als Mesmers in Mesmers. Ob er wisse, wovon sie spreche?

Na ja ..., sagt er. Im Prinzip. Vielleicht. Und: Gratuliere.

Er könnte sie umarmen, sich umarmen. Er hat es geschafft.

Gratuliere.

Er wiederhole sich, sagt sie.

Das sei die Bedingung eines solchen Moments, sagt er und schaut, wie sie ihn ansieht.

Sie habe es geschafft, sagt er.

Woher er das wisse?

Er sehe es.

Da sehe er mehr als sie.

Das läge in der Natur der Sache. Darüber solle sie sich keine Sorgen machen. Es hat nichts mit den Augen zu tun. Und: Morgen kommen Ihre Eltern.

Morgen, sagt sie. Du meine Güte. Morgen schon. Das ist aber bald.

Ja, sagt er. Ja, so bald habe er damit auch nicht gerechnet.

Ob sie dann von hier fortmüsse?, sagt sie.

Sie müsse gar nichts, sagt er. Das hier sei jetzt der dritte Durchbruch. Und keineswegs der drittgrößte. Auch wenn, was nun auf sie zukomme, kein Zuckerschlecken sei. Die entscheidenden Schritte habe sie bereits getan.

Und die kleinen?

Ihre Augen seien zu allem fähig, sagt er. Zunächst aber müssen sie wieder Sehen lernen. Sie müssen sich beleben. Sie müsse ihre Muskulatur trainieren. Dabei sei er gern behilflich. Es käme einiges auf sie zu.

Hilfe, sagt sie. Was denn noch?

Die Tatsache, dass sie sehen könne, werde für die meisten etwas Ungewöhnliches sein. So etwas wie ein Wunder. Und wie er die Lage einschätze, würden viele sie sehen wollen. Um sich mit eigenen Augen von ihrer Sehkraft zu überzeugen.

Ob man ihr das denn ansehen könne?, sagt sie.

Nicht kirre machen lassen, sagt er. Es braucht mehr als die Kraft der Muskeln, die Welt so zu sehen, dass sie einen erkennt.

Auch wenn sie wisse, sagt sie, dass er das Gegenteil wolle, jetzt mache er ihr aber Angst.

Angst?, fragt er. Die dunkle Angst vor dem Licht? Oder die grelle vor dem Dunkel?

Elftes Kapitel

28. März 1777

Sie glauben, Aufmerksamkeit und Stille sind eins, doch sie täuschen sich.

Sie atmen. Sie räuspern sich. Unter ihrem schwankenden Gewicht ächzen und knarren Stühle und Sofas. Und selbst wenn sie nur sitzen, rascheln die Kleider und Perücken, mit denen sie sich bedecken. Und wo sie sich nicht bedeckt halten, haben sie Hände und Ohren und Augen. Ihre unersättlichen Augen. Auf sie, Maria, gerichtet.

Der Fortschritt letzter Woche hat nichts als Rückschritte gebracht. Am Klavier. Beim Üben. Bei Haydn. Bei Kozeluch oder Bach, Händel, Mozart, Salieri. Bei den Tonleitern.

Sie setze an, hatte sie Mesmer erklärt, und habe plötzlich nicht genügend Finger zur Verfügung. Bringe sie ihre Hände aber vor der Brust zusammen, fänden sich alle zehn Finger in feinster Ordnung ein und berührten einander aufs Zärtlichste. Streichle sie den Hund, so seien auch da alle zehn dabei. Bemühe sie sich aber (ebenso zärtlich) um Haydn, dann fände sie links nur noch drei plus den Daumen. Und rechts seien die Triolen im zweiten Satz gerade noch zu bewältigen. An den Sextolen aber, für die sie nichts als sieben kleine Finger fände, scheitere sie jedesmal gnadenlos, wenn nicht schon an den Zweiunddreißigsteln im ersten Satz.

Mesmer empfahl ihr, sie solle weiterspielen. Mit offenen Augen, offenen Ohren und offenem Herzen. In Ruhe.

Sie tat es. Spielte mit offenen Augen und offenen Ohren, bis sich unter den Missklängen ihr Herz zusammenkrampfte. Erneut stürmten ihre Finger hoffnungsvoll voran und stürzten erneut ineinander wie ein Trupp nach allen Seiten auseinanderstrebender Kutschpferde. Und so kläglich klang es auch. Bei aller Technik.

Und an welchen ihrer vielen Spezialisten sollte sie sich nun wenden?

Carl Philipp Emanuel Bach beschrieb das Problem in seiner Klavierschule mit keinem Wort.

Sie wandte sich an Riedinger.

Der behauptete, solche Zeiten zu kennen, in denen einem nichts gelinge. Da dürfe man sich nicht entmutigen lassen. Sie sei Musikerin mit Leib und Seele. Das werde sich auch nicht ändern.

Das tat ihr so gut, dass sie es wagte, ihn zu fragen, ob er ihr beim Komponieren zur Hand gehen wolle. Sie habe so viel Musik im Kopf, und es sei quälend, nichts notieren zu können.

Er sagte sofort zu.

Mesmer hatte weiterhin wenig zu ihrem Problem zu sagen und nichts, was geholfen hätte. Sätze wie: Machen Sie ruhig Fehler. Stolpern Sie ruhig. Das legt sich wieder.

Und wenn nicht?

Irrelevant.

Und was bitte ist relevant?

Dass Sie sehen können.

Sie wollte nichts sehen. Sie wollte spielen. Sie legte sich eigenhändig die Augenbinde an. Ihr Fingerproblem ließ sich so schnell und eigenhändig nicht ablegen. Und wenn sie den Haydn spielen wird, wird sich das Fingerproblem in den Vordergrund spielen. Sie wird Fehler machen. Wie sie die ganze Woche schon Fehler machte, den ganzen Tag. Nicht nur am Klavier.

Seine Ungeduld, schon gleich, als ihr Vater ihr die Stirn küsste. Wie flüchtig er sie berührte. Und wie er sofort wieder Abstand nahm. Ebenso die Mutter. Als seien ihre Küsse nicht ernst gemeint. Die Frage hingegen, warum Marias Augen verbunden, warum das Wichtigste vor ihnen, den Eltern, geheim gehalten werde, die war ernst gemeint. So ernst, dass der Doktor sich übertrieben munter gab, um nicht von vornherein den Tag mit zwei vor den Kopf Geschlagenen zu beginnen.

Mit Licht sei nicht zu spaßen, sagte er, als gäbe es nichts Einleuchtenderes. Es müsse gut dosiert sein. Genau dosiert. Sonst schade es mehr, als es nutze.

Und wo ist deine schöne Perücke?, sagte die Mutter.

Die Perücke habe sie verbannt, sagte Maria. Sie sprach leise, als sei sie sich nicht sicher.

Das gab ihrer Mutter die Sicherheit zu einem lauten und deutlichen: Warum das denn?

Weil sie monströs sei.

Und wie sie dann das da, das auf ihrem Kopf nenne, ein ... Der Mutter fehlte die Phantasie.

Dem Vater nicht, ... zerhacktes Stoppelfeld, sagte er. Dieser verhagelte Rebhain. Ein scheußlicher Anblick. Ob man das nicht abdecken könne, ihm zuliebe.

Und Kaline huschte hinaus und wieder herein, und Maria spürte wie einen Luftzug an ihrer Wange das Seidentuch, das Kaline ihr dann um den Kopf band.

Schon besser, sagte der Vater gequält, aber mit einem Oberton ins Überschwängliche.

Das kennt sie. Hat man ihm unrecht getan, signalisiert seine Stimme nichts als den Wunsch, ihn doch jetzt bitte zu entschädigen, ihn doch jetzt bitte mit irgendetwas mitzureißen, am besten mit Musik.

Was wirst du uns spielen?, fragt er, obwohl er es doch weiß.

Ich werde das Haydn-Konzert spielen, hört sie sich sagen.

Ach, sagt er, wirklich?

Ja, hört sie sich sagen, den Haydn.

Und dabei fällt ihr die Handvoll Schnee ein, die sie neulich zur perfekten Kugel formte. Aus purer Lust am Winter und dem Schmelzen in der Hand. Sie hatte die Kugel so lange durch den verschneiten Garten gerollt, bis sie größer und schwerer war als sie selbst. Ein massiger, unförmiger Klumpen, nicht mehr von der Stelle zu bewegen.

Alle drei Sätze, sagt sie. Und glaubt sich nicht. Kein einziges Wort. Glaubt, was sie sich nicht sagen hört. Ich kann jetzt nicht spielen. Etwas hat sich verschoben. In mir. Keine Ahnung, was. Etwas zwischen Fingern und Augen und Ohren. Eine Art Umordnung. Die Hände funktionieren. Die Ohren. Die Augen. Aber zusammen addiert sich nichts. Eins subtrahiert sich vom andern. Und nichts bleibt übrig.

Außer Angst. Und Angst vor der Angst. Und zitternde Hände. Lächeln und Schweigen. Verlächelt, verlogen. Das ist sie.

Es war falsch, den Eltern zu erklären, warum sie die Perücke nicht trägt.

Die Perücke mache ihren Kopf klein. Klein wie eine Erbse unter einem Berg verstaubter Daunen. Warum ihr das keiner je gesagt habe?

Weil es nicht wahr sei, sagte die Mutter.

Und wenn schon, hatte der Vater gesagt und hatte wissen wollen, wie sie darauf käme.

Sie habe, sagte sie, vor dem Spiegel gesessen. Ziemlich lange, sagte sie. Und ziemlich intensiv. Sie seien Freunde geworden. Der Spiegel, das Bild und sie.

Das war falsch. Der Vater verachtet Spiegel.

Kaum lasse man seine Tochter aus dem Haus, versündige sie sich. Jahrelang habe er Zeit in sie investiert und beste Lektüren. Allen voran, das Buch aller Bücher. Und kaum sei sie aus dem Haus, lasse sie sich die Eitelkeit auf der Nase herumtanzen. Ob sie finde, dass es recht sei, sich im Spiegel anzustarren. Sie solle die Tastatur anstarren, das lohne wenigstens.

Aber er irrt sich.

Mesmer musste versprechen, sie künftig von Spiegeln fernzuhalten. Und er tat es. Sonst hätte der Vater sie mitgenommen, auf der Stelle. Dass Mesmer das tat, anstatt sie zu verteidigen, das nimmt sie ihm übel. So übel wie ihre Mutter nahm, dass sie auch die schöne Haube nicht trug.

À la Matignon. Der letzte Pariser Schrei. Eigens für sie importiert.

Sie steht mir nicht, hatte Maria geantwortet.

Ihre Spiegel-Weisheiten stünden ihr noch weniger.

Der Vater klang, als hätte sie nie etwas so Schlimmes getan.

Da Mesmer nichts sagte, musste sie sich selbst verteidigen.

Ich weiß nicht, hatte sie gesagt, wozu ich das schwere, unbequeme Zeug tragen soll. Es hat keinen Vorteil. Es bringt nichts. Es ist nicht einmal schön.

Schön. Das brachte den Vater zum Lachen.

Ob sie wisse, wovon sie rede. Für sie genüge es, ordentlich auszusehen.

Und der Mutter, die den Ton sofort übernahm, fiel auf, dass sie auch das Kleid nur zur Hälfte trage. Der Schnürleib fehle, der ihrem deftigen Bau die zierliche Gestalt verleihe, etwas Eleganz. Und die lange Schleppe?

Die Schleppe macht mich traurig, hatte sie gesagt. Sie könne sich in solchen Kleidern nicht frei bewegen.

Fühle sich eingepfercht, könne nicht durchatmen. Und wie soll sie singen, ohne durchzuatmen.

Sie sagte, was ihr einfiel. Das genügte nicht. Bis ihr einfiel, dass vielleicht genau das ein Problem war. Das Jetzt. Dieser Moment. Und dass sie immer nur aus dem Moment heraus sprach, und wie sie das Problem in diesem Moment empfand. Und kaum war der Moment vorbei, folgte schon ein nächster, in dem sie etwas empfand. Und wenn sie es aussprach, war es vorbei, verwehte, ohne zu greifen, mit der das Haus durchströmenden Zugluft.

Es fehlt ein System, dachte sie, das alles dicht macht. Ein Mensch, der dran festhält? Ihre Freundinnen fehlten ihr.

Was sie sagte, war haltlos. Ohne Hand, ohne Fuß. So wacklig, dass die Eltern es mühelos kippen und drauf herum stampfen konnten.

Was für ein dummer Einfall, sagte die Mutter. Wie sie denn auf so etwas komme. Sie habe doch bisher immer so schön gesungen.

Was eigentlich mit ihr los sei?

Der Vater klang, als weigere er sich, sie überhaupt noch ernst zu nehmen.

Nichts, sagte sie.

Sie war nicht sicher, ob das die richtige Antwort war. Denn sie hinterließ eine gähnende Stille. In die hinein Maria, damit sie sich nicht noch ausweite, sagte, Ich will aber nicht traurig sein.

Stille.

Dann ein rettender Einfall: Gehen wir spazieren. Im Garten. So ein schöner Tag, so eine schöne Luft draußen.

Die Mutter war sofort begeistert. Der Vater wehrte ab. Den Garten, die Kälte, die Nässe und den matschigen Boden. Den Schmutz und die Mutter, die sich Marias Vorschlag sofort zu eigen gemacht hatte.

Er nannte den Vorschlag einen Verzweiflungseinfall und schrieb ihn ihren Allüren zu. Die sollten sich statt im Garten am Klavier austoben. Da seien sie am ehesten zu tolerieren. In Nützliches zu transferieren. Unter Umständen. Liebe Resi.

Sie hatte genickt. Bloß kein Misstrauen erwecken, keinen Verdacht.

Ob sie fleißig geübt habe.

Jeden Tag.

Das sei die Rettung, sagte er. Sie müsse Zeit zu Gold spinnen.

Die Zeit vergeht. Aber was man kann, kann man. Und keiner kann es einem mehr nehmen.

Ach, hätte er nur recht, in allem, was er sagt.

Es gäbe genug andere, sagte er, die gut sind. Die kleine Martinez habe letzte Woche bei der Kaiserin vorgespielt.

Und?, fragte Maria.

Ja, sagte er. Die drei Ts könne man ihr nicht absprechen. Temperament, Technik und Talent. Du aber, fügte er leise hinzu, du hast mindestens vier. Denn du heißt Theresia. Du bist besser. Wenn du nur willst.

Gott sei Dank hatte die Mutter auf einer Verbindung von Frühling und Luft bestanden. Und auch der Doktor, als er endlich zu sprechen anfing, empfahl als Erstes den Garten. Recht hatten sie, alle beide.

Warm einpacken, hieß es, und raus in die Sonne.

Danach werde er ihr die Augenbinde abnehmen, versprach Mesmer.

Wahrscheinlich dachte er, dieser Tag wäre gerettet, sobald er Marias Eltern Marias Augen vorführte. Wie schnell er auf einmal mit dem Vater redete. Er wiegelte ab. Ohne dass der Vater es merkte. Dazu war der viel zu weit weg. Irgendwo, weiß Gott, in seiner k.u.k.-Welt. Aus Konzerten, Kanzleien, Kämmerern, Kirche, Kaunitz und Kaiserin.

Dann plötzlich hatte er sich vor Maria aufgestellt, als wolle er ihr den Weg ins Freie versperren.

Er hob die Hand, sagte, Halt. Er wolle ihre Augen jetzt sehen. Jetzt sofort. Sonst käme er nicht mit in den Garten.

Sie hatte abgewehrt. Das müsse der Doktor entscheiden.

Und der Doktor entschied. Und gab nach. Nahm ihr die Augenbinde ab.

Nein! Nein, ich glaub's nicht, hörte sie den Vater. Resi! Augen wie ...

Er war um sie herumgelaufen.

Sag doch auch was, fuhr er die Mutter an.

Sie gehorchte. Augen ... wie die Herzen von Täubchen ...

Was für ein Vergleich, hatte er gelacht.

... in den Federn verborgen ...

Hat man so was Schiefes schon gehört?

Das sind Augen, stolz ... wie Kastanien ... in ihrem
stachligen Bett ... nein, eben nicht ... Augen wie ... im
Regen versunkene Schiffe.

Ja, das gefiel ihm.

Wie fühlen sie sich an, Resi?

Gut, hatte sie gesagt, und wieder gelächelt, während
Mesmer die Schiffe mit der gewohnten Dunkelheit bedeckte.

Reibungslos.

Sie war morgens schon im Garten gewesen. In aller
Frühe. Seit die Amseln das Frühjahr besingen, zieht es
sie fast täglich in den frühen Morgen hinaus. Heimlich.
Dass sie fror, war Nebensache. Ihre Gänsehaut kam
nicht von der kalten Luft.

Eher von der Hauptsache: den in die kalte Luft auf-
steigenden Amselstimmen. Sie konnte davon nicht genug bekommen. Wollte zuhören aus nächster Nähe.
Nichts verpassen von den langen, melancholischen Me-
lodien, die sie ganz plötzlich mit jubilierenden Trillern
konterten.

Sie hörte jemanden langsam den Kiesweg unter der
Allee entlanglaufen. In der Annahme, es sei Mesmer,
ging sie auf die Schritte zu.

Dann vernahm sie die Stimme. Überlagert von Amselstimmen. Oder im Gespräch oder Wettstreit mit ih-

nen. Sie wollte näher hin. Kaum aber betrat sie den Kies, schreckten die Amseln laut zeternd in alle Richtungen davon.

Mesmer war stehen geblieben.

Guten Morgen, sagte er. Ob ihr nicht kalt sei.

Gemeinsam waren sie ins Haus zurückgekehrt.

Dort, wo am Morgen die Amseln zeterten, da waren es jetzt die Eltern. Der Vater hatte ihre Hand genommen. Kaum berührte er sie, fühlte sie auch die Hand ihrer Mutter irgendwo an sich herumzupfen. Als müsse sie gerecht verteilt werden.

Was sie schon alles gesehen habe. Der Vater klang forsch.

Alles Mögliche.

Nein, rief er. Hat man so was schon gehört.

Die Mutter klatschte in die Hände und schluchzte. Maria legte den Arm um sie.

Alte Heulsuse, sagte der Vater.

Die Mutter sagte, dass jetzt, wo Resi wieder sehen könne, das Mutter-Auge wahrscheinlich bald nicht mehr gebraucht werde.

Maria hörte sich widersprechen. Unter den Füßen knirschte der Kies. Wie einmütig die Schritte klangen. Der Kies machte keinen Unterschied zwischen ihnen. Als dächten und fühlten sie alle dasselbe. Dabei war es genau das, was diesem Tag fehlte: Einmütigkeit. Und sie, Maria, war das Problem. Sie war es schon den ganzen Mittag gewesen.

Das fällt ihr jetzt auf.

Sie waren an den Beeten entlangspaziert, immer auf das Belvedere zu.

Die Mutter sagte, dieser Garten sei fast wie der der Kaiserin.

Quatsch, sagte der Vater. Verglichen mit dem der Kaiserin sei das ein Zwergengarten.

Halt ein bisschen kleiner, sagte die Mutter, aber sogar ein Vogelhaus und ein Taubenschlag sind da, schau. Ein stillgelegter Brunnen. Und schau, noch eine Skulptur von diesem FXM.

Sie solle ihn mit bitte, bitte diesem Verrückten in Ruhe lassen. Der Vater tastete schon wieder nach Marias Augen. Er könne, was er gesehen habe, nicht glauben.

Maria duckte sich.

Was für ein merkwürdiges Verhältnis zwischen Sehen und Nichtglauben und Anfassen.

Warum denn?, sagte sie.

Wie bitte?, sagte der Vater.

Warum er ihr nicht glaube?

Wie sie darauf komme, dass er ihr nicht glaube?

Er habe es doch gerade gesagt.

Manchmal müsse man eben erst begreifen, um etwas zu glauben. Da genüge das Sehen allein nicht. Man müsse vorher begriffen haben. Wenigstens ein klitzekleines Stückchen vom Ganzen.

Glaubst du, sagte sie, dass unwahr ist, was man nicht begreifen kann?

Nein, er meine nur, dass das Auge manchmal stumpf und blöd sei und nichts überschaue.

Und die Mutter pflichtet ihm bei.

Ein winziges Eckzipfelchen vom Ganzen, Maria. Das wäre genug. Sie solle nicht wieder übertreiben.

Warum sie sich hier einmische. Der Vater schnalzte mit der Zunge.

Was er gesagt habe, sei nichts als der reine Ausdruck seiner Freude.

Merkwürdig, sagte Maria. Du freust dich und glaubst es nicht. Ob er viele bittere Erfahrungen gemacht habe in seinem Leben?

Ob sie auf die Zeit im Banat anspiele oder wie sie darauf komme?

Sei ihr so eingefallen.

Sie solle nicht so altklug daherreden, sagte der Vater. Und hatte gelacht.

Und du, sagte sie zur Mutter. Warum glaubst du es nicht?

Soll ich etwas anderes glauben als dein Vater? Ich allein?

Sie hatte gelacht. Maria hatte mitgelacht. Aus Pein. Sie hatte sich geschämt. Für ihre Mutter. Und als sie dann die Hufe von mindestens vier oder fünf Pferden hörte, die die Einfahrt herauftrabten, und die Räder von mindestens zwei Kutschen, da hatte sie sich losgemacht. War hinter den Eltern zurückgeblieben, die hinüberschauten, wer da kam. Während der Hund zur Begrüßung bellte. Maria hatte sich vor eines der Beete

gehockt. Strich mit den Händen über die kalten Schnee-
glöckchen-Polster. Hörte den Vater sagen, Das ist er.
Dr. von Störck. Und hintendran der andere, der Starstecher ... Dr. Barth. Alle beide. Donner und Doria.
Komm, schnell.

Die Mutter rief ihren Namen.

Deutlicher kitzelten sie die kalten Blüten und Sten-
gel, die sich unter ihrer Hand spannten. Als sei sie ein
Sturm. Ein kleiner, harmloser Sturm, der keinem Schaden zufügt. Nur über die schwere, feuchte Erde braust,
Schneeglöckchen kitzelnd.

Jetzt schau dir deine Hände an, Resi.

Die Mutter hatte versucht, sie hochzuziehen. Beim
Wort Hände kam der Vater heran.

Sie siebte die Erde zwischen den Fingern. Schwarze
Klumpen und Brocken fielen klatschend herab. Etwas
blieb zwischen den Fingern hängen. Sie strich den Dreck
davon ab. Befühlte es mit der Wange. Ein Schneckenhaus. Gefüllt. Bewohnt.

Sie tickte mit dem Fingernagel ans verschlossene
Gehäuse.

Resi! Ihr Vater schrie, als sie den Dreck vom Schneckenhaus geleckt hatte. Den mit Matsch vermischten
Speichel ihren Eltern vor die Füße spuckte.

Pssst! Du weckst sie. Mit deinem Geschrei. Sie werde
die Schnecke mitnehmen. Der Doktor habe ihr erlaubt,
sagt sie, sie im Haus aufzubewahren. Im Regal einer
Nebenkammer seines Laboratoriums. Bei den medizinischen Würmern. In einem Tongefäß mit Deckel und

Luftlöchern. Statt Wasser ein bisschen Erde, ein bisschen Heu oder trockene Blätter. Bis sie erwacht aus ihrem Winterschlaf. Lange werde es nicht mehr dauern. Sie wolle, wenn es so weit sei, dabei sein.

Und weil sie sagte, sie wolle sich das Spektakel anschauen, blieben ihre Eltern still.

Zurück im Haus hatte Kaline ihr geholfen, sich zu säubern, bevor den Gästen vorgeführt wurde.

Stimmengewirr im Zimmer, als sie eintrat. Gleichmäßiges Dickicht aus gleichlauten Stimmen, wie ein Dickicht aus kleinen regelmäßigen Zweigen. Dort, wo die Amseln ihre Nester bauten. Sie stieg vorsichtig hinein, verschwand darin. Schüttelte Hände, so viele, dass sich bald alle gleich anfühlten. Ihre Hände blieben kalt, und sie rieb sie aneinander. Sie umklammerte eine Tasse heißen Kaffee, den Kaline ihr eingeschenkt hatte, ehe sie mit der dampfenden Kanne die Runde machte.

Aus allen Ecken mischte sich zwischen die Stimmen das Gieß-Geräusch, das sie an den Schlossbrunnen erinnerte. An das über eine niedere Stufe abgeleitete Rinnsal, das den Vögeln als Tränke diente.

Sie hörte Männerstimmen, die sie erkannte. Andere, unbekannte. Und Doktoren, die einander mit Herr Doktor begrüßten. Alle lobten die Wissenschaften. Einer nannte die *Erkenntnis des Menschen* die nützlichste von allen.

Leider, sagte ein anderer, sei sie zur Zeit auch die unvollkommenste.

Aber, verteidigte sich Ersterer, man finde doch täglich mehr heraus. Und bei Withof habe er gerade gelesen, dass auch die Alten schon wussten, was er nun beobachte, dass nämlich die weibliche Leiche schneller verrinne als die männliche. Und der weibliche Körper weniger solide sei, dafür ungleich mehr lockere Teile enthalte. Und eine sehr leise, näselnde Stimme, die von dem schwarzen Köter sprach, der im Hof herumliege. So ein struppiges Geschöpf. Ob er den borgen könne. Nur für einen Nachmittag. Für eine neue Idee. Einen kleinen Versuch. Mit großer Wirkung vielleicht.

Und sie hörte Anna sagen, da müsse er wohl ihren Gatten fragen.

Aus der anderen Ecke wollte einer wissen, ob auch elektrische Spielchen auf dem Programm stünden? Ich bitte Sie, war die Antwort, wir sind hier im Palais Mesmer! – Na und? Der habe doch auch eine Elektrisiermaschine im Keller! – Ja, aber wenn er glaube, ein Mesmer begnüge sich mit der Findung von Anwendbarkeiten, dann kenne er den Doktor nicht. Seine Ziele seien doch bei Weitem höhergesteckt! Worauf sie beide glockenhelle Gläser aneinanderstießen, leise lachten und das Lachen mit einem Schluck Cognac hinabspülten.

Sie hörte die Entzückensrufe ihrer Mutter, über die diversen Törtchen und ihre Farben und wie sie korrespondierten mit Frau Mesmers blass-beigem, oder wie solle sie die noble Farbe ihres Kleides nennen, *nu, ivoire, champagne?*, aus allen Stimmen herausragen.

Und sie hörte Kaline mit Mesmer flüstern. Und wie

Mesmer ihr befahl, den Hund auf der Stelle ins Laboratorium zu bringen. Und nicht zu vergessen, hinter sich abzuschließen. Und ihm den Schlüssel unverzüglich zu bringen.

Und als die Mutter die von Mesmer auf mehrere Tische verteilten, unter weißen Tüchern verborgenen Gegenstände Gespenster nannte und kichernd hinzufügte, Die Gespenster wird unser Fräulein Tochter jetzt für uns erkennen, da wusste Maria, dass es Zeit war, ihren lauen Kaffee abzustellen.

Der Vater schnalzte mit der Zunge. Sagte, Im Haus eines Doktors … im Kreis solch hochkarätiger Wissenschaftler … redet man nicht von Gespenstern daher. Stimmt's? Und ohne eine Antwort abzuwarten, fuhr er fort: Gespenster gibt es nur in den Köpfen von Dummköpfen.

Er lachte angestrengt, bis mindestens drei Doktoren mit ihm lachten.

Wer an Gespenster glaube, sagte er, dem werde er jetzt sofort und für alle sichtbar, das Hirngespinst aus dem Kopf treiben. In diesem Haus gebe es nichts als Methoden und Tatsachen.

Applaus. Er löste Marias Augenbinde, fragte, ob sie bereit sei, und auf Ihr Nicken hin zog er das erste weiße Tuch ab.

Sie drehte sich zum Publikum. Die Nautilusmuschel, sagte sie, verziert mit silbernen Blättern und Blüten.

Sie nahm sie in die Hand, drückte sie an ihre Lippen, küsste sie. Allgemeines Klatschen.

Applaus, Resi!, rief der Vater. Ganz, ganz großer Applaus!

Mesmer zog ein Tuch nach dem anderen ab. Unter jedem fand sich ein Gegenstand. Und dazu aus ihrem Mund das passende Wort. Und mit jedem Wort ein begeistertes Publikum.

Zum Abschluss machte sie einen Knicks, drehte sich, blieb leicht schwankend stehen und blinzelte ins Publikum, bis ihr schwindlig wurde. Die Leute johlten. Der Vater stürmte nach vorn. Küsste sie auf die Stirn.

Gut siehst du aus. Fast, als hätte es nie eine Behandlung gegeben. Sie hörte Dr. von Störcks Räuspern und tippte ihren Vater an.

Worauf er jäh verstummte. Und mit ihm alle anderen. Sein Gesicht näherte sich dem ihren. Sie wich zurück. Achtung, flüsterte sie. Die Nase! Sie musste lachen.

Er rief die Mutter.

Sagte, schau dir das an. Fällt dir etwas auf?

Maria drehte schnell den Kopf zur Seite. Was los sei? Nichts, nichts.

Das Doppelnichts. Sie erschrak. In ihrer Familie die Chiffre für: Alarmstufe eins. Allerallerhöchste Gefahr. Zu gefährlich, um sie auszusprechen.

Stillhalten, sagte er. Deine Mutter braucht etwas länger.

Die Mutter schüttelte den Kopf.

Und er: Ob sie blind sei.

Maria spürte den Atem der Mutter auf ihren Lippen.

Siehst du's endlich?

Ah, sagte die Mutter, ja, ich seh's.

Was?, sagte er. Was siehst du?

Ich weiß nicht, sagte sie.

Siehst du nicht, dass Resis Augen unterschiedlich groß sind?

Aber natürlich, sagte sie. Jetzt, wo du's sagst.

Marias Gesicht begann zu glühen und leicht zu zucken.

Der Vater wandte sich an Mesmer.

Er sei ihm zu Dank verpflichtet.

Wolle seine Leistung keinesfalls schmälern. Aber schauen Sie. Sehen Sie selbst. Das rechte ist kleiner als das linke. Ob man dagegen ...

Ist es schlimm?, wollte sie wissen und erhielt keine Antwort.

Es wird sich verwachsen, sagte Mesmer.

So jedenfalls, sagte der Vater, könne sie nicht auftreten. Auf internationalem Parkett.

Auf einmal spürte sie eine feiste, schweißige Hand, die sie kannte. Die nahm ihre rechte und legte sie direkt in die eisigen Finger Dr. Barths. Und während der sie umklammerte, spürte sie von Störcks gut gepolsterten Finger an ihrer Stirn.

Nicht bewegen, befahl er.

Sie bemühte sich. Hörte Dr. Barth mit Dr. von Störck flüstern.

Nach kurzer Pause sagte Störck, er müsse, ob er wolle oder nicht, etwas sagen.

Schon bei der Vorführung der Gegenstände habe er es beobachtet. Er habe die Vorführenden aber nicht stören wollen. Jetzt aber sei er gewiss. Die Augen des Fräuleins seien unterschiedlich groß. Solange ich sie behandelt habe, sagte er, war eins wie das andere. Die Ungleichheit müsse Resultat der Mesmer'schen Therapie sein.

Mesmer sprach von einer Lappalie.

Störck sagte, Möglicherweise. Und dennoch beobachtungswürdig, Herr Kollege.

Meinetwegen. Beobachten Sie. Nichts ist heilsamer, als dem Verschwinden zuzusehen, sagte Mesmer. Das wichtigere Resultat sei, dass sie ihre Sehkraft zurückhabe. Und dass die nicht verschwinde.

So sei es, sagte der Vater. Er sei Mesmer zu großem Dank verpflichtet.

Er wandte sich an Dr. Störck.

Was sagen Sie dazu?

Er sei, sagte Störck, sehr beeindruckt. Sollte es tatsächlich so sein, fügte er hinzu, dass die Tochter wirklich alles, was sie benannte, auch gesehen habe, so täte es ihm leid, dass er so lange gezögert habe, die Wichtigkeit dieser höchst interessanten Entdeckung durch sein Beipflichten durchzusetzen.

Dr. Barth sagte, es grenze an ein Wunder. Man müsse es der Kaiserin melden. Sofort.

Ja aber, sagte der Vater. Mit der Kaiserin bitte noch warten. Bis die Lappalie verschwunden sei.

Aber warum denn?, rief die Mutter.

Der Vater schlug durch die Luft nach ihr.

Mesmer sagte, kein Mensch habe ein Auge wie das andere.

Das werde er im Spiegel überprüfen, sagte der Vater.

Im Übrigen, sagte er, finde er trotzdem, Maria solle der Kaiserin vorspielen. Sie sitze beim Spielen sowieso im Profil zur Kaiserin. Und von der Seite sei ja immer nur ein Auge zu sehen. Und zur Begrüßung, sagte er, verneigst du dich so tief, dass man deine Augen überhaupt nicht sieht. Und jetzt, sagte er, wirst du für uns spielen.

Und sie hatte sich unter gespannten Blicken ans Instrument gesetzt.

Sie neigt den Kopf zum Publikum, ein wenig nur, um ihnen ihre offenen Augen zu zeigen. Kurzer Jubel. Dann schweigen sie. Sie glauben, sie seien die große Stille. Sie täuschen sich.

Maria hebt die Hände.

Zwölftes Kapitel

Eine Blinde, die wieder sehen kann, ist eine Nachricht. Schneller als jeder Wetterwechsel. Halb Wien zieht es auf der Landstraße durch die Stadttore hinaus zu Mesmers Anwesen. (Das eigentlich Anna gehört.)

Kranke wollen geheilt werden. Gesunde betteln um Hilfe und karren ihre kranken Nächsten an. Andere, von gesunder Neugier angetrieben, wollen den Doktor sehen. Das Fräulein. Das Wunder. Das Fluidum der Welt.

Menschen, Pferde, Kutschen verstellen den Hof, den Weg bis zur Einfahrt. Kein Fleck, an dem keiner steht oder geht. Zu viele Menschen für einen Tag. Zu wenig Tage für die sich mehrenden Massen.

Fremde platzen ins magnetische Baquet. Stören die Harmonie. Klopfen ans Laboratorium, reißen Mesmer aus seinen Experimenten. Sie klopfen ans Fenster. Dreimal, viermal je vier bis fünf Klopfer. Als müssten sie das Chaos, das sie anrichten, auch noch auf seine Wirklichkeit hin abklopfen. Der Hund weiß nicht mehr, wo Kopf, wo Schwanz. Wann wedeln, wann bellen. Steht nur herum. Versucht beides zugleich. Wie dümmlich er aussieht. Und wie heiser er klingt. Wie zermürbt.

Mesmer wimmelt die Leute ab. Bittet sie zu warten. Scheucht sie aus dem Weg. Schickt sie zu Anna. Termine absprechen. Und Anna notiert. Und führt Buch. Ohne Anna wäre alles zusammengebrochen.

Sie hat es vorausgeahnt. Der Nachmittag war noch nicht vorüber, da sprach sie schon vom Erfolg und seinen Folgen. Dass jetzt alles anders werde. Er hat gedacht, sie übertreibe.

Gerade hatte Maria ihr peinvolles, vor Fehlern strotzendes Haydn-Konzert hinter sich gebracht. Und er, um die Stimmung zu heben, hatte sich spontan an seine Gläsermaschine gesetzt. Ein Stückchen Mozart gespielt. Zur Auflockerung der Stimmung. Zur Reinigung der Luft von allen Missklängen, ehe sie sich festsetzten im Raum, in den Wänden, den Köpfen. Was eignet sich dafür besser als die Glasharmonika. Deren Töne fast sichtbar durch den Raum schwimmen bis in die hintersten Winkel. Sich dehnen und dehnen, durch die Fenster hinaus ins Offene.

Anna, die sonst nie weint, weint immer, wenn sie die Glasharmonika hört. Und Störck, aus dem Augenwinkel musste er es mit ansehen, nahm sie am Arm. Goss sich und ihr vom Roten ein. Und verschwand mit der Schluchzenden und zwei vollen Gläsern aus dem Saal.

Mit leeren Gläsern und einer lächelnden Anna tauchte er wieder auf, als Riedinger und Hossitzky zum Tanz aufspielten. Anna tanzte ausschließlich mit Störck. Und Störck ausschließlich mit Anna. Mesmer hielt sich an Maria, die trotz allem wunderbar leicht Menuett tanzte. Besser tanzt als Anna. Weil sie sich viel leichter führen lässt.

Er behielt Anna und Störck im Blick. Der kleine fette Störck und seine große schlanke Anna. Die, von ihm gehalten, ihn um einen Kopf überragend, wild umherschaute. Bestimmt sah sie weder ihn noch Störck oder sonst etwas. Ihre Blicke waren wie Leuchtfeuer. Ausgesandt, um gesehen zu werden.

Man beglückwünschte ihn an jenem Nachmittag oft genug. Zu seiner Entdeckung. Zum erfolgreichen Ergebnis der Behandlung. Zum sehenden Fräulein. Niemanden ließ diese Geschichte kalt. Und man beglückwünschte ihn zu Anna. Keiner, der nicht gern ein Wort mit der Gastgeberin gewechselt hätte. Und mehr als eines. Wo sie war, entstand Gedränge. Sie, in der Mitte. Wie sie lachte. Wie irre. Normalerweise verschont er seine Nächsten vor seinem Arzt-Blick. Aber jetzt konnte er nicht anders. Er sah Anna, und wie sie langsam außer sich geriet.

Nach Sonnenuntergang sammelten sich alle auf der Terrasse. Seht doch, Anna rief und zeigte. Das erste Wetterleuchten des Jahres. Und sofort folgte ihr die Aufmerksamkeit aller. Sie nahm Maria bei der Hand, zog sie, die gern folgte, zum Geländer.

Voilà, *Mademoiselle*, das allererste Wetterleuchten Ihres Lebens. Genießen Sie es. Sie küsste Maria auf die Stirn, drehte ihren Kopf zu den Blitzen. Das wollte keiner verpassen. Alle drängten sich hinter den beiden Frauen zum Geländer.

Es wäre an ihm gewesen, den Leuten zu zeigen, dass er Maria den Himmel zeigte. Aber das schien Anna gar

181

nicht zu spüren. Hoffentlich auch sonst keiner. Sie war eben schneller. Schnell hier und schnell wieder weg.

Einmal stand sie neben ihm. Ihr Gesicht glühte. Im Gemenge fasste sie seine Hand, drückte sie. Endlich war sie bei ihm.

Hier gehöre sie her, flüsterte er. An seine Seite. Sie sei viel zu lange und viel zu weit fort von ihm gewesen.

Nicht übertreiben, flüsterte sie. Und fügte etwas hinzu. Du hast es geschafft, verstand er. Und von nun an sei alles eine einzige Wunscherfüllung.

Und wer wüsste es besser als die sich unermüdlich mit allen ins Gespräch verwickelnde Anna. Und während Maria dem staunenden Publikum zum Abschied die Sterne zählte, die so ernst auf sie herabblickten, machte Anna ihre Hand von seiner schon wieder los und wurde sofort von der Menge aufgesogen.

Die Gäste waren längst fort, die Hausbewohner in ihren Zimmern, da hat Anna noch weitergefeiert. Wie auf den Schatten verklungener Töne tanzte sie durch die Räume. Er schob es auf den Wein. Er setzte sich an die Gläsermaschine. In der Hoffnung, sie zur Besinnung zu bringen.

Sie goss zwei Gläser Roten ein. Voll bis obenhin.

Sie müsse seinen Erfolg auskosten, wenn er es nicht tue.

Ob sie nicht genug getrunken habe?

Genug, sagte sie. Das Wort kenne sie nicht. Hob das Glas.

Was es da auszukosten gebe, solange es von der Kaiserin nichts gebe, sagte er. Das Fräulein habe gespielt wie eine blinde Anfängerin.

Anna meinte, das habe außer ihrem Vater und Riedinger keiner bemerkt. Sie hätten die Fehler gehört, aber nicht zur Kenntnis genommen. Riedinger sei ganz vernarrt in das Fräulein. Und der Vater habe beide Augen zugedrückt, aus Freude, dass seine Tochter nun mit offenen Augen durch die Welt sehe. Sie bekomme noch eine Chance.

Eine, sagte Mesmer, genüge nicht. Sie bräuchte viele. Und unendlich Zeit dazu. Warum also feiern.

Er begann zu spielen. Er improvisierte. So wie ihm Haydn, als er zu Besuch gewesen war, geraten hatte. Immer der eigenen Phantasie nach.

Das Nächste, woran er sich erinnert. Anna, die ihm von hinten die Arme um den Hals warf. Im neuesten Nachtkleid. Das schimmert wie das Innere einer Muschel. Er sah den transparenten Stoff auf ihren Armen.

Libellenflügel, in weißen Zucker gegossen.

Die Gläsermaschine sei gefährlich, sagte sie. Die Gläsermaschine zerrütte die Nerven. Hörst du nicht?, sagte sie. Diese Töne. Machen einen doch wahnsinnig.

Ihre Fingerkuppen strichen an seinem Hals entlang.

Als er nicht reagierte, sagte sie, Die Glasharmonika macht die Menschen krank. Melancholisch. Das habe Herr von Störck gesagt.

Er hielt inne. Ob sie so einen Unsinn glaube?

Sie schüttelte den Kopf.

Was er sonst noch gesagt habe?

Nichts. Er sei schwer beeindruckt.

Von was?

Vom wie durch ein Wunder geheilten Fräulein.

Ob er das gesagt habe?

Ja. Er habe es mit einem Wunder verglichen.

Es sei kein Wunder, sagte er. Es sei eine Methode. Er sei Wissenschaftler.

Hauptsache, Störck hat gesehen, dass sie sieht. Anna zuckte die Schultern und überraschte ihn mit einem samtenen Säckchen, das sie ihm in die Hand drückte.

Je glücklicher eine Frau, desto freigebiger sei sie, sagte sie.

Und er, ob es nicht heißen müsse, je freigebiger, desto verzweifelter. Das sei seine Erfahrung. Mit Frauen.

Nein, er täusche sich. Sie lachte ihn aus. Zwar sei er der Arzt, aber wie eine Frau fühle, das müsse er schon ihr überlassen.

Sie wartete. Gespannter auf seine Reaktion als er auf den Inhalt des Säckchens.

Er hatte es in die Tasche gesteckt.

Später, hat er gesagt.

Gott sei Dank wird nicht immer alles so verstanden, wie es gemeint ist.

Anna drängte sich sofort zwischen ihn und das Instrument. Er ließ sie.

Sie umfasste seinen Kopf. Goss ihren Blick in ihn. So empfand er ihn. Wie eine Substanz. Eine magnetische Quelle.

Ein Blick, der augenblicklich all seine Gedanken auf Anna bündelte. Alles vertrieb, was von ihr ablenkte. Seine Musik, seine Medizin, seine Zweifel. Seine Wortlosigkeit in Schweigen verwandelte.

Ihre Hand, die so flink war an seinem Leib. Wie die Stallschwalben im Sommer. Wie Sternschnuppen im August. Und leicht wie die Girlanden, die bald die Bäume schmücken würden. Und zierlich wie die feinsten Ranken des Kletterweins an der Hauswand. Oder eine Mozart'sche Etüde.

Im Unterschied zu ihrer Hand hatte Annas Blick Gewicht. Zog ihre Köpfe zueinander wie eine Schwerkraft. Während ihre Hand wie unverbindlich an ihm herumflatterte. Dass Blick und Hand so gegensätzlich sein können. Wie trotzdem messbar Stoffliches in unmessbar Stoffliches überfließt.

Ohne eine Grenze. Überall sonst stieß er auf Grenzen. Geschlossene Grenzen. Geschlossene Gesellschaften. Die Wiener Ärzteschaft. Störck und Konsorten. Und wenn er noch so studiert war. Und ein noch so guter Bürger. Der regelmäßig seine Pferdesteuer bezahlte. Und seine redliche Mitarbeit anbot. Solange von Störck seine Methode nicht guthieß, blieben ihm nicht nur die Türen der Hospitäler verschlossen. Auch die Türen zur Hofburg.

Eine geschlossene Grenze. Ungewiss, ob sie je aufgehen würde. Eher nicht. Im Gegensatz zu der zwischen Anna und ihm. Eine Grenze, wie er sie mochte. Nichts als zwei Fronten, die eine lange Berührung miteinander teilen. Die sich an jenem Abend wie von selbst lockerten, verwischten, auflösten. Ineinander verschwammen.

Anna zog ihn auf ihr Terrain. Nein, so war es nicht. Sein Mitgezogensein war längst aktiv. Ein Mitgeziehen. Nein, die Sprache ließ sich mal wieder nicht mitzerren. Ihre schmale Hand, die ihm die Kleider öffnete. Seine Hand, die ihren Beinen folgte. Sich verfing in den knisternden Libellenflügeln. Sich herauswand und sich erneut verfing. Und dann nur noch Anna. Die Ausreißerin. Die unnahbare Anna. So nah.

Er sagte, er habe das Gefühl, er befinde sich auf einer schiefen Ebene. Er rutsche einen Abhang hinunter. Könne sich nicht halten. Dass das ein Witz war, hat er erst an ihrem Lachen gemerkt.

Sie sprang auf, rückte ihr Nachtkleid zurecht, rannte hinaus. Kehrte zurück.

Die Nacht sei noch nicht zu Ende. Gerade erst beginne es. Das Dunkel zum Ende der Nacht. Und es werde dauern.

Wie recht sie hatte. Das Ende dauerte und dauerte. Es hörte überhaupt nicht mehr auf. Es dehnte sich wie die Töne der Glasharmonika. Durch die Fenster hinaus, über den Garten hinweg, die matschigen Wiesen, die Hecken, die Zäune und darüber hinaus. Bis nach Wien und weiter, zur Donau, zu den Prater-Auen und darüber hinaus.

Am Morgen, beim Ankleiden, fiel ihm das Säckchen in die Hand. Darin eine goldene Uhr, die er ließ, wo sie war.

Wie Anna die Leute empfängt. Das hat er ihr nicht beigebracht. Wie sie redet mit ihnen. Und wie sie sich ausfragen lassen von ihr.

Und die Schlüsse, die sie zieht, aus den Schilderungen. Über die Art der Krankheit. Sie wäre kein schlechter Arzt. Sie täuscht sich fast nie in ihren Einschätzungen. Ob oder nicht Mesmer hier hilft. Helfen kann.

Dass er für Nervenkranke zuständig sei, weiß sie genau. Alle Gattungen und Untergattungen von Nervenkranken. Die muss sie herausfiltern.

Am besten solche, die schon jahrelang erfolglos behandelt wurden.

So wie der Alte aus Wien. Der hartnäckig im Hof blieb, so wie die Schmerzen in seinem Bein und der Ausschlag unter dem Bart. All das, was ihm den Tag zur Hölle machte. Was er schließlich glaubhaft durch den morgendlichen Hof brüllte. In einer Frühe, in der Anna vor Kurzem noch geschlafen hätte.

Doch vor Kurzem war vorbei. Jetzt war Anna längst wach. Und ging, damit nicht auch ihr Tag zur Hölle werde, hinaus zu dem Bärtigen.

Er könne nicht herabsteigen, sagte der Alte. Schilderte ihr sein Leid vom Kutschbock aus. Wie es ihr gelang, den mühsam Humpelnden doch noch ins Haus bringen zu lassen, ist Mesmer ein Rätsel.

Der Ausschlag schimmerte bläulich-rot durch den Bart. Um die Haut zu behandeln, müsse der Bart ab, sagte Mesmer.

Der Alte weigerte sich. Er sei Jude. Habe schon einmal eine Leibesstrafe erhalten nach dem Bartscheren. Nach dem zweiten Mal müsse er aus dem Land.

Mesmer legte ihm eine Hand auf den Rücken. Die andere an die Hüfte. Ob er Wärme spüre.

Allerdings. Ein Feuer. Der Alte begann zu brüllen. Wand sich zehn Minuten lang in Krämpfen. Schlief ein. Anna blieb bei ihm, während Mesmer im Laboratorium verschwand. Er konnte den Alten nicht hierbehalten. Das Haus war voll. Er füllte eine Flasche mit Wasser. Kippte Eisenspäne und Nägel dazu. Verschloss und arretierte die Flasche mit vier Nägeln in einem Holzkasten. Nannte es ein *magnetisches Kästchen*.

Wenn der Alte wach werde, dürfe er es mitnehmen. Für neben das Bett. Nein, besser ins Bett.

Später sah er den Alten allein zu seinem Wagen laufen, das Kästchen umklammernd. Am Trittbrett blieb er stehen. Hob das Kästchen auf den Kutschbock hinauf. Kletterte hinterher.

Auch das hat sich herumgesprochen. Und wob sich wie ein kleiner glitzernder Faden in die prächtigen Geschichten, die sich die Leute inzwischen von Mesmer erzählten.

Mehr Menschen reisten an. Anna schickte die meisten fort.

Zu anderen Ärzten. In Wien gab es mindestens so viele Ärzte wie Musiker. Störck und Konsorten.

Wenn Anna ablehnte, erschraken die Leute. Dann scherzte sie mit ihnen. Wie sie neuerdings mit dem Hund scherzte. Und mit den Hühnern, wenn sie über den Hof zum Stall ging. Dem Kutscher Bescheid zu sagen. Frau Doktor wolle in die Stadt. Zum Schneider. Nach Wien. Zu Störck. Oder ihre Freundin besuchen. In der Augartenstraße.

Und wenn sie wiederkam, brachte sie neuerdings für jeden etwas mit. Für Maria eine *Hina ningyo*, eine kleine japanische Puppe in knallroter Seide. Die *Hina* schütze Maria, wo immer sie sei. Schokolade für Kaline. Ein Amulett für den Grafen. Eine Muschel für die Köchin. Handschuhe für den Kutscher. Einen Knochen für den Hund. Und immer wieder Knöpfe. Perlmutterne mit gelben Steinen in der Mitte. Aus der Knopffabrik am Kohlmarkt. Natürlich auch Zeitschriften. Schreibfedern. Zeichenpapier. Einen Bleistift und die neueste Erfindung: einen Radiergummi für Mesmer. Was er schreibt und zeichnet, kann er nun »wegradieren«. Vom Papier. Nicht wie in seinem Leben. Aus dem er nichts wegradieren kann. Auch wenn er, was nun folgt, gern wegradieren würde.

Dass Anna, seit jenem Fest, überhaupt nicht mehr aus ihrer guten Stimmung erwacht, missfällt ihm. Ihre mit Hektik vermischte Tüchtigkeit. Wie sie in der Küche steht. Schon wieder lacht. Kaffee brüht, was sie sonst nie gemacht hat. Die heiße Kanne zum Tisch trägt. Kaline zu sich bittet, ihr eine Tasse eingießt und eine dem Grafen und eine dem Kutscher. Wie sie die Bediensteten bedient. Mit frischem Kuchen. Die Frau eines Bürgers bäckt einen Kuchen. Dagegen ist nichts zu sagen. Außer, dass es neu ist. Neu und scheinbar nicht mehr abzustellen. Neu, wie sein Blick. Der zum Spürhund wird. Anna aufspürt, wie sie Tabakkrümel vom Tisch wischt. Krümel, die der Graf übersah, als er versuchte, den Inhalt seiner zerkratzten Dose in die kostbare Dose hinüberzuschütten, die Anna ihm geschenkt hat. Und diese frische Freude in seinem Gesicht. Und Kaline, die zwischen Daumen und Zeigefinger die Fransen eines feinen Tuchs zwirbelt, das Mesmer bekannt vorkommt. Weil es bisher Anna gehörte. Und das neuerdings um Kalines Schultern liegt wie eine Satire dessen, was sie sonst trägt. Sein Suchblick wandert den Kutscher ab, dem eine viel zu teure Meerschaumpfeife aus dem Mundwinkel ragt. Ihn grüßend senkt der Kutscher den Blick.

Bevor Anna etwas sagen kann, murmelt Mesmer, sie müsse verrückt sein.

Verrückt, sagt sie lächelnd. Oder einfach nur großzügig.

Ob sie den Unterschied kenne zwischen großzügig und verschwenderisch.

Fang nicht wieder an, sagt sie und dreht sich weg. Heute sollen alle etwas davon haben.

Von was, will er wissen. Von was sollen alle etwas haben?

Von unserem Erfolg, sagt sie.

Unserem?, sagt er.

So wie es läuft, läuft es prima, sagt sie. Zusammen schaffen wir es. Ob er das nicht finde. Warum er sich nicht einfach freuen könne?

Sie schiebt ihm eine Ausgabe der *Berlinischen privilegierten Zeitung* hin.

Nur für den Fall, dass er je wieder an sich oder seiner Arbeit zweifle.

Unter *Brief aus Wien* ist da ein Schreiben des Hofsekretärs Paradis abgedruckt. Es sprüht vor Freude über die unerwartete, unerwartet schnelle Heilung seiner für unheilbar geglaubten Tochter. Sich gegen diese Jubeltöne auch noch zu wehren wäre selbstschädigend. Mesmer lässt sich mitreißen.

Auch Herr von Störck liest preußische Blätter. Und die Kaiserin. Von Kaunitz sowieso.

Gratulation, sagt Anna. Er habe es geschafft. Jetzt wisse Berlin von ihm und seiner Methode. Das sei ein internationaler Durchbruch. Von nun an hätte er auch Patienten in Preußen.

Sie sei mit ihrem Lob so verschwenderisch wie mit ihrem Geld, sagt er. Was nütze ihm Preußen. Er sei vom Bodensee, also Alemanne. Und lebe in Wien. Was solle er in Berlin. International, das sei Paris und nicht Berlin. Und überhaupt sei es bedauerlich, dass es nicht in der *Wiener Allgemeinen* stehe. Am liebsten hätte er den Brief abgeschrieben. Ihn an all seine Gegner verschickt. Wie oft hätte er ihn abschreiben müssen!

Aber es ist ja nicht nötig. In den meisten Wiener Kaffeehäusern liegen Zeitungen aus. Und nichts auf der Welt ist groß genug, dass es in Wien nicht kleingetratscht würde. Und überhaupt. Zum Kotzen, wie abhängig er ist von Worten. Und noch von gedruckten.

Anna schenkte Kaffee nach. Stellte Teller um Teller vor ihn hin. Überladen mit Wild- und Geflügelpasteten, Käse, Dörrobst und Kartoffelküchlein. Eingemachte Aprikosen und Preiselbeeren. Strudel. Vanille-Milch. Sauer eingelegtes Gemüse. Und einen Korb frischer Semmeln. All das, was ihm immer Appetit machte. Leider kommt die Erfahrung oft zu kurz. So auch an diesem Tag. Viel zu kurz. Er hat den ersten Bissen kaum geschluckt, da klingelt es an der Tür. Mit ein und derselben Geste hält er Anna zurück und lässt Kaline rennen. Das kostbare Tuch flattert an ihm vorüber zur Tür.

Eine Gruppe, meldet sie. Mehrere Herren und ihre Damen. Wollen dem Doktor gratulieren. Das Wunder-Fräulein sehen.

Sollen reinkommen. Anna strahlt unheimlich.

Sie hebt die Kaffeetasse, als wär's ein Glas vom Roten. Seine nicht zu bremsende Frau. Er kann Kaline gerade noch zurückpfeifen. Bevor Anna die ganze Bagage zu Tisch bittet.

Die Herrschaften müssen warten. Da, wo die Patienten warten. Im Besucherraum. Oder wiederkommen.

Das Fräulein sitzt neben ihrer japanischen Puppe am Klavier und schlägt Töne an. Hält sie und fährt mit den Fingern die Tasten auf und ab. So wie sie einst begonnen hat. Vor Jahren. Ihre Augen hat sie, in der Hoffnung, es wirke sich auf die Hände aus, verbunden.

Abgesehen von Fehlern beim Spielen habe sie den leichtesten, empfindsamsten Anschlag, den er seit Mozart kenne, sagt er. Trotzdem müsse er sie unterbrechen. Sie, die große Hoffnung. Nicht nur für ihn. Ein Licht. Ob man sie sehen dürfe. Ob sie sich zeigen werde. Die Leute verlangten nach ihr.

Dass sie ablehnt, hat er erwartet.

Wer nicht spielen könne, hasse Publikum. Er habe ihre Augen gesund gezaubert, und jetzt seien ihre Hände krank. Begreife das, wer wolle. Sie begreife es nicht. Hundepfoten, sagt sie, verstehe sie womöglich besser als die eigenen Hände. Die große Hoffnung sei hoffnungslos. Erloschenes Licht.

Das Mesmer, mit wenigen magnetischen Strichen, wieder zum Glühen bringt.

Gemeinsam sind sie vor die Leute getreten. Haben Hände geschüttelt. Geschichten erzählt. Denn jeder erhofft sich eine Geschichte aus dem Mund der Hoffnung. Und da Geschichten im wirklichen Leben nie enden, fangen die Besucher an, die Geschichte weiterzuspinnen. Und manche eignen sich Marias Geschichte an.

Zugedeckt hat man sie. Begraben. Unter Haufen von Wörtern, Sätzen, Fragen, Gedankensplittern, Geratter, Gestammel. Satzbau und Satzabbau.

Wie alles an ihnen klebt. Sie einengt.

Noch mehr Leute, die ihn sehen wollen. Den berühmten Doktor. Und sein Wunder-Fräulein. Wer nicht selbst kommt, schickt Bedienstete. Mit Grüßen, Wünschen und Geschenken.

Nur von der Kaiserin nichts. Kein Wort. Und kein Wunsch. Und kein Geschenk.

Es ist wie im Theater. Sie treten auf, die Leute applaudieren. Sie verbeugen sich, die Leute applaudieren. Als seien sie eine Truppe Schauspieler oder Gaukler. Der Hund, der Doktor, das Mädchen. Drei Farben. Schwarz der Hund, Purpur der Doktor, das Mädchen in Weiß. Mit schlichter Haube auf dem Kopf, solange die Haare noch nicht lang genug sind. Und die Leute klatschen begeistert und reißen einander mit. Nicht nur den Hund. Alle drei. Sie sind stets zu dritt. Maria will es so. Und so soll sie es haben.

Die Leute bringen Brote mit, Kuchen, Obst. Und Getränke. Wie in der Oper. Maria spielt Klavier für sie. Einfache Stückchen für einfache Leute. Für das leicht zu beeindruckende, Fehler verzeihende Volk. Die Fehler werden weniger. Er täuscht sich nicht. Und sicher ist: Wenn sie singt, macht sie gar keine.

Ich war ein armes Würmchen. Sie spielt mit ihrem alten Erfolg. Der aus ihrem Mund unwiderstehlich klingt. Wehmütig. Wahrhaftig. Er hat ihr zu anderen Liedern geraten. Sie meint, von allen komme dieses am besten an. Bei den Leuten. Wer gut ankommt bei den Leuten, kommt bei sich selbst gut an. Applaus tröste sie über den Verlust ihrer Hände.

Den momentanen Verlust, korrigiert er.

Ja, wiederholt sie sofort. Den momentanen Verlust.

Sie ist flink wie ein hochreaktiver Wirkstoff. Dabei leicht zu lenken. Wie schnell sie von ihm annimmt. Ohne jeden Widerstand. Auch das hält er sich zugute. Wie sie profitiert von ihm. Das ist sein Erfolg.

Den momentanen Moment gelte es zu überleben, fährt sie fort. Wer den Moment überlebt, lebt weiter. Deshalb seien die Leute und ihr Applaus momentan unverzichtbar. Und das Geklatsche sogar zu genießen. Die Fragen allerdings weniger, mit denen sie einen löchern.

Nicht nur sie. Auch ihn. Sogar den Hund. Während Mesmer fürs Medizinische, Maria für die persönliche Erfahrung zuständig ist, wollen die Leute vom Hund alles Mögliche wissen. Wie das Wetter wird. Oder die kommende Ernte. Sie wecken ihn, kaum ist er vor Erschöpfung eingeschlafen.

Ob er ein Hund sei, will einer wissen. Oder ein verzauberter Jüngling?

Während Mesmer und das Mädchen mit dem spanischen Rohr vorführen, was es vorzuführen gibt, lockt er ihn. Stupft ihn mit dem Finger an. Bis der Gutmütige wedelnd den Kopf hebt. Das allerdings ist dem Fragenden eindeutig ein Ja. Aber was heißt das jetzt?

Es ist, als erzeugten sie, wenn sie zu dritt vor die Leute treten, einen Wind. Eine freundliche Brise, die den Leuten Fragen ins Hirn pustet. Und wie Schiffe aus weiter Ferne tauchen diese Fragen auf einmal auf. Und sie müssen irgendwohin. In einen sicheren Antwort-Hafen. Mesmers Antworten sind nicht gefestigt genug.

Herr Doktor, Sie haben ein Wunder vollbracht. Wie haben Sie das gemacht?

Nein. Er habe kein Wunder vollbracht. Er sei Wissenschaftler. Er habe eine Methode entwickelt.

Was für eine Methode?

Er habe den feinsten Stoff der Welt entdeckt. Aus dem alles bestehe. Er habe die Kraft entdeckt, die *Vis*, womit der zu lenken sei.

Eine Kraft, was für eine Kraft?

Den Animalischen Magnetismus.

Eine Zauberkraft?

Eine Naturkraft.

Ob die jeder besitze?

Gewissermaßen, ja.

Gewissermaßen?

Ja. Gewissermaßen.

Dann hätte das also jeder vollbringen können.

Gewissermaßen ja ...

Ich auch?, will der Fragende wissen und fängt an zu lachen.

Nein, natürlich nicht.

Ja was denn nun?

Seine Erklärungen fordern Erklärungen. Die sich immerfort verzweigen. Bis ins Ungewisse. Diese Erklärungen führen ihn bis zu dem Punkt, an dem auch er darüber staunt, was er da vollbracht hat. Mit den eigenen Händen.

Und was seinen Händen möglich ist, muss auch anderer Leute Hände möglich sein. Davon geht er aus.

Trotzdem. Kein anderer hat das Mädchen geheilt. Weder Störck noch Barth, nein, keine dieser rechthaberischen Hofschranzen. Doch Mesmers Erklärungen verwirren die Leute. Man will ihn nicht verstehen.

Dann sammeln sich die erwartungsvollen Blicke auf Maria. Der lebendige Beweis muss doch erklären können, was ihm widerfuhr.

Aber nein, der lebendige Beweis weiß auch nichts. Über sich. Und was geschah. Maria fühlt sich durchlöchert. Auf immer dieselben Fragen legt sie sich Antworten zurecht.

Fräulein, wie ist es, blind zu sein?

Wie die Farbe Schwarz.

Fräulein, was möchten Sie als Erstes sehen, wenn Sie von hier fortgehen?

Schönbrunn. Das Belvedere. Den kaiserlichen Tiergarten. Die Schildkröten, die sie vom Streicheln kenne. Und die bissigen Affen. Die so laut schreien. Ob die so böse aussehen, wie sie klingen. Oder maskieren sie sich mit einem Lächeln?

Fräulein, wie ist es, wenn man plötzlich sieht?

Sehen ist begreifen, sagt sie.

Was begreifen?

Ferne begreifen. Nähe begreifen. Und Nähe aus der Ferne begreifen.

Fräulein, macht Ihnen das Sehen Spaß?

Ach ja, sagt sie. Sehen macht Spaß. Sehen, sagt sie, ist wie Riechen. Die Hände sind leer, aber was man sieht, hat man.

Heißt das, wer sieht, fühlt sich weniger allein?

Nein, sagt sie. Wer hört, fühlt sich auch nicht allein.

Aber Blinde werden doch weniger zerstreut von der Welt?

Nein, sagt sie. Wenn ein Fünfsinniger sich mit einem Blinden in eine Gesellschaft begibt, so wird der Blinde viel zerstreuter sein. Er muss ja all die Stimmen unterscheiden, während der Sehende alles überschaut. Mit einem Blick.

Fräulein, was sagt denn Ihr Vater dazu, dass Sie wieder sehen können?

Er freut sich.

Die Leute lachen, applaudieren. Maria macht einen Knicks. Und einen zweiten.

Dann doch noch eine Frage. Sie wird jedesmal gestellt. Maria nennt sie die erbärmliche.

Fräulein, schämen Sie sich nicht, als junge Frau. Sich öffentlich zur Schau zu stellen.

Nein. Zum tausendsten Mal: Nein. Sie schäme sich nicht. Sie sei Klavieristin. Sie stelle sich nicht zur Schau. Umgekehrt. Die Welt stelle sich ihr zur Schau. Und sie, im Gegenzug, lasse diese Welt dann teilhaben. An ihrer Erfahrung. Weiter nichts.

Aber, Fräulein, Sie sind doch ein Fräulein.

Ja und? Mehr habe sie dazu nicht zu sagen.

Sie steht auf. Zum tausendsten Mal. Dankt dem Applaus zum tausendsten Mal. Und sagt dann zum ersten Mal: Sie komme sich vor wie ein Affe. Ihr Lächeln sei Maske. Sei eine Lüge. Sie wolle kein Affe sein.

Sie bahnt sich einen Weg durch die Leute, verschwindet die Treppe hinauf. Zieht eine Schleppe alarmierter

Blicke hinter sich her. Für Sehende wie Nicht-Sehende, Kranke wie Gesunde löst sich soeben die Hoffnung ihres Lebens in Luft auf.

Ob das Fräulein wirklich gesund sei?, wagt einer zu fragen.

Sei sie. Zweifelsohne. Mesmer beruhigt ihn. Nennt das Nervenkostüm etwas angegriffen. Weiter nichts. Ein bisschen abgegriffen von all dem Trubel. Und weil sie das spürt, weil sie einen Instinkt besitzt, entzieht sie sich.

Das Fräulein ist klug. Klug wie eine Schwalbe, denkt er. Die weiß, wann es Zeit ist, im Frühjahr vom Seegrund heraufzutauchen. Musiker sind wie Schwalben. Bestimmt von einer inneren Zeit.

Nur er. Lässt sich halten. Er hält sich selbst zurück.

Bleibt. Obwohl er spürt, wie der Wind dreht. Kein freundliches Lüftchen mehr im Raum. Kühl wird es, steif, spitz.

Er schaut auf die Eisenspitzen des Gartenzauns vor dem Fenster. Durch das offene Tor kommen Leute herein. Er sieht sie ein und aus gehen in seinem Haus. Sieht sie Schmutz hereintragen. Und er, er bleibt.

29. April 1777

Er bleibt. Anna zuliebe. Die nach einem Schneiderbesuch (dem dritten diese Woche) völlig entnervt nach Hause kommt. Ihre Verfassung, als sie ins Zimmer tritt.

So hat er sie noch nie erlebt. Die forsche, die allem trotzende Anna. Und auf einmal hält ihr Blick nicht mal dem seinen mehr stand. Weicht jeder Näherung aus wie ein verstörtes Tier.

Sie sei nach der Kleiderprobe nur auf einen Sprung bei ihrer Freundin in der Augartenstraße gewesen. Jene Freundin, die sie gewöhnlich zu ihrem Gatten beglückwünscht und sie beneidet habe. Diesmal aber hieß es, Anna habe zwar ein glückliches Händchen in der Wahl ihrer Garderobe. Aber bei der Wahl ihres Gatten ...? Ob sie denn wisse, was die Leute redeten. Nein? Na dann. Ihr um Jahre jüngerer Mann habe eine Affaire. Ob sie das wisse? Nein? Na dann. Er habe sich ein Mädchen hörig gemacht. Eine Blinde. Mittels Magnetismus. Seiner dämonischen Kraft. Seinem Animalischen Magnetismus. Den er außerdem keinem Gottesfürchtigen unter der Sonne je erklären könne. Enthemmt treibe er es mit der Blinden. Ob sie nichts merke? In ihrem Haus. Unter ihrem Dach.

Anna, um ihr eigenes Ansehen besorgt, entschließt sich, es nicht zu glauben. Glaubt nicht. Auch jetzt nicht. Das beteuert sie. Lacht, als sie das sagt, wie über einen gelungenen Witz. Dann, unvermittelt, wird sie laut.

Sie sei abgefahren, und man habe ihr von allen Seiten herzliches Beileid gewünscht.

Dass sie ihm jetzt gestattet, seine Hände auf ihre Schultern zu legen, zeigt, wie bedürftig sie sich fühlt.

Trotzdem. Es gelingt ihm, sie zu beruhigen. Bei anderen gelingt ihm das nicht.

Am Vormittag geht er die Treppe hinab, da steht ein Fremder neben dem Brennholz. Eleganter Tuchmantel. Ordentlich steifer Zopf. Daraus schweben, wie Schneeflöckchen bei Eiseskälte, vereinzelt Puderstäubchen. Schwerste Düfte. Steht da, als warte er auf jemanden. Als sei er verabredet, hier an dieser Stelle. Kaline hat wieder versagt. Hat die Tür offen gelassen.

Was er wünsche.

Draußen, sagt der Fremde, in der Kutsche sitze seine alte Mutter. Die sei dringend angewiesen auf Mesmer'sche Hilfe. Ob das Haus der Mutter zuzumuten ist, wolle er prüfen. Er schaue sich also ein wenig um. Ist schon an Mesmer vorbei, Richtung Behandlungssaal. Befingert, was ihm in die Quere kommt. Öffnet jede Tür.

Als sei dies sein Haus, durch das er Mesmer führe. Im Salon streicht er über Sessel- und Sofalehnen. Als sei er der Magnetiseur, der seine animalisch-magnetischen Kräfte demonstriere. Allein, er fasst alles an, und nichts lädt sich auf. Mesmer überprüft es mit seinen Händen. Den Spiegel, das Spiegel-Glas, den goldenen Rahmen. Die schwarzen Wangen von Mesmers Büste streichelt der Fremde kurz und ohrfeigt sie flüchtig. Ein vertrauengründender Spaß. Lacht dabei. Weiter, den Kaminsims entlang.

Die Kerze, die Nautilusmuschel. Hinüber zum roten Vorhang. Den schiebt er beiseite. Hat schon das spanische Rohr in der Hand.

Aha. Er hebt es. Hält inne. Holt aus. Mesmer weicht erschrocken zurück. Der Fremde prügelt die Luft mit dem Stock, dass es rauscht.

Das also sei der Zauberstab. Und wo ist das Mädchen. Das verhexte.

Statt der angekündigten alten Mutter aus der Kutsche stehen nun die schweinischen Vorstellungen des Herrn im Raum. Dabei hält er Mesmer nicht nur ein kleines Kruzifix entgegen. Sondern nennt ihn auch noch ein moralisch verlottertes Individuum. Eine wehrlose Blinde zu verführen.

Wehrlos? So kommt er sich vor, als er den Fremden auffordert, das Haus zu verlassen. Und nichts als freche Blicke erntet. Mesmer schaut Hilfe suchend zum Hund. Dessen Rute sanft die Luft bewegt, während er gespannt darauf wartet, wer wohl und welchen nächsten Schritt wagt.

Mesmer sagt, da der Hund zu höflich sei, um ihn hinauszujagen, müsse er es selbst tun.

Dass Anna in der Tür steht, bemerkt er erst, als der Fremde sich ihr zuwendet.

Wie sie das dulde. Wo bleibe das Mitleid mit dem armen Geschöpf?

Man hört ihn bestimmt im ganzen Haus. Dann nur noch Anna. Anna ist, was von ihm übrig geblieben ist. Sie überschreit den Fremden mühelos. Doch ihr Blick bleibt auf Mesmer gerichtet.

Ob er ein Mann sei?

Und ob. Sie lässt ihm ja keine Wahl. So, wie er früher

immer die Schafe von der Weide treiben musste, so aufgerichtet, die Arme ausgebreitet, wie die Vogelscheuchen auf den Feldern. So treibt Mesmer den Fremden zum Eingang. Zum ersten Mal in seinem Leben verweist er eigenhändig einen Mann des Hauses.

So einfach hat er sich das nicht vorgestellt.

Obwohl er rückwärtstappt, ist der Fremde leicht zu lenken. Der Hund bellt, als gälte es, einen Takt zu halten. Nicht ganz klar, wen er verbellt.

Der Fremde fühlt sich angesprochen. Offenbar hat er keine Ahnung von Hunden. Der Hund bellt ihn an, ihn, Mesmer, seinen Herrn.

Der wird es notieren. Mit der Anmerkung: Vielleicht schlägt der Hund ja doch eher seiner Mutter nach, und nicht dem intelligenten Vater. Und das, wäre das nicht ein winziger Beweis für die Richtigkeit der ovulistischen Theorie?

Er wird es festhalten. Wie alles, was ihm auffällt in diesen Tagen, in denen das Haus kopfsteht. Oder sind es nur die Bewohner? Und die Fremden, die die Stimmung verderben. Während seinesgleichen sich nicht mehr blicken lässt. Die Wiener Wissenschaft schaut angestrengt an ihm vorbei.

Wien ist Provinz. Er muss an sein Werk denken. Die hiesigen Kleingeister werden es verhindern. Sie werden es zerreißen, noch ehe es sich entfalten kann. Das ist das Mindeste. Er muss sein Werk sich entfalten lassen. Muss weg von hier. Und er weiß, wohin. Nachts liegt er neben der schlafenden Anna und denkt an Paris, wo die Ärzte nicht nur Ärzte sind, sondern *médecins-philo-sophes*. Die wissen, dass der menschliche Körper eine Maschine ist. Eine feine Maschine. Die feinste Maschine der Welt! Und dass es eine Kraft gibt, die diese Maschine erst in Bewegung setzt.

4. Mai 1777

Als er früh, noch bevor die ersten Besucher auftauchen, in den Garten will, liegt vor der Tür ein Haufen Kot. Fast wäre er hineingetreten. Er ruft nach Kaline. Dass sie tatsächlich in der Tür auftaucht, hätte er nicht erwartet. Da steht sie. Geisterhaft bleich. Oder kommt das von den grellen Farben des Tuchs um ihre Schultern?

Sie solle den Haufen wegmachen.

Ihren angeekelten Blick, als er mit einem Silberlöffel zwei Pröbchen auf das Weiß eines Porzellanschälchens schaufelt, hält er für eine Frechheit. Auf einmal aber dreht sie sich um, blitzschnell. Übergibt sich über die Balustrade hinab in die Frühlingsblumen. Den Mund hinterm Tuch verborgen, richtet sie sich auf. Entschuldigung murmelnd.

Ob er sich Sorgen machen müsse?

Nein.

Was sie gegessen habe?

Wie die andern. Jede Menge Schmarrn gestern am Abend. Es sei wohl der Haufen.

Dann solle sie heute fasten.

Unter dem Mikroskop findet er Fasern und Körner. Schwer zu sagen, durch welche Eingeweide das ging. Mensch oder Tier. Riecht nach Tier. Dagegen sprechen Größe und Lage. Der ziemlich große Haufen lag mitten auf der Schwelle. So mittig wie berechnet. Er notiert den Schwellenfund.

Und: Seltsam, wie er sich in die barocke Fassade fügte. Tiere haben alle möglichen Gaben und tiefere Sinne. Sie scheinen oft klüger als der Mensch. Das belegen die periodischen Reisen der Fische und Vögel oder die Art, wie sie Gefahr vermeiden, dieselbe erraten. Aber besitzt ein Tier ästhetisches Empfinden?

Eine Frage, die er gern mit seinem Freund Messerschmidt diskutiert hätte. Im Kramer'schen Kaffeehaus. In dessen Gewölben es tags so duster ist wie nachts. Was gäbe er drum, jetzt dort zu sitzen. Messerschmidt gegenüber. Zwischen ihnen eine Kerze. Und zwei Gläser Punsch. Anschließend eine Runde Billard.

Aber Messerschmidt ist nicht in Wien. Man hat ihn aus Wien vertrieben.

6. Mai 1777

Etwas, das ihn zwingt, den Schwellenfund neu zu bewerten. Wieder in dieser viel zu frühen Frühe. Derselbe Ort. Mesmer, mit selber Garten-Absicht setzt denselben Fuß auf dieselbe Schwelle. Tappt auf einen Widerstand. Ein hohles Knacken. Er zieht den Fuß jäh zurück.

Ein Vogel. Ein Rabe, quer über die Schwelle. Parallel zum Haus. Er wird es notieren. Selbe Stelle. Dort, wo ein Fleck wie ein Schatten noch auf den ersten Schwellenfund hinweist.

Diesmal keine Spur von Harmonie. Ein Rabe ist keine symmetrische Angelegenheit. Der Querachse nach. Ein Rabe ist oben und unten. Und Kopf und Schwanz bleiben immer oben und unten. Auch wenn sie im Sterben nach rechts und links gekippt sind. Schwellenfund Nummer zwei stört ihn mehr als Schwellenfund Nummer eins. Der tote Rabe, wenn auch äußerlich unversehrt, weist auf menschliche Gewalt hin. Kein Tier hätte seine Beute so einfach liegen lassen.

Der Rabe ist noch warm. Kann er unter seinem Fuß gestorben sein? Genickbruch? Der vermeintliche Genickbruch schaukelt durch die Luft. Mesmer reißt die Rabenhand hoch. Der Hund schnappt ins Leere. So lebendig wirkt der Rabe. Als fließe es noch, das Blut, unter den glänzenden Federn. Und Mesmer hört es brutzeln, in der Gerüchteküche Wiens. Und er weiß, er ist es, der dort verbraten wird.

In Paris sind die Leute tolerant, denkt er. Wach und interessiert und tolerant.

7. Mai 1777

Er bleibt. Seinen Patienten zuliebe. Ihren Angehörigen zuliebe. Die ihn immer wieder überraschen. Wie das

Ehepaar Paradis. Das sich nicht entscheidet. Die Eltern drucksen herum. So kennt er sie nicht. Erst wollen sie Maria nur Guten Tag sagen. Dann zu einer Spazierfahrt mit an die Donau nehmen. Dann von der Kärntner Straße zum Graben flanieren. Es könne also spät werden.

Nichts dagegen. Maria ist nicht seine Tochter. Sie ist seine Patientin. Die ideale Patientin. In den neuen hohen Schuhen trippelt sie wie die Lipizzaner der Kaiserin zur Kutsche. Und wird hineingeschoben. Elegant verpackt und verschnürt. Mit Reiseperücke. Obenauf die Haube.

Den Raben zerlegt er nach allen Regeln der Kunst. So wie er früher Leichen zerlegte. Er studiert die Nervenbahnen. Auf einem Teller wächst ein blutiges, stinkendes Häufchen. Den Teller stellt er vors Fenster. Der Kater, wo immer er ist, wenn das Fenster aufgeht, ist er vor Ort. Wie Mesmer. Immer vor Ort, wenn die Herzen aufgehen, es Tränen regnet im Haus. So wie am Abend. Durch den Türspalt sieht er die beiden Mädchen auf dem Sofa sitzen. Marias Kopf an Kalines Brust. Kaline streicht über Marias beachtlich gewachsene, struppige Mähne. Zu ihren Füßen der Hund, der dem Schluchzen lauschende Hund, der jetzt die gespitzten Ohren zur Tür richtet und leise wedelt. Der Verräter. Der Verräter wird nicht wahrgenommen. So sehr sind die Mädchen mit sich beschäftigt. Und im Gespräch. Über ihn.

Laut Kaline sei er sonderbar. Gestern, spät, als alle schliefen, habe sie ihn durchs Fenster draußen im Hof stehen sehen. Er habe die Arme zum Himmel gestreckt. Als erwarte er dorther die Antwort.

Welche Antwort? Ja hat er denn eine Frage gestellt?

Kaline zuckt mit den Schultern.

Vielleicht sei es ja ein Gebet gewesen.

In der Kirche, die sie besuche, sagt Kaline, bete man mit gefalteten Händen.

Na und, sagt Maria. Man kann ja auch einfach mal so, ohne eine Frage, auf eine Antwort warten. Wie lange er da gestanden habe?

Das wisse sie nicht. Sie sei nur zum Nachttopf. Auf dem Rückweg stand er immer noch da.

Er aber ist es doch, nach dem die Welt fragt, nach allem.

Ja, sagt Kaline, auch ... sie werde ihn eventuell darum bitten ... müssen.

Marias Schluchzen verstummt.

Halb so wild. Tränenbegleitetes Kichern schüttelt Kaline. So eine blöde Magenverstimmung. Hartnäckig. Nervtötend.

Der Doktor heilt auch das Einfachste mit seinem Fluidum. Mit seiner Musik und den Egeln, sagt Maria, ihr dagegen sei weniger leicht zu helfen. Sie kämpft mit den Tränen.

Die Eltern haben sie wieder dem Dr. Barth vorgeführt. Der führte sie an einer langen Reihe Gegenstände vorbei. Zwei davon ihr völlig unbekannt. Sie wusste kein Wort dafür. Anfassen durfte sie nichts. Bei dreien verwechselte sie die Bezeichnungen. Zum Zwölfender sagte sie Zweifelnder Teufel. Waage zum Wagen. Zur Kiste Kissen. Anschließend habe man das Unglücksstück von ihr verlangt. Die Haydn-Tortur. Von Haydn hat danach keiner geredet. Nur von ihren Patzern. Dr. Barth sagte, sie könne überhaupt nicht sehen. Sei blind. Und Mesmers Erfolg ein abgekartetes Spiel. Sie schnappt nach Luft. Der aufgebrachte Störck habe den Termin bei der Kaiserin sofort abgesagt. Es steht mehr auf dem Spiel als bloß der Ruf der Familie. Natürlich. Da helfen auch keine Tränen. Jetzt soll sie nach Hause. So bald als möglich. Sie will nicht nach Hause. Sie will beim Doktor bleiben. Augen trainieren und Hände. Eine unvollständige Heilung ist keine Heilung.

Auch so ein Satz, den sie von ihm übernommen hat. Doch seine Freude darüber wiegt bei Weitem die Wut nicht auf, die in ihm hochsteigt. So geballt jetzt, dass die Schläfen zu pochen beginnen. Er müsste längst fort sein. Aber er bleibt. Maria zuliebe.

Dreizehntes Kapitel

12. Mai 1777

Es ist so weit. Marias Mutter steht vor der Tür. Hinter ihr ein hochgewachsener, kräftiger Diener. Sie wirkt klein. Dünn, verletzlich. Aber falsch. Da es Kaline nicht tut, muss Mesmer die beiden bitten. Mesmer bittet sie in den Salon. Kaline findet er, wo sie hingehört. In der Küche. Über einen Eimer gebeugt.

Die Kartoffeln könne sie später schälen, sagt er und sieht, wie sie sich in den Eimer erbricht.

Immer noch der Magen?

Halb so schlimm, sagt sie.

Wie lange das nun schon gehe?

Keine Ahnung. Seit dem Schmarrn. Ein paar Tage.

Sie solle den Gästen Tee bringen und etwas Süßes.

Seiner Frau, Riedinger und dem Grafen Bescheid sagen und sich ins Bett legen.

Er werde nach ihr schauen.

Dass die Frau Hofsekretär ihre Tochter abholen will, bringt ihn nicht aus der Ruhe. Er hat es gewusst.

Bitte. Wenn sie die Verantwortung tragen wolle.

Welche Verantwortung?

Dafür, dass sie einen Heilungsprozess unterbreche, erwidert er. Kurz vor der Vollendung.

Der Doktor, sagt sie, macht immer so viele Worte. Mein Mann und ich, wir halten das für unnötig.

Mesmer fügt hinzu, dass sie, wenn sie die Tochter mitnehme, bei einem künftigen Rückfall nicht auf ihn zählen könne.

Bedauerlich, sagt sie, lässt sich aber ebenfalls nicht aus der Ruhe bringen.

Nur Maria. Die wirft sich zu Boden. Und als schließe sich von ihrem ersten zu ihrem letzten Tag ein Kreis, kehren all die alten Symptome zurück. Die Krämpfe, die Zuckungen, die rollenden Augen.

Mesmer ist bei ihr, legt ihr die Hand auf den Bauch, wie er es immer tut. Vielleicht ein Fehler.

Die Mutter zitiert die Tochter zu sich. Die richtet sich auf, an Mesmer geklammert. Für die Mutter nur der Beweis, dass all die bösen Gerüchte stimmen.

Maria stecke mit diesen Menschen hier unter einer Decke, schreit die Mutter und erwischt ihre Tochter an den Haaren. Reißt ihren Kopf nach hinten. Das Mädchen taumelt. Die Mutter stößt ihre Tochter von sich. Mit Wucht gegen die Wand.

Der Krach lockt Riedinger an und den kräftigen Diener, der sich, die Ärmel hochkrempelnd, wieder hinter die Mutter stellt. Während Mesmer das ohnmächtige Mädchen an allen vorbeiträgt. Fort aus der Kampfzone. Hinüber ins Reich der Matratzen. Wo er ihr Magnete an Füße, Bauch und Brust bindet. Ihre Augen mit Seide bedeckt und mit dem magnetischen Streichen beginnt.

Er lässt sich nicht stören. Auch nicht, als die Tür mehrmals aufgerissen und wieder zugeschlagen wird.

Erst als der Zierdegen des Hofsekretär Paradis ihn knapp verfehlt, schaut er auf. Ein zweiter Stoß wird von Riedinger pariert. Dem in die Ecke gedrängten Hofsekretär zittert die Stimme. Mesmer zittern die Knie. Das Mädchen zittert nicht. Liegt da wie tot.

Sollte seine Tochter die kaiserliche Gnadenpension verlieren, sei das allein Mesmers Vergehen. Und er müsse für den Verlust aufkommen. Er habe das Mädchen in Verwirrung gestürzt. Als sie hierherkam, war sie blind und konnte Klavier spielen. Jetzt ist sie blind und kann nicht mehr spielen.

Von all dem bleibt nur eines bei Mesmer hängen: ein Gefühl der Schuldlosigkeit. Für Schuld gibt es keinen Grund. So wenig wie er Grund hat, noch länger zu bleiben.

Nur eins, bevor er gehe, falls der Vater seine Tochter in diesem Zustand aus dem Haus transportiere, könne er, Mesmer, für nichts garantieren. Vor allem nicht dafür, dass das Fräulein dies überlebe.

Vierzehntes Kapitel

Mit der Dämmerung setzt das Gegurre ein. Die Tauben-
familie beginnt den Tag mit frühen, sanften Beratungen.
Leise konferierende Vogelstimmen, eine Spur monoton,
die sich über die geringsten Störungen jäh und heftig
empören können. Wie die alten Weiber in St. Stephan.
Die unablässig Gebete murmeln. Nie endende Klagen
über den Zustand der Welt. Das verderbte Pflaster. Auf
dem man nicht mehr weiß, wem überhaupt man noch
trauen kann.

Riedinger fällt ihr ein, der die Eltern-Attacke einen
missglückten Entführungsversuch nannte. Und wie sie
ihn anfuhr. Missglückt? Was daran denn missglückt sei?
Ihre Gesundheit sei ihr gewaltsam entführt worden. Und
sie habe dieses heftige Nervenfieber bekommen. Fast eine Woche vor sich hingedämmert. Nur tägliche magnetische Behandlungen hätten sie wieder auf die Beine gestellt.

Aber, hatte er leise erwidert, dass sie hier bei ihm
stehe, und dass sie weiter zusammen Mozart spielen
könnten, das sei doch die Hauptsache.

Sie darf bleiben. Bis sie wieder ganz hergestellt ist.
Hergestellt. Wie das klingt. Das stammt vom Vater. Der
glaubt, sie könne repariert werden wie ein defektes Uhr-

werk. Und wenn sie wieder sieht und tickt und Dinge anzeigt und weiß, wie die heißen, und fehlerlos Klavier spielt, dann holt er sie heim. Seine kleine Automatin. Seine kleine Klavieristin. Zurück in den *Rüssel*. Zu ihren beiden Klavieren. Deren Klang sie erinnert, als wohne er in ihren Ohren. Doch wie es klingt, wenn sie zu ihren Eltern spricht, davon fehlt ihr jede Vorstellung.

Von dem, was hier tatsächlich geschieht mit ihr, hat ihr Vater keine Ahnung. Woher auch. Sie kann es nicht vermitteln. Und dem Vater fehlt nichts. Und der Doktor hat ihn nie berührt. Im Gegenteil. Der Doktor hat ihn aus dem Haus verwiesen. Mit seiner mächtigen Stimme. Und der Vater, der sich sonst nie etwas sagen lässt, hält sich dran.

Und was, bitte schön, droht Kaline, wenn sie nicht bald zum Wecken kommt. Wenn sie Maria einfach so den Tauben überlässt? Nichts. Einer Abwesenden kann man nicht drohen. Man muss auf sie verzichten wie auf die heiße, schäumende Schokolade, die sie mitgebracht hätte.

Maria kleidet sich allein an, steigt die Treppe hinab. Setzt sich in den Ledersessel. Wartet wie ein Gespenst am kalten Kamin. Kaline behauptet, der Hund verbelle Gespenster. Der Hund aber kommt ihr gähnend entgegen. Streckt sich ausgiebig. Legt seine Schnauze auf ihren Schuh, damit sie sich nicht unbemerkt davonschleichen kann. Während er schläft und leise japsend zuckt im Traum, in dem Gespenster ihn verfolgen. Er fürchtet sie. Wie Kaline sich fürchtet vor Gespenstern. Auch wenn sie selbst sich neuerdings wie eines benimmt. Sich auflöst in Luft. Verschwindet. In den Tiefen des Hauses. Alles in den Wind streut, sich selbst und ihre Pflichten, Aufgaben und Freundschaften.

Und wie, bitte, soll Maria sich Kalines Verschwinden erklären? Die Suche nach Kaline sucht nach einer Erklärung. Und findet Kaline mit ihrem Seidenschal erdrosselt. Des Weiteren erschossen, erstochen, vergiftet. Geviertelt. Unschuldig, blutüberströmt liegen gelassen. Das ist selbst Maria zu viel. Sie bewegt die Zehen, und der Hund springt jäh auf.

Blödes Vieh, fährt sie ihn erschrocken an. Und er, fest auf allen vieren, schüttelt sich. Empört, fassungslos über die Rücksichtslosigkeit, die sie auf Lager hat. Auch wenn die nur Ausdruck ihrer Ratlosigkeit ist.

Am Abend findet sie Kaline. Doch noch. Und eher zufällig. Und völlig intakt. Wenn auch ein bisschen reglos. Maria betastet ihren leicht gekrümmten Körper. In der Kammer hinterm Wäschezimmer. Auf einem Berg ungewaschenen Bettzeugs.

Was denn los sei, warum sie sich hier verkrieche? Ob sie gegessen habe?

Nein.

Warum sie ihrem Magen das zumute? Zuerst überstopfen, dann wieder fasten.

Keine Reaktion.

Ob sie friere?

Nein. Kaline klingt schwach. Aber aufnahmefähig.

Umso besser. Maria hat eine Menge zu erzählen. Von der Sitzung beim Doktor. Von seinen Händen. Und wie die Stellen, die Berührungen immer heißer werden. Bis sie glühen. Und warme, weiche Bälle durch ihre Adern rollen. Überallhin. In Arme, Beine, Finger, Zehen. Und retour. Man könne kaum glauben, dass man das selbst sei, das Warme, Weiche, mitunter Brennende, sehr Lebendige. Sie werde dem Doktor Bescheid sagen. Er werde Kaline behandeln. Dann werde Kaline wissen, wovon sie rede.

Aber das Beste, sagt sie, das Beste kommt jetzt: Sie habe sich empfunden wie einen Ton aus Riedingers Geige. Der hell und klar durch die Räume vibriere und weiter, durch die Fenster hinaus. Eine Note von Mozart, den sie zusammen mit Riedinger spiele. Die Sonate für Klavier und Violine. Du hast sie im Ohr?

Ob Kaline versucht, den Kopf zu schütteln, oder ob sie zu nicken versucht? Schwer zu sagen. Ihr Hals scheint für beides zu schwach.

Den furchtbar schönen zweiten Satz. Diesen Mozart-Klang, mit den halben Tönen. Dieser Klang, der besingt, wie die Welt ist. Und einen dabei zerreißt.

Schräger als alles, was sie je gehört habe. Schräger als die schrägste Leiter. Und wie der Doktor mal wieder wissen wollte, was sie dachte. Obwohl er doch glaubt, er wisse es sowieso. Und eigentlich nur überprüfen wollte, ob er richtiglag mit seiner Vermutung. Das sei wichtig. Klar. Der Doktor und seine Wichtigkeiten.

Sie habe an Mozart gedacht, habe sie gesagt. Da behauptete er, er habe auch an Mozart gedacht. Sollte ich das glauben? Sie habe an eine Sonate gedacht.

Und er sagte, G-Dur. Das *Allegro spirituoso*.

Ja genau. Und dann fing der Doktor auch noch an, die Melodie zu summen. Genau die.

Komisch, habe sie gesagt, dass dieselbe Musik zur selben Zeit am selben Ort (in ihren Köpfen nämlich) spiele.

Den Doktor wundert nichts. Er habe nichts anderes erwartet. Das habe sie allerdings nicht so *spirituoso* gefunden. Sie hätte ja auch an Bach denken können oder an Haydn.

Ja, sagte der Doktor. Das Entscheidende sei aber, dass sie an Mozart dachte, weil er an Mozart dachte.

Und bevor sie erwidern konnte, dass sie an Mozart deshalb gedacht habe, weil ihr seine Musik nicht mehr aus dem Kopf gehe. Und sie den großen Mozart doch schon seit Langem habe treffen wollen. Um ihm vorzuspielen.

Da habe er gesagt: Ich habe ihn eingeladen. Den kleinen großen Mozart.

Kaline, sagt sie. Was sagt man dazu. Er hat ihn eingeladen. Zartmo.

Zwei Silben, die bei Kaline nicht fruchten. Sie liegt da. Wie von allem verlassen. Sogar von sich selbst. Während Maria regelrecht erblüht bei den Worten, Mozart sehen. Musizieren sehen. Musizieren, musizieren.

Das habe der Doktor versprochen. Falls sie, das Fräulein, nichts dagegen habe.

Das Gegenteil von dagegen. Sie habe gleich überlegt, was sie ihm vorspielen werde. Gute, gute Frage.

Mozart Mozart vorspielen sei doch keine gute Idee. Nein. Unmöglich. Nach langem Hin und Her habe sie sich dann für etwas Eigenes entschieden. Die *Sicilienne*. Ihr bestes Stück.

Also sei sie, Maria, nach der Sitzung und der obligatorischen Ruhepause, direkt weiter zum Klavierzimmer. Wo Riedinger, ihr lieber Freund, ihre rechte Hand, ihr allererstes Ohr, ihr einmal mehr seine Freundschaft bewies. Und mit ihr zugunsten der Musik auf den Mittagstisch verzichtete. Was wäre sie ohne Riedinger.

Ohne sein Hören. Er hört so genau. Jede Laune jeder Note hört er. Und versteht er. Und jede Stimmung. In jeder Pause.

Das ist ja nicht selbstverständlich. Die meisten Leute hören ja nichts, auch wenn sie sich Mühe geben. Sie überhören, wie der Dr. Mesmer es ausdrücken könnte, wenn ihm denn ein Ausdruck seines Tuns gegeben wäre. Jener aber, Riedinger, wie dessen ganzer Körper immer involviert sei in sein Hören. Und seine Finger. Oder Hand oder Fuß. Sie brauche nur zu nicken, und schon notiere er, was er gerade gehört habe. Und sage etwas dazu.

Ob das eine *Sicilienne* sei oder ein im Sechsachteltakt davonrennendes Pferd.

Mozart komme, habe sie gesagt. Ob er das wisse?

Na und? Riedinger habe mit seinem Schulterzucken bewiesen, dass er der zweite Mensch sei, den Mozart nicht aus der Fassung bringen könne.

Der sei schon hier gewesen. Oft und öfter.

Und ist er nett?

Die Unangemessenheit ihrer Frage sei Riedinger natürlich nicht entgangen.

Aber wieder einmal bewährte er sich. Als ihr Freund und als ihr Unterstützer. Er ließ sich nichts anmerken. Sagte nur, das sei nicht die Kategorie, unter der er Herrn Mozart je bedenken wolle.

Einfach so, ganz nüchtern.

Ganz wie er meine, habe sie gesagt.

Und, na ja, habe er dann hinzugefügt, ein bisschen speziell sei er ja vielleicht, der Herr Mozart.

Was das heiße?

Das werde sie schon noch sehen. Zumindest, falls sie gedenke, ihre Augenbinde abzunehmen.

Ob Kaline ihr überhaupt noch zuhört? Sie nickt jedenfalls. Eindeutig. Aber es kostet sie Kraft, den Arm zu heben, ihn übers Gesicht zu legen.

Natürlich, wer nähme für Mozart nicht die Augenbinde ab.

Für Mozart nähme man alles ab, habe sie gesagt. Und von Riedinger ein Räuspern geerntet. So wie er sich immer räuspere, wenn sie sich in der Tastatur und also im Ton vergreife.

Sie wolle Mozart möglichst vielsinnig begegnen, habe sie schnell hinzugefügt. Worauf Riedinger murmelte, das klinge ihm eher unsinnig, um sich dann rasch zu entschuldigen. Seine Schülerin warte bereits am Naschmarkt auf ihn. Er war hinausgerannt.

Sie wollte Mozart hören. Riechen. Sehen. Am liebsten hätte sie ihn abgetastet. Wie die quietschig verdrehten Messerschmidt'schen Köpfe in Messerschmidts Werkstatt. Wohin der Doktor sie mitgenommen habe. Diese Kunstkopfköpfe. Mit den seltsam gewundenen Gesichtern. Bei denen sie nicht wisse, ob ihr nach Heulen oder nach Lachen zumute sei.

Und dann sei er plötzlich da gewesen.

Mozart war mir auf Anhieb sympathisch. Wie etwas Symmetrisches, Abgerundetes. Die Stimme schon. Hell und mit Kern. Einem runden. Nie spitz. Und seine Hände. Kaum größer als ihre. Und ob so eine kleine Hand eine Tastatur beherrschen könne, sei ihr eingefallen. So ein Unsinn, habe sie gedacht. Ihr gelinge es ja auch. Er habe ihre *Sicilienne* gelesen. Und sofort gewusst, dass sie gern tanze. Das habe ihr, die Musik nur hören und nicht auch lesen könne, imponiert. Liege ja allerdings auf der Hand. Bei einer *Sicilienne*.

Nur so hingesummt habe er die Melodie, und sie dazu einige Schritte geführt.

Was für ein Glück, dass sie komponieren dürfe. Seine Schwester dürfe nicht mehr. Zu seinem und ihrem Leid. Nicht, dass sie es nicht könnte. Sie habe Tonsatz gelernt. Beherrsche ihn. Finde zu jeder noch so abgedroschenen Melodie eine interessante Bassstimme. Die sie auch noch äußerst kunstvoll variieren könne. So oft sie wolle. Und das seien dem Herrn Vater Möglichkeiten genug. *Accompagnieren* ja. Komponieren nein. Sie wird ja heiraten. Da halte der Vater ihr Talent an der Longe.

Zu viele Fähigkeiten seien nicht hilfreich. Für eine Frau. Die einen Mann finden wolle.

Und da habe der Herr Vater, scheine es ihm, das erste Mal im Leben der Geschwister nicht zuerst an ihn gedacht.

Aber er, er dürfe beides. Könne alles. Und verspüre dieses Urweibliche in sich. Ja, ohne diesen weiblich tänzerischen Aspekt sei er doch gar nicht fähig, auch nur drei Töne zu harmonisieren.

In diesem Moment, Kaline, sagt Maria, sei ihr etwas aufgefallen. Zwischen ihr und ihm. Etwas, das, um Harmonie zu werden, nach Höherem verlangte. Der Doktor würde es vielleicht das Magnetische nennen. Das Magnetische sei ein ganzes Meer von Gemeinsamkeiten.

Er war hungrig. Wie sie. Er stürzte sich beim Kaffee immer auf dieselben Plätzchen wie sie. Auf die dunklen, feuchten. Er mochte sie nicht nur. War verrückt nach ihnen. So verrückt, dass ihre Hand im Plätzchenkorb andauernd der seinen begegnete. Die sich hinabwühlte wie ihre, hinab durch die buttrig blassen, zuckerbepuderten, hinab. Und ... was sie heraufbeförderten, verschlangen sie sofort.

Und er sagte, jetzt müssten die Blassen dran glauben.

Im Korb begegneten sich mittlerweile nur noch unsere Finger. Zurückgepfiffene, braunverschmierte, abgeleckte Klavieristen-Finger. Die nie und von nichts genug bekommen. Weshalb sie, sagt Maria, nach Kaline geklingelt habe. Sie, Kaline, aber blieb die größte Leerstelle des Nachmittags. Nur der Hund sei angetrottet gekommen. Und beide hätten sie ihm ihre Hände hingehalten. Die habe er sehr gern sauber geleckt. Alle vier. Und Mozart habe vermutet, außer ihnen dreien sei wohl keiner im Haus. Und auch wenn sie das weder mit Sicherheit verneinen noch bejahen konnte, habe sie Bedauern in seiner Stimme gehört.

Vielleicht hätte er ja gern Karten gespielt.

Eine Runde Tarock. Aber nicht zu zweit! Sie habe, um ihm etwas zu bieten, angeboten, ihm ihre Naturaliensammlung zu zeigen. Die Vielzahl von Schnecken und Muscheln. Die medizinischen Würmer.

Er habe sofort zugestimmt. Leider.

Bei den Muscheln, Steinen, Blättern und Federn hätten sie sich nicht lange aufgehalten. Schon eher bei der schlafenden Schnecke. Die er in der Hand wog und ihr Gewicht mit den leeren Schneckenhäusern verglich. Sie drehte und wendete. Sie an die Nase führte und daran roch. Und an das verschlossene Gehäuse tickte. Ob die da drin wohl noch am Leben sei? Das habe ihn fasziniert. Auch wenn er nicht sagen konnte, warum. Sie vielmehr nach ihrem Faible für die kleinen Schleimer fragte. Und sie habe gesagt, dass sie die Schnecken beneide. Weil sie ihre Augen ein und aus fahren können. Ganz nach Belieben. Das würde sie auch gern. Das sei doch der Idealzustand überhaupt. Augen zu haben, die man verschwinden lassen könnte. Und dann die Egel. Die interessierten ihn. Auch wenn er nur grünes Wasser sah. Und deshalb ans Glas klopfte. Wie um sie zu wecken.

Hineinfassen, nein, wollte er nicht. Er lachte zwar, doch *Spaß à part*. Der Wurm sei ihm unheimlich.

Er habe seine Finger befeuchtet und angefangen, den Rand des Glases zu reiben. Damit einen Ton erzeugt. Ein durchdringendes Dis. Wie der Doktor auf der Gläsermaschine. Und kurz darauf noch einen Ton: ein lautes, berstendes Knacken. Und um das Glas herum sei es feucht geworden. Und all das nur, weil Kaline ihrem Magen zu viel zugemutet habe und auf Marias Klingeln hin nicht erschienen sei.

Später, am Klavier, habe Mozart hinter ihr gesessen. Wo sonst Riedinger sitzt. Sie habe sofort in ihre *Sicilienne* hineingefunden. Gut gespielt. Leicht und beschwingt, und trotz der Patzerchen sei sie sehr ruhig gewesen.

Im Gegensatz zu Mozart. Der auf seinem Stuhl herumgerutscht und auf einmal, blitzschnell, mit ihm aufgerückt sei. Neben ihr saß, an der Klaviatur. Und dass sie vor Schreck innegehalten, die Luft angehalten habe.

Weiter, weiter atmen, habe er gesagt. Und: Welche Tasten spielen Sie lieber, Fräulein, die dunklen oder die hellen?

Wie?

Nein, was. Welche sie lieber möge? Die schwarzen oder die blonden. Während sie überlegte, hätten sich seine Hände auf die schwarzen gestürzt. Und von dort aus hätten sie spielerisch alle Tasten erklommen. Er habe ihr ihre *Sicilienne* vorgespielt.

Ob sie's mal schneller probiert habe?

Nein. Nie.

Ob es gefalle? Sei doch auf jeden Fall möglich.

Wo er recht hat, hat er recht.

Sie habe nichts mehr gesagt. Sie habe die Zeit plötzlich genau verstanden. Und vergehen lassen.

Nur als er sie nach seinem Anschlag fragte. Ob der ihr gefalle. Habe sie Ja gesagt. Und wie.

Ja, wie?

Ja. Wie Regen vielleicht. Wie schräg rieselnder Regen. Oder Perlen. Die ins Gras tropfen.

Sie hätten gelacht.

Ernst sei sie später geworden. Als er aufgestanden war. Und sie dachte, er wolle kurz aus dem Haus, hinüber ins Häuschen. Er aber habe ihr den Kopf gestreichelt und gesagt, bei ihr sei es Genie. Und er wolle etwas für sie komponieren.

Und dann, bevor er den Raum verließ, drehte er sich um und rief, *Ostentatio vulnerum*. Zeige deine Wunden. Mit diesen Worten sei er im Haus untergetaucht.

Da sie ihn weder habe kommen hören noch gehen, sei sie nicht sicher, ob sie das Ganze vielleicht geträumt habe. Und, ob Traum oder nicht, sie müsse gestehen, dass sie Kaline den ganzen Tag recht wenig vermisst habe. Nur jetzt vermisse sie sie. Weil sie so verkrümmt hier herumliege und nichts sage.

Hallo?

Nichts.

Wie es ihrem Magen gehe?

Nichts.

Vielleicht könne ihre Hand etwas lindern. Bestimmt habe sie wieder vom Schmarrn gegessen. Was der Doktor meine?

Kaline richtet sich auf.

Der Doktor meine, ein Kind sei kein Schmarrn. Und seine Gattin meine, sie werde beten für sie. Dennoch, die Schande, meine sie, müsse aus dem Haus.

Und der Doktor empfehle sie zum Gebären in eins dieser Häuser, wo solche wie sie ihre Kinder zur Welt bringen dürften. Und nach dem Gebären empfehle er ihr, zu verhindern, dass die Nabelschnur durchschnitten werde. Denn sonst, habe er gesagt, bekomme das Kind später die Pocken. Was sie sicher nicht wolle. Ein von Narben verwundetes Kind.

Fünfzehntes Kapitel

Tünsdorf, Juni 1777

Ist es eine Reise oder eine Flucht? Lockt es ihn oder treibt es ihn? Die Kraft, die ihn lockt, nennt er Paris. Auch wenn Paris keine Kraft ist, sondern eine Stadt. Und der andere Pol, der eigentlich eine Stadt ist, sich aber anfühlt wie eine Kraft in seinem Rücken, die ihn forttreibt, nennt er Wien. Die Frage, welche der Kräfte bestimmender ist, die ziehende oder die treibende, ist sein schwerstes Gepäck.

Er hat nachgedacht, in der Postkutsche, stundenlang. Und wie denkt es sich in einer Postkutsche? Bewegung und Denken tun einander grundsätzlich gut. Sofern die Gedanken dem einlullenden, durchwalkenden Zockeltrab vierer Kaltblüter zu widerstehen vermögen. Wenn er zum Fenster hinaussah, erwartete er hinter jedem vorbeizockelnden Hügel einen neuen eigenen Gedanken.

Paris. Paris, hat er gehört, sei nicht wie die anderen Städte, das Ende einer Reise, sondern der Anfang. Den er sich so sehnlich herbeiwünschte wie das Ende der Kutschfahrt. Erschöpfter als die Pferde empfand er sich, wenn er sah, wie sie an den Relaisstationen die Köpfe hängen ließen. Sie wurden ausgetauscht. Er nicht.

In der Mitte zwischen Wien und Paris, Paris vielleicht ein klein wenig näher, war er ausgestiegen. Hatte sich einquartiert in einer Mühlenwirtschaft. In einem Tag und Nacht vom Mühlbach umrauschten Zimmer.

Vom schmalen Bett aus hört er Wasser. Und wenn er den Kopf hebt, sieht er Wasser. Wie es einen felsigen Abhang herabstürzt, auf ihn zu, als wolle es ihn wegspülen. Das Haus mit dem Zimmer, den Tisch mit dem Stuhl, das Bett mit ihm. Dann schafft es doch noch die Kurve und schießt aufs Mühlrad zu. Das sich dreht und dreht.

Er spürt die feuchte, kühle Luft auf der Haut. Er hat den Müller um eine zweite, dann eine dritte Decke gebeten. Er hat schreien müssen, das Wasser überschreien. Eine Magd hat die Decken, die zweite, die dritte gebracht. Hat an die Zimmertür gehämmert, dass sein Bett wackelte. Die Leute hier reden nicht. Sie lassen das Wasser sprechen. In seinem vielstimmigen Rauschen. Das die Mühle durchdringt wie ein Schweigen. In das hinein er einen Klang setzte. Er hatte das Fenster geöffnet, die Glasharmonika ausgepackt, aufgebaut und angefangen zu spielen. Wie gut, dass die Harmonika gerade noch Platz hat in seinem Zimmer. Einem Zimmerchen, kaum halb so groß wie der magnetische Zuber. Den er in Wien zurückgelassen hat. In Annas Obhut.

Sie hatte ihn für verrückt erklärt. Freiwillig mit normaler Post zu reisen. Ob er den Verstand verloren habe. Warum ihr Gatte nicht wenigstens in einer Kalesche reise. Ihr zuliebe in der Kalesche.

Mehr habe sie zu seiner Paris-Phantasie nicht zu sagen. Außer, dass sie verstehe, dass er wegwolle. Und dass er in einer Kalesche für sich sei. Denken könne. Mit sich selbst reden, so viel er wolle. Zeit spare. Und Tuchfühlung mit Fremden ... das Fremde am eigenen Leib, sagte sie. So solle Paris nicht zwischen ihnen stehen wie eine große Unbekannte. Von sich solle er pausieren und von den Wienern und ihren Gemeinheiten, aber nicht von ihr. Deshalb ihr guter Rat, in einer Kalesche zu reisen.

Er wolle ihr nicht widersprechen, widersprach er ihr, aber Leute störten ihn nicht. Sie wisse doch, wie gern er Menschen treffe. Irgendwie seien sie doch immer interessant. Und er völlig gesund. Und kräftig genug. Noch.

Das wisse sie, hatte Anna gesagt, und hinzugefügt, Aber bitte. Die Konsequenzen habe er sich selbst zuzuschreiben.

Er wollte reisen wie jeder andere auch. Alles andere war Verschwendung. Das allerdings sagte er nicht. Es war ein Reizwort. Bei dem Anna sofort explodierte. Und er wollte einen leisen Abschied, einen leichten, der das Zurückkommen leicht machte. So hatte er ihr auch wie *en passant* mitgeteilt, dass er eine Weile für sich sein müsse. Das Gefühl einer Veränderung brauche. Und hatte ihr nicht gesagt, dass in ihm mitunter ein kräftiger Kranker mit einem schwachen Gesunden konkurrierte. Hier fehlten ihm die Worte, und Paris war wenigstens eines, das zu seinen Symptomen passte.

Anna war kurz aufgebraust. Hatte ihre schöne Stimme erhoben. Keine konnte sich so jäh so bedroht fühlen von auch Ungesagtem wie seine Anna. Er könne sie hier, schrie sie, nicht einfach sitzen lassen.

Aber spätestens, als er ihr die Hand auf den Arm legte und sie bat, ihn, den Arzt, zu vertreten, weil er wisse, wozu sie in seiner Abwesenheit, ohne die Anwesenheit seiner nicht in Sprache fassbaren Kraft, fähig sei, fühlte er sie wieder versöhnt.

Sie versprach, in die Bresche zu springen. Versprach, die Stellung zu halten. Sie versprach, den Zuber zu hegen. Solange es sein müsse. Nach dem überwundenen Schock hatte sie ihm eine Nacht lang einen Abschied gewährt, der ihn schon jetzt auf ein zärtliches und inniges Wiedersehen hoffen ließ.

Und wie sie ihn dann früh am Morgen, verpackt in eine ihm neue, schwarzbeige gestreifte, *à la mode* schimmernde Provokation nach Wien zur Poststation begleitet hatte, auf die elfenbeinfarbenen Spitzen deutete und flüsterte, die kämen von da, wo er hinfahre. Mit ihm aus der Kutsche ausstieg und flüsterte, je schneller er weg sei, desto schneller sei er wieder hier. Und ihn, die Hand wie zum Tanz auf seinem Unterarm, zu der gelb-schwarzen, wie passend, fand sie, zu ihrem Kleid geschneiderten Postkutsche hinüberführte. Die in der Morgensonne glänzende Kutsche spöttisch musterte und sie eine Hornisse nannte, die ihr den Mann raube. Die schwarzen Pferde für ausgeruht und den *Postillon* für nüchtern erklärte – ein Glück. Und wie sie plötzlich stehen geblieben war. Ihn, als er sie zum Abschied küssen wollte, an ihren glänzenden, leise *à bientôt* hauchenden Lippen vorbeilenkend. Keine Tränen, als er einstieg. Nur ein gesenkter Blick, als die Kutsche anfuhr. Dem winkte er zum Abschied. Und entdeckte plötzlich diesen neuen Zug auf ihrem Gesicht. Diese Spur von Versteinerung. Die ihn an ein Tier im Winter denken ließ. Das hungrig ist. Still dasitzt. Dem Schnee ergeben wie dem Menschen. Vereist, verschlossen.

Wie viele Grenzen standen ihm bevor. Wie viel Theater um Passkarten, Koffer und Taschen und Zoll. Jeder Reisende kennt es. Den Text für die Grenzwärter hatte er im Kopf parat. Was alles in seinen Koffern zu finden sei und warum. Nur dass die Grenzwärter natürlich nie das hören, was er meint, sondern immer das Gegenteil heraushören. Das, was er nicht gesagt hat. Sie sind gepolt auf das, was weder in seinen Taschen zu finden ist noch in seinen Aufzählungen, noch in seinen Gedanken. Sie hören es heraus. Als schlüpften ihm zwischen den Wörtern Gespensterwörter aus dem Mund. Die nur Grenzwächter hören können. Weil sie sich, wenn sie sie hören, ein bisschen weniger überflüssig fühlen. Etwas wichtiger. Nur deshalb ist sich immer einer von ihnen sicher. Reibt sich mit dem Blick auf Mesmers Gepäck die Hände. Wühlt sich schweigend durch die Taschen. Und findet es nicht, das Gespenst, das sich versprochene.

Kutsche zu. Und ab die Post. Wieder eine Grenze hinter sich gelassen. Die Wiener Ärzteschaft. Die Kaiserin. Und die wie die Finken im Hochsommer vor der Jagdsaison zwischen den Wienern hin und her schwirrenden Nachrichten.

Die Konsequenzen, von denen Anna so andeutungsweise gesprochen hatte, spürte er spätestens ab Linz.

Seinen vom Sitzen auf der Holzbank grün und blau gedengelten Hintern. Früher, als Junge am Straßenrand, hat er die vornehmen Frauen beneidet. Glaubte sie in ihren ausladenden Röcken vor derartigen Wirkungen geschützt. Vornehme Frauen, wo sie auch Platz nahmen, setzten sie sich nicht immer wie in ein üppiges weiches Nest?

Erst seine Patientinnen hatten ihm entdeckt, dass er sich täuschte. Und Anna hatte ihm mehr als anschaulich beigebracht, wie viel Verzicht sich unter der Opulenz dieser Verpackungen verbarg.

In Karlsruhe war eine dieser vielschichtig Verpackten zugestiegen. Sie quetschte sich neben ihn auf das stumpfe Polsterleder. Bemüht, die Stoffmassen klein zu halten, hatte sie ihn sofort wissen lassen: Normalerweise miete sie eine ganze Kutsche für sich allein. Nur sei er, wer sonst, ihr diesmal zuvorgekommen. Aber sie werde sich arrangieren.

Ihr Diener trug ihr Gepäck herein. Eine riesige, mit weinrotem Samt bedeckte Voliere, die er auf der freien Bank ihnen gegenüber platzierte und vis à vis seiner Herrin ausrichtete. Dreimal lief er und kehrte wieder, stapelte eine unzählbare Menge riemengegürteter kleinerer Koffer, vertäuter kleinerer Kisten, verschnürter kleinerer Kartons um die samtene Glocke herum. Lüftete das Geheimnis, indem er die Samtglocke hob, und verließ grußlos die Kabine.

Blaubart, stellte die Dame vor. Ein ausgewachsenes Exemplar der Gattung *Amazona festiva*, älter wohl als sie beide zusammen. Nicht mehr und nicht weniger als, nach Linnaeus' *Systema naturae*, wie er wusste, ein Ara.

Und er, sagte sie, sei wohl Gelehrter.

Naturforscher, sagte er. Und Arzt, fügte er hinzu.

Sie sei übrigens Henriette, Madame Henriette.

Und das mit dem Arzt habe sie sich schon gedacht. Er sehe eindeutig so aus. Ein Arzt auf Reisen, fügte sie hinzu, das sei etwas ganz Besonderes. Ganz besonders erfreulich. Mit Arzt an Bord fühle sie sich sofort gut aufgehoben. Behütet und beschützt.

Er musste ihr widersprechen. Erstens seien Ärzte immer auf der Reise, das gehöre quasi zu ihrem Beruf. Und zweitens gelte für die meisten von ihnen, dass sie sehr leicht von ihrer Straße abkämen. Und einmal von der Straße abgekommen – verirrt sich ein Arzt weiter und weiter. Weil Ärzte immer nur das Geradeaus im Sinn haben, statt sich auf ihre Spur zu besinnen und sich neu zu orientieren.

Interessante These, sagte sie. Was denn sein Ziel sei?

Paris, sagte er. Paris fürs Erste.

Fürs Erste? Ob Paris nicht genüge?

Er wolle alle Hauptstädte Europas besuchen. Genauer gesagt, seien es die Gelehrten der Hauptstädte Europas, die ihn lockten.

Na dann, sagte Henriette. Habe er ja allerhand vor sich. Das Steckenpferd ihres seligen Gatten sei übrigens die Ornithologie gewesen. Der hätte also auch auf seiner Liste stehen können. Aber jetzt sei er tot. Und seine Forschungsergebnisse habe er weder aufgeschrieben, noch habe er sie ihr mitgeteilt. Nur dem Papagei. Dem hat er immer alles anvertraut. Aber der rede ja nicht mit ihr.

Der Vogel versuchte indessen, die Flügel zu spreizen.

Sehen Sie, sagte Henriette. Seine Augen. Dieser Blick. Wie abgeschaut – ihrem verstorbenen Mann. Der habe das Vieh von einem Spanier, einem schillernden Vogel, wie man so sagt. Sie habe schon oft dran gedacht, dem Tier ein paar ihrer eigenen Wimpern zu spendieren ... sie unter die blaue Haube ... über die nackten Glubschaugen zu kleben.

Übrigens: Blaubart versuche ständig auszubrechen. Sehen Sie, die Kerben in den Stäben. Kein Wort mehr spreche der Vogel seit dem Tod seines Herrn. Und seit Kurzem zupfe er sich seine Federn aus. Ob er sich auch mit Papageien auskenne?

Mesmer sah den Vogel an, der jetzt den Kopf schräg legte und sich an einen der Gitterstäbe hing, genau den einen von sicher mehr als drei Dutzend, der Mesmer nun jede Möglichkeit nahm, seinem Blick auszuweichen.

Als die Pferde anzogen, ließ der Vogel apathisch die Flügel fallen. Und nur in den Kurven noch zitterte das Blutrot seiner gewaltigen Unterfedern zwischen den Gitterstäben und zuckte durch die dünne Sandschicht am Boden der Voliere. Es gibt Geräusche, die Mesmer nicht erträgt. An Holz oder Metall scheuernde Federn, zum Beispiel Federn auf Gitterstäben. Federn klingen nur in der Luft gut.

Und wie der Vogel nach jeder Kurve in den spärlichen Sand am Käfigboden schiss. Dabei fraß und trank er nicht in der sich hinschleppenden Zeit. Mesmer lenkte seine Gedanken sofort auf die Frage, woher der Vogel wohl nahm, was da aus ihm herausfiel oder eher tropfte. Während die Besitzerin, gekleidet im Samt vom selben Ballen, aus dem auch die Nachthaube des weit über eine Elle großen Vogels zugeschnitten war, ihn mit Sprachübungen abzulenken versuchte.

Akzentuierte *Blaubart*.

Wiederholte *Blaubart*.

Hob den Zeigefinger

Ich. Bin. Dein. Kleiner. Blaubart … Hab. Dich. Lieb … Ich. Spreche. Mit. Dir.

Nichts. Ein stummer Papagei mit einem kahlen Fleck auf der Brust. Um die Blamage zu überspielen, klemmte sie allerlei bunte Leckereien zwischen die Gitterstäbe. Kleine Apfelschnitze und Brotstückchen. Salatblättchen. Hirseähren. Biscotto. Getrocknete Aprikosen und Pflaumen. Haselnüsse. Bis der Käfig wie kostümiert aussah. Oder wie einer dieser Köpfe von Arcimboldi.

Und der schmucke Vogel litt. Was sich sofort auf Mesmer übertragen hatte. Er schlug vor, das Tier doch herauszunehmen. Worauf die Samtene hysterisch reagierte und ihr Tier eine Bestie nannte.

Mesmer öffnete den Riegel. Zog das Türchen auf. Sah den starren Blick, mit dem der Vogel seine Hand fixierte. Und spürte schon das Gefieder. Und wie sich der Vogel wegduckte unter seinem Zugreifenwollen. Er strich über die von Gelb zu Schwefel changierenden, gespreizten Flügelfedern.

Mesmer schloss die Augen: Nichts blieb von diesem prächtigen Fremdling als ein Wiener Rabe. Die Elstern und die Häher am Konstanzer See.

Und als er die Hand nach einer Weile zurückzog, der Vogel sich nun kopfüber an den Gitterstäben festkrallte, und Henriette noch schimpfte, aber halbherzig, wie er es wagen könne, den Ara ihres Seligen zu berühren, da unterbrach der Papagei sie. Sagte mitten hinein in ihr Gezeter, *Ist Albert bei dir? Und wenn, wie? – Gott verzeih mir die Frage.*

In seiner gequetschten Papageienstimme. Und dabei begegnete sein rechtes Auge, dieser schwarze, aus einem Nest gelben Flaums starrende Spiegel dem erbitterten Blick seiner Herrin. Die sich beklagte, dass ihr Seliger ihr nie vorgelesen habe. Wohl aber dem Vogel. Der Vogel. Er habe sich alles gemerkt. Der müsse doch nun, was ihr Mann gelesen habe, mit ihr teilen. Er könne wohl ganze Romane auswendig. Die dürfe er doch nicht für sich behalten. Das intelligente Tier. Das intelligente und böse Tier, sagte sie. Das könne er ihr glauben.

Aber mit seiner Hilfe, das sehe sie, wende sich alles zum Guten. Dass der Vogel jetzt gesprochen habe, beweise es. Er sei ein wahrer Zauberer, sagte sie und war mit Mesmer ausgestiegen. Hatte sich mit ihm in der Mühle einquartiert. Hatte mitten in der Nacht, mit dem Käfig in der Hand, an seine Tür geklopft, sich ins Zimmer gedrängt.

Er möge ihr verraten, wie er das angestellt habe. Der Vogel sei völlig verändert.

Sie waren die ganze Nacht zusammen. Der Papagei plapperte munter vor sich hin, was keinen störte, denn der Mühlbach war zu laut, und Henriette war dicht an Mesmer herangerückt. Und er hatte ihr von seiner Entdeckung erzählt. Und sie hatte Fragen nach der Natur seines *Fluidums* gestellt. Kluge Fragen, die er ihr nie zugetraut hätte. Eine Materie. Eine feinstoffliche, nannte er es und betonte das Wort Materie, damit sie am nächsten Morgen nicht glaubte, sie habe die Nacht mit einem Zauberer verbracht.

Nach so vielen Tagen in der Postkutsche fühlt er sich, als habe man ihn zusammengeschlagen. Kein Wunder, dass die Leute an Zauber glauben. Wer würde nicht gern vom einen zum andern Ort fliegen. Grenzen überfliegen. Vor allem Rücken- und Gliederschmerzen überfliegen. Schmerzende Hinterteile wie sich aufdrängende Gedanken. Wie die an die Linné'sche Sexualität der Pflanzen zum Beispiel.

Auch der Abstecher, den er an den Bodensee gemacht hatte, wäre fliegenderweise leichter zu verschmerzen gewesen. Er hatte die Eltern sehen wollen. Den See. Das frische Schilf. Und die zum Wasser hingeneigten Wiesen, die um diese Zeit außerdem in die Höhe schossen. Und unter den Bäumen das aufmüpfige Blühen der Masse. Und den See, der nie jünger wirkt, nie weicher als im Frühsommer. Verglichen mit dem Mühlbach vor seinem

Fenster, ein verschlafener, Sonne spiegelnder Riese. Den es zuwächst von allen Seiten. Bis das Ufer im Grün untertaucht. Und keiner weiß, von woher die Männer mit den Äxten ins knietiefe Wasser gelangt sind. Wo sie auf die Fische lauern, die zum Laichen ans Ufer gezogenen. Reiche Beute für den Abend.

Das Gesicht der Mutter, als er sie dort in der Küche überraschte. Wie ihr Gesicht auflodert. Und sich gleich wieder verdüstert. Als könne sie sich nicht freuen. Doch, sie kann sich freuen. Er weiß es. So wie er weiß, dass ihre Freude schon immer diesen Vorwurfston bewirkt. Als wäre Freude eine Zumutung. Zu viel des Guten.

Wo er denn so lange gesteckt habe. Sie habe ihn früher erwartet. Zu Ostern. In der Zeitung, im *Constanzischen Wochenblatt* habe man über ihn geschrieben. So weit sei es also. Von ihrem eigenen Sohn erfahre sie aus der Zeitung. Die sie nicht lesen könne. Der Pfarrer habe müssen so nett sein. Ihr vorlesen. Was da stand. Über den Sohn. Und dass er ausgerechnet heute komme. Ausgerechnet jetzt. Wo der Vater abgereist sei. Zum Fürstbischof. Und vor nächster Woche nicht zurück.

Im Übrigen, hatte sie gesagt, sehe er so schlecht aus wie nie. Sie habe immer gewusst, dass Wien nichts sei. Dieses weltweite Wien. Und diese Witwe. Ewigalte Frau. Fast so alt wie ich, sagte sie. Und sie sei seine Mutter. Als könnte er das je vergessen. Das habe er jetzt davon. Und er, obwohl er ahnte, was käme, hatte gefragt, was sie meine.

Was habe er wovon?

Dr Kindersäge, hatte sie gesagt. *Dr Kindersäge isch ausblieba. Odr?*

Es klang, als spreche sie über ein zersägtes Kind. Und er dachte, dass seine alte Heimat nicht mehr so sei, wie sie ihm in Wien vorgekommen war.

Er habe doch einen Sohn, hatte er geantwortet.

Aber keinen, hatte sie gesagt, der mit seiner Mutter verwandt sei. Sie entfachte Feuer, stellte die Pfanne auf die Herdstelle. Wie lange er bleibe?

Er sei auf der Durchreise. Hatte er gelogen. Er müsse weiter, nach Straßburg. Ein wichtiger Patient.

Die Mutter war daraufhin stumm geworden. Wie die mit Mehl bestreuten Felchen und Kretzer auf dem Holzbrett neben der Pfanne. Wenigstens die Fische rochen wie früher. Schmeckten wie früher. Welcher Donaufisch kann sich je mit Kretzern messen. Am nächsten Tag war er in seine Spur zurückgekehrt. Hatte sich nach Konstanz schiffen lassen und dort die Post bestiegen. Eindeutig eine Flucht, die ihn auf seinen Weg zurückbrachte. Aber dass er Richtung Karlsruhe floh, daran war allein die Anziehungskraft von Paris schuld.

Noch vor seiner Abreise aus Wien hatte er in Störcks Schriften geblättert. Die Stelle über den Schierling nachgelesen. Hatte bewundert, wie klar und vernünftig von Störck schreibt. Und hatte sich ermahnt, selbst so klar zu schreiben. Zu übersetzen, was in den magnetischen Sitzungen geschieht. Mit ihm geschieht. Den Patienten geschieht. Was zwischen ihnen geschieht, sobald seine

241

Hände die fremde Haut berühren und eine Schranke sich öffnet.

Die Schranke beschreiben. Den Fluss beschreiben. Das Fließen. Das Fluidum beschreiben. Diese innerste aller Substanzen beschreiben. Seine Eigenschaften. Unsichtbar, namenlos, kontinuierlich und höchst subtil.

Und Auge in Auge mit den fehlenden Wörtern – sich behelfen mit Wasserwörtern. Wörter wie für den Mühlbach geschrieben. Und. Den Mühlbach beschreiben. Das Stürzen und Tosen. Die Rinnsale, die kleinen Nebenflüsse, die plätschernd pulsieren, strömen, flirren, klopfen, tröpfeln, stocken und wieder stürzen.

Er muss eine Skala anlegen. Von tosend bis kaum wahrnehmbar. Muss eine Apparatur entwickeln. Eine Art Elektroskop. Allein nur für die *Vis magnetica*. Die feiner ist als ihre elektrische Schwester. Er muss eine Größe festlegen. Eine Maßeinheit. Aufschreiben, was geschieht, wenn die Patienten in diesen Schlaf fallen, den er den magnetischen nennt. Wenn sich Gesichter tosend verzerren. Oder einer kaum wahrnehmbar zu schreien beginnt. Oder wenn sie reden reden reden. Sich nach ihm, der sie beschreibt, verzehren. Seine Gedanken aussprechen. Oder ihn hassen oder sich selbst, die Beschriebenen. Er muss Gefühlsstürme notieren. Die Ozeane von Tränen.

Was er nicht messen kann, muss er aufschreiben. Er muss eine Messmethode finden. Einen Apparat bauen. Ihn wenigstens beschreiben. Als handle es sich um eine Elektrisiermaschine. Wie heutzutage sich jeder Trottel eine baut. Die magnetische Kraft ist stark. So stark wie die elektrische. Nur feiner ist sie. Und nie zerstörerisch. Das heißt: umso brauchbarer. Die Zukunft wird es zeigen. Wenn er es schafft. Das zu übersetzen. In eine Sprache der Vernunft.

All das, was Störck nie aufschreiben können wird. Weil er ja nur Gemessenes aufschreiben kann. Störcks Hände. Die feisten, rosaroten Arzthände. Kurz geschnittene Nägel, gepflegte Kuppen, geschickte, gelehrige, fleißige, reinliche Finger. Aber taub für das Wesentliche. Deshalb auch fehlt dem Baron jegliche Vorstellung davon, was mit Händen möglich ist. Das sollte, könnte, müsste er endlich aufschreiben. Keiner außer ihm kann es können. Er muss auf jeden Fall die Reichweite seiner Hände, die begrenzt ist, ausdehnen. Er muss mehr Menschen als die erreichen, die er mit seinen Händen erreicht.

Schreiben kann er, lesen kann er. Immer mehr Menschen können schreiben und lesen. Alle wollen, dass er etwas verrät. Etwas von seiner Methode. Aber da ist kein Geheimnis. Nur, dass er daran glaubt, mit den Worten zu seiner Methode mehr Menschen zu erreichen als mit seinen Händen. Nicht die Methode, sondern der Verrat seiner Methode ist die Eintrittskarte für die Akademien. Aber diese Gedanken muss er geheim halten. Noch. Er kann sie nicht einfach aus der Hand geben. Nicht wahllos aussenden in die Ferne, ohne genau zu wissen, in wessen Hände sie geraten. Die Welt wimmelt nur so von fingrigen Scharlatanen, Quacksalbern, Möchtegern-Ärzten, Kranken-Betrügern, Geldschefflern, Schein-Heilern und Diebstehlern.

Außerdem eignet sich nicht jede Erfahrung dazu, aufgeschrieben zu werden. Seine am allerwenigsten. Er kann, was er tut, nur tun. Und die magnetische Kraft erledigt den Rest. Sie tut, was sie will. Einfangen lässt sie sich nicht. Sie lässt sich vielleicht, wie Licht, durch Spiegel vermehren, sie lässt sich auch durch Schall fortpflanzen und vermehren. Aber ansonsten ist sie ein Rätsel. Ein nicht einfangbares Rätsel. Ein strömendes Rätsel, für das es keine Sprache gibt. Zumindest keine, die er beherrscht. Und darum geht es doch in dem, was sich Wissenschaft nennt. Um das Beherrschen. Und Zursprachebringen. Um das Zähmen. Das Zeichnen. Das Anschaulichmachen. Das Wiederholbarmachen. Und Repräsentieren.

Er hatte Störcks Text gerade zurück ins Regal gestellt, als es klopfte und der Kutscher ihm durch den Türspalt zwei Briefe hereinreichte. Seit er Kaline Schonung verordnet hatte und sie nur noch in ihrer Kammer auf dem Bett lag, überforderte der Kutscher sich in dem Versuch, Kutscher und Hausmädchen in einem zu sein. Wirbelte vom frühen Morgen bis zum späten Abend zwischen Haus und Stall hin und her.

Mesmer winkte ihn herein. Er sehe so schmal aus, er solle pausieren.

Draußen, sagte der Kutscher, warte eine Menschenmenge und im Keller die Wäsche, die gefaltet sein wolle.

Vielleicht, hatte Mesmer gesagt, sei es angebracht, das vordere Tor zu schließen.

Der Kutscher wich seinem Blick aus. Murmelte, seit er hier arbeite, könne er sich nicht erinnern, dass das vordere Tor je geschlossen gewesen sei.

Der erste Brief, von Störck, in typisch störckeliger Schönschrift, war eine in scharfem Ton verfasste Forderung.

Mesmer solle sofort das Fräulein herausgeben. Seine Betrügereien müssten endlich ein Ende haben, sonst werde der Baron Maßnahmen einleiten.

Dass das Ende so abrupt vor der Tür stehen könnte, hatte Mesmer sich nicht vorgestellt. Ebenso wenig, wie er sich vorgestellt hatte, dass der vernünftige und meist freundliche Störck, der fleißige und sorgfältige Pflanzenkenner, so hart und so ungerecht von ihm sprechen könnte. Immerhin war er ja nicht nur sein Trauzeuge gewesen, sondern auch Zeuge von Marias Fortschritten. Der Brief war umso schmerzlicher, als er Störck schätzte. Seinen Eifer. Und den Mann, den, der so glühend das verfolgte, was er selbst suchte. Die Wahrheit. Und jetzt benahm er sich, als sei die Wahrheit eine Frau. Die nur einem gehöre: ihm, Störck. Kaum merkt er, dass Frau Wahrheit noch einem anderen einen freundlichen Blick gönnt, kreidet er es jenem an. Doch in Wahrheit nimmt es Frau Wahrheit nicht so genau mit der Wahrheit.

Der zweite Brief, weniger pedantisch geschrieben, klang versöhnlicher. Eine kurze, hingeschluderte Notiz. Der Hofsekretär gedenke sich mit seiner Familie ein paar

Tage aufs Land zu begeben. Wolle deshalb seine sicher längst wiederhergestellte Tochter abholen. Wolle keine Minute Landluft versäumen. Die allen so gut täte. Ihm, der Gattin und dem Fräulein. Er komme also morgen – selbe Zeit. Falls es gewünscht sei, werde er das Mädchen auch wieder bringen. Im Übrigen freue er sich drauf, die Tochter zu sehen. Und, ob er es glaube oder nicht, auch den Doktor. Und verbleibe hochachtungsvoll. Die Sauklaue.

Später las er den Brief Maria vor. Sie lauschte schweigend. Weinte nicht, was ihn wunderte. Sie hatte zugehört und dann nichts gesagt. Auch er hatte geschwiegen, und es hatte gedauert, bis sie wissen wollte, was er diesmal unternehmen werde?

Diesmal, hatte er gesagt, sei nichts mehr zu machen.

Da war sie die Treppe zu ihrem Kämmerchen hinaufgestiegen. Behäbiger als üblich, darüber war er erschrocken. Wie eine Alte, hat er gedacht und beobachtet, wie der Hund sich an ihr vorbeidrängte, um sie oben wedelnd zu empfangen.

Und seine vielen Befürchtungen. Dass die anstehenden Veränderungen sich in Gestalt einer nervlich bedingten, somatischen Beeinträchtigung niederschlagen könnten. Zum Beispiel einer Lähmung der Glieder. Wovon ihr behäbiger Gang nur ein Anfang wäre. Er war ihr gefolgt. Hatte den Verdacht jedoch fallenlassen, als er sah, wie geschickt sie ihr Kleid zusammenfaltete. Und wie flink ihre Hände die Perücke und all die Accessoires ihres Haartheaters einsammelten. Die Vogelnester, die Eier, die Glöckchen, all die diversen Einzelheiten. Eins übers andre packte sie in ihren samtgefütterten Koffer. Ihre helle Stimme erzählte, dass sie sich für die im *Rüssel* unweigerlich auf sie zukommende nächste Perücke etwas Neues ausgedacht habe. Das Vogel-Thema sei ja längst *passé*, abgelutscht wie ein Daumen. Die nächste Haarinszenierung müsse etwas völlig Neues darstellen: die magnetische Kraft. Sie werde sich kleine Magnete ins Haar binden lassen. Bernsteinperlen. Woll- und Seidenfäden. Und wie fände er den Titel: Das Fluidum der Welt? Seine Vorschläge seien nicht nur willkommen, sondern erwünscht. Dann verfiel sie in eine Art nüchternen Singsang, was alles sie vor ihrer Abreise noch zu erledigen habe. Einzupacken: die Naturaliensammlung. Samt der in Mesmers Folianten frisch gepressten Schneeglöckchen- und Christrosen-Köpfchen. Etwa zehn Blütchen, alles in allem. Die *Hina ningyo* mit den Haaren wie Seide komme nicht in den Koffer. Die behalte sie auf der Fahrt in der Hand. Dann die Kreaturen, von denen sie Abschied zu nehmen habe, die Tauben und die medizinischen Würmer. Vom Klavier, das sie am liebsten mitnehmen wollte, und vom Hund (den sie ebenfalls am liebsten mitnehmen wollte). Von Riedinger. Und von Kaline. Und Anna und allen Fünfsinnigen im Haus. Und zuletzt von dem, der ihr so entsetzlich fehlen werde, dass sie sich noch nicht vorzustellen wage, was dieser Verlust in ihrer Seele anrichten werde ... Der mit dem sechsten Sinn Begabte ... Der sie schon einige Male gerettet habe, vor allem Möglichen. Der sie dieses Mal zum ersten Mal einfach im Stich ließe ... Er, der Doktor. Sie hatte gequält gelächelt und sich die Augen gewischt.

Er habe alles versucht, hatte er geantwortet. Sein Bestes getan. Und der Vater werde sie wiederbringen ...

Ob er glaube, was er dem Vater geglaubt habe.

Sie hatte keine Antwort abgewartet. War einfach zu ihrer Aufzählung zurückgekehrt. Was alles sie erwarte. Nach dem Wochenende auf dem Land. Wenn sie heimkomme. Heim in den *Rüssel*.

Ihre beiden lieben Klaviere. Die herrlichen Begrüßungen. Koželuch, Salieri, Metastasio. Und gewiss werde sie bald den Herrn von Kempelen treffen. Und vielleicht mit dem berühmten Türken Schach spielen. Doch zuallererst werde sie Koželuch ihre *Sicilienne* vorspielen. In einem solchen Tempo, dass dem Hören und Sehen vergehe. Und dann, sang sie, werde sie ihre Tournee vorbereiten. Eine große durch ganz Europa. Und mindestens so weit wie die Mi-ma-mozart'sche. Und wer weiß, vielleicht noch weiter. Bis nach Amerika ... und so weiter. Zu all den Orten, die sie kenne. Weil ihre Finger die doch längst auf dem schwindeligen Globus gefunden hätten. Inzwischen war ihr Koffer voll, und sie hatte sich auf den zugeklappten Deckel gesetzt, und er, er hatte den ledernen Gurt darumgeschlungen.

Er sieht die vor dem Haus versammelten Leute. Die sich zu einer wüsten Traube um den Eingang sammelten. Und wie der Kutscher ihnen entgegentrat. Verhandelte.

Besänftigend die Arme hob. Den Kopf schüttelte. Und wie die Leute eine Front bildeten. Die das hilflose Kutscherlein ins Haus drängte. Der Gute, der jetzt nicht nur Kaline zu ersetzen versuchte, sondern auch noch Anna. Die so gut für Ordnung sorgen kann wie keiner. Wahrscheinlich ist sie zu einer Freundin geflohen. Oder sie legte bei Störck ein gutes Wort ein, für ihn, ihren Gatten. Und das gute Wort war nicht verhallt. Es war weitergetragen worden. Bis es in die richtigsten, wichtigsten Ohren gelangt war. So kam es, dass Anna ihn noch am Abend vor seiner Abreise mit einem Brief überraschte. Ein Empfehlungsschreiben des Staatskanzlers Fürst Kaunitz an den Gesandten des Kaiserreichs in Frankreich, Graf de Merci-Argentau. Für ihn, den Doktor. Dessen Abwesenheit mittlerweile vermutlich das Kutscherlein (vergeblich) zu ersetzen versucht.

Der mit einem Tuch seinen alten Koffer sauber gewischt und ihn von Spinnweben und Staub befreit hat. Eine Arbeit, die er früher Kaline überlassen hätte. Und wie er dann fünf Magnete von der Wand pflückte. Den herzförmigen. Den nierenförmigen. Den ovalen. Den runden. Und den stabförmigen. Nicht, dass die Gestalt von Bedeutung wäre. Daran glaubt er schon lange nicht mehr. Die magnetische Kraft hängt nicht von so etwas Offensichtlichem wie der äußeren Form ab. Wer ihm diesen Unfug unterstellt, hat ihn missverstanden. Nur, die Erfahrung zeigt: Die Leute reagieren heftiger auf ein Herz als auf einen unförmigen Klumpen. Sie wissen ja nicht, wie ein Herz aussieht. Haben ja nie eins gesehen.

Er hatte die Figuren in blaue Futterale gepackt. Und sie in den nach Keller riechenden Koffer gelegt. Eine Schicht Filztuch darüber. Eine Schicht Bücher. Und eine Schicht Kleider. Den violetten Anzug. Den grauen. Eine Schicht Instrumente. Das Mikroskop. Die Elektrisiermaschine. Wie er sie in ihre Teile zerlegte. Dann entschied er, dass sie bleiben müsse. Die Gläsermaschine dagegen, mit den einzeln so zerbrechlichen Schälchen. Vernünftig wäre gewesen, ohne sie zu reisen. Aber ohne Glasharmonika, wie soll das gehen? Sie musste mit. Und wenn er sie eigenhändig durch die Gegend schleppte. Es gibt Dinge, ohne die kann er nicht sein.

Dabei hatte er immer gedacht, Anna sei es, die an den Dingen klebe. An den Dingen, die etwas kosten. Er hat ihr oft genug Verschwendung vorgehalten. Wenn sie mal wieder mit vollen Taschen aus Wien heimkehrte. Und der Kutscher mindestens achtmal laufen musste, bis all die Einkäufe im Entree standen. Aber als er an jenem Tag gewagt hatte, anzudeuten, dass sie es mit den Einkäufen nicht übertreiben solle, war sie explodiert.

Du, schrie sie, du klebst an den Wörtern. Vor allem an denen, die du nicht hast. Das sei auch nicht besser!

Aber billiger, hatte er gesagt und hatte sie bei ihrem Kram stehen lassen. Und hörte, wie sie weiterschrie, hinter ihm her, ob er nicht wisse, dass Wörter das Teuerste überhaupt seien. Verwahrt und gehütet von den Gelehrten der Welt. Zu dieser Welt der Wörter habe sie doch gar keinen Zutritt. Und er, habe sie gehofft, werde ihr den verschaffen. Aber daran sei ihm ja gar nicht gelegen. Er habe doch überhaupt kein Interesse daran, seine Rätsel mit ihr zu teilen.

Warum sie das sage, hatte er ganz ruhig gefragt. Wie sie drauf komme?

Weil er sie, schrie sie, doch heimlich für unheimlich hielte. Der Einzige, der sie je für bare Münze genommen habe, der Einzige, der je etwas für sie getan habe, sei der Proviantamtsobristleutant gewesen ...

Er wäre dieser Streitfrage um sie und ihn und die Sprache gern nachgegangen. Hätte zu gern alle Vorwürfe ausgeräumt. Aber wenn Anna vom ersten Ehemann anfing, erstummte er doppelt. Seine Antwort: Gegen eine Nummer eins käme eine Nummer zwei nie an. So viel Mathematik-Verständnis besitze sogar sie. Er war aus dem Zimmer gestürmt und hatte sich den ganzen Tag nicht mehr hingesetzt. Erst am nächsten wieder. Und am überübernächsten. In der Postkutsche.

Und jetzt, hier, in seinem kleinen wasserumspülten Zimmer, seiner trockenen Zelle, da fällt ihm Baron von Störck ein, der ihm das Wort Scharlatan zugewiesen hat. Ein Wort, das er ihm angehängt hat wie einen noch für jedes Fluidum der Welt zu schweren Magneten. Das ist unerträglich. Auch wenn es ja vielleicht nur heißen soll, dass er in dieser Sprache, die in Wien gesprochen wird, nie einen Fuß auf den Boden des akademischen Himmels setzen wird.

Wassergeräusche kreiseln in seinem Kopf, als suchten sie einen Abfluss. Den Bach, den Strom, das Meer. Er stellt sich ans Fenster. Spürt die vom wuchtigen Mühlrad her durchnässte Luft auf der Haut. Atmet die alles durchdringende Gischt. Atmet das Fließen. Den Mühlbach. Die Kraft. Spült sich fort. Ohne dass er aufhört zu denken. Er denkt, denkt er, er wird weiterdenken.

Er wird denken ohne Worte.

Sechzehntes Kapitel

Gutenbrunn, 1777

Was sie hier braucht, ist eine klare Stimme. So kraftvoll und durchdringend wie der Chor der Tiere. Der Chor der Bienen. Der Chor der Hummeln, der Heuschrecken und Grillen und Fliegen. Der Chor der weiblichen Mücken, die vor allem (wie im Banat) den Vater traktieren. Um sich von denen zu unterscheiden, spricht Maria leise. Und viel zu sanft.

Ob sie ihm etwas diktieren dürfe?

Was du willst, Resi!

Einen Brief.

An wen?

Mesmer!

Bitte nicht diesen Namen. Warum sich aufhalten mit Leuten, die einem schaden.

Ihr habe er geholfen.

Das bilde sie sich ein.

Ihre Einbildung sei eins. Das andere, dass sie den Doktor etwas fragen wolle.

So ging es seit Tagen hin und her.

Was bleibt ihr übrig, als den Brief, den sie nicht diktieren darf, auswendig zu lernen. Zu hoffen, das Auswendiggelernte finde einen, der es zu Papier bringt. Irgendwann.

Zuerst die Überschrift: Gutenbrunn im Mai, Guten Tag, lieber Mesmer ...

Wie kann ich danken. Danken für die vergangene Wirklichkeit. Und für dieses hier auf dem Land zwischen Kühen und Schafen und Schweinen so fremde Geschenk Ihrer lieben Frau Anna, die mir sehr lieb durch die Gedanken läuft. Die *Hina ningyo*, diese Puppe mit Haaren wie Seide, lege sie kaum mehr aus der Hand. Und wenn sie auf dem hiesigen (stumpfen, dumpfen) Klavier spiele, dann mit einer Hand, oder die *Hina ningyo* sitzt da, wo keine Noten stehen. Sie ist so weich und beweglich. So, lieber, lieber, ferner Wissenschaftler, wie ich es gern wäre. Die *Hina* ist es, die mich streichelt, wenn ich sie streichle.

Ihr Vater sei nicht davon abzubringen, dass alles nur Phantasie war. Und Hokus Pokus, was sie gesehen habe. Oder ein beschriebenes Bild. Und wie das Portrait an der Wand nicht die Wirklichkeit. Alles ein einziger Betrug mit dem Effekt eines zerrütteten Nervenkostüms. Sagt er. Nun, wenn der Vater es sagt, wird es wohl wahr sein. Und damit steht sie also von nun an aufseiten der Lüge. Das ist die Wahrheit. An die ich mich erst noch gewöhnen muss.

Ob der Vater denn ihre Fortschritte nicht mit eigenen Augen gesehen habe? Und trotzdem sagt er: Fortschritt, das sei, wenn sie wieder spiele wie vor dem ganzen Hokuspokus! Dafür wolle er sorgen.

Dafür vielleicht, habe sie sofort geantwortet. Aber nicht dafür, dass meine Fragen beantwortet werden.

Nur sofern sie den Betrüger beträfen, Resi, dies zu sagen und immer wieder, lasse er sich nicht nehmen.

Lieber, guter, Violetter, ist es denn da nicht verständlich, dass es mir allemal lieber ist, aufseiten des Auswendiggelernten zu stehen, ganz egal, was Riedinger dazu meint?

Sie habe die Anreise nach den wienfernen Hügeln nicht einmal versucht zu sehen. Habe, als sie das Mesmer'sche Anwesen verließen, die Augen geschlossen und die Seidenschichten darübergestülpt. Halte es so, wann immer sie könne.

Das helfe allerdings nicht gegen die, wie ihre Mutter sie schönredet, schneeweiße Milch, mit der sie hier Tag für Tag ihre Gesundung vorantreiben muss. Die riecht, lieber Mesmer, nach Kuh. (Die Nase lässt sich ja nicht auch noch schließen.) Und sie schmeckt nach Kuh. Ach, sie wisse ja, dass er die Tiere schätze. Weil er sie, die ja nichts wüssten, für magnetische Wesen halte. Daran habe sie heute Mittag gedacht, als sie an der Weide stand und die Fragen den Kühen vorgesungen habe. Sie sei sich kleiner als klein vorgekommen.

Der Vater weigere sich, Fragen zu beantworten, solange sie sie singe.

Und er überlege, ob man den Dr. Störck zu Rate ziehen solle.

Ob er ihr drohen wolle?

Wie denn, mit Milch und Honig?

Jeden Abend steht Milch an meinem Bett und wird kalt.

Sie beneide sich um ihre Zeit im Palais an der Landstraße. Heute sei ihr klar geworden, dass die Möglichkeit, alles sagen zu können, es unnötig mache, alles zu sagen. Vielleicht sei ihm das ja bekannt.

Aber warum merke sie nie etwas gleich, sondern immer erst hinterher, wenn es vorbei sei?

Was, lieber, bester, offensichtlich durch meine Blindheit Reisender, wenn genau jetzt, in diesem Moment, etwas an mir vorüberstreicht, das ich erst, zurückgekehrt in den Rüssel, als wunderbar und mir fehlend erkenne?

Mir ist, als fiele ich von einem Schlaf in den nächsten. Aus dem traumlosen, dem kurzen Schläfchen, das jeder kennt und schätzt, ohne Pause in einen tiefen, erholsamen, balsamischen Schlaf, nach dem sich jeder verzehrt. Und gleich, da passe kein Triller dazwischen, in den gefürchteten, harten, erschöpfenden Schlaf.

Genau der habe sie in den letzten Tagen fest im Griff gehabt. Drohe sie zu verschlingen. Vereinnahme bereits ihre liebe *Hina ningyo*.

Die *Hina ningyo* habe, als sie ihr in einem schweren Traum die *Sicilienne* vorgespielt hat, gesagt, sie glaube nicht, dass ihre *Sicilienne* von ihr komponiert sei. Und als sie ihr sagte, doch, ich habe sie komponiert, da lachte die Puppe sich tot. Doch stand in ihren Augen geschrieben, dass sie es toll fand, dieses Stück und einige andere auch. Toll, toll.

Lieber, lieber, bester Doktor, sie sehne sich jetzt nach nichts als dem bodenlosen, magnetischen Schlaf, in dem man, solange man schlafe, hellwach sei und wissend.

Er, der Wache und Wissende, wisse sicher auch über den Schlaf Bescheid, der sie seit Gutenbrunn beherrsche.

Doch davon später. Mündlich. Ich hoffe. Denn auch wenn dieser Brief von Fragen nur so wimmle. Er brauche nicht zu antworten. Einen Brief von ihm, an sie adressiert, werde der Vater nie und nimmer erlauben.

Siebzehntes Kapitel

Paris, April 1784

Wer wartet, lernt warten. Gelegenheiten gab es in den letzten Jahren und Monaten so viele wie arme Leute in Paris. Mal wartete er auf die Einladung der *Pariser Fakultät der Ärzte*, um seine Methode vorzustellen. Dann wartete er auf die Ergebnisse einer von der Regierung ernannten Kommission, die sich angeblich für seine Heilmethode interessierte. Die Ergebnisse fielen so aus, dass sich das Warten (im Nachhinein) nicht gelohnt hatte. Und trotzdem. Er wartete.

Jetzt wartet er auf die Antwort einer angeblich ernsthaft mit seiner Methode befassten, von König Ludwig XVI. ernannten Kommission. Alles Männer vom wissenschaftlichen Format eines Franklin, eines Lavoisier, eines Guillotin. Diesmal würden sie begreifen. Wie er begriffen hat, dass das Warten nichts anderes ist als ein Raum, ein Zimmer mit vielen Türen. Die sich in diese oder in jene Richtung – aber auf jeden Fall – öffnen lassen. Wie die Tür zum Garten vor seiner Praxis. In dem er Blumen und heilende Kräuter gepflanzt hat.

Anfangs hatte er auf Annas Briefe aus Wien gewartet. Auf Neuigkeiten aus der Landstraße. Wie es den Patientinnen gehe. Was der Hund so mache. Und immer auf Annas Antwort auf seine Frage, *Wann kommst du?*

Und wenn die zwei Monate später eintraf, nicht Anna, die Antwort, besagte sie, die Gesundheit der Patientinnen habe so große Fortschritte gemacht, dass sie allesamt ausgeflogen seien. Zurück ins luftige Leben. Und der Hund? Auch fort. Eines Tages, nach einem Gewitter, sei er plötzlich nicht mehr aufgetaucht. Sie habe ihn gelockt, gerufen und das Wäldchen nach ihm absuchen lassen. Vergeblich. Entweder sei er Opfer eines Blitzeinschlags geworden oder einer läufigen Hündin. Sie halte Ersteres für wahrscheinlicher, da sie höre, dieser Metallstangenwahn greife um sich, überrage Europa, nehme zu an Zahl und mit ihm die Gewitter. Wer könne schon wissen. Die Liebe schlage ja mitunter auch ein wie ein Blitz. Vielleicht kommt sie ja wieder, die kleine Bestie. Sie gebe die Hoffnung nicht auf. So, wie sie die Hoffnung noch nicht aufgebe, dass er, ihr Gatte, wiederkomme.

Denn auf seine letzte Frage müsse sie, Anna, antworten, so wie sich alles entwickle, nein, sie komme auf gar keinen Fall nach Paris. Sie wolle mit ihm sein, ja, mehr als alles auf der Welt. Mit ihm in der Wiener Welt der Landstraße. Er solle zurückkommen.

Ausgeschlossen, schrieb er. Hier in Paris werde seine Arbeit unterstützt und gefördert. Er sei abhängig von seinen Anhängern. Sie wisse doch, die guten Verbindungen mit den besseren, mit den allerbesten Verbindungen. Kornmann sei dabei, Gelder zu sammeln. Um einen Verein zu gründen. Eine Schule des Magnetismus. Eine magnetische Klinik.

Sie müsse nicht denken, dass er sich nicht einsam fühle. Einsamer vielleicht, als wenn er niemanden kennte. Die ständige Suche nach Menschen, die sich wie er um die Wahrheit bemühten, sei ermüdend. Und immer vergeblich. Solche Menschen ließen sich hier so wenig finden wie in Wien. Ganz Paris eine Einöde! Eine Wüste, bevölkert mit Wesen, die für das Gute nichts übrig haben. Und größtenteils auch unempfindlich für seine magnetische Methode.

Und wieder hat er über einen Monat auf Antwort gewartet. Die dann lautete: Nach allem, was sie höre, werde er in Paris genauso verleumdet wie in Wien. Da sei es doch schnurz, wo er sich in den Regen stelle. Ob hier oder da, verleumdet werde er auf jeden Fall. Und sie mit ihm. Und wenn sie sich aussuchen könne, wo sie lieber verleumdet werde, dann schon lieber in Wien. Da kenne sie sich und die Leute.

Liebe Anna, schrieb er. Französische Unhöflichkeit ist sicher nicht weniger sauer als wienerische, doch die französische ist allemal von Welt.

Er schrieb ihr, wie sehr er sich über ihre Briefe freue. Aber gewartet hat er nicht mehr auf sie. Ab jetzt wartete er hauptsächlich auf die Boten. Die ihm Schreiben von Kornmann und Bergasse überbrachten. Und eines Tages hielt er einen Brief in den Händen, in dem der Bankier Kornmann und der Advokat Bergasse mitteilten, es sei geschafft. Fast eine halbe Million gesammelt. Die Gelder kämen aus allen Provinzen Frankreichs. Genug,

um damit einen Verein zu gründen, eine Klinik zu er-
öffnen und eine magnetische Schule. *La Societé d'Harmonie de France* werde im Mai Wirklichkeit werden.

Da hatte sich das Warten zum ersten Mal gelohnt.
Jetzt, wo er das Warten so gut beherrschte. Wusste, dass
sich, während man wartet, alles Mögliche erledigen ließ.
Praxisräume finden. Patientinnen magnetisieren. Eine
Gruppe Schüler zusammenstellen. Verträge aufsetzen,
lukrative Verträge. Diener anstellen. Und die Glasharmonika spielen. Und es ließen sich viele französische
Hühner auf äußerst pikante Pariser Art zubereitet, und
außerdem französische Weine kosten. Denn Mesmer
hatte so lange gewartet, dass sich auch vergessen ließ,
dass er wartete.

Bis zu diesem Tag vor knapp zwei Wochen, als er in der
Zeitung las, Maria Theresia von Paradis sei in Paris eingetroffen. Werde eine Reihe Konzerte geben.

Sie hat es geschafft! Sie hat es geschafft. Irgendwo in
einer zentralen Region seines Körpers jubelte es: in der
Gegend um den *Solar plexus* herum. Und (merkwürdig),
ihr Erfolg und seiner standen zur selben Zeit vor derselben Pariser Tür. Als gehörten sie irgendwie zusammen. Auch wenn er an solche Schicksalsmächte nicht
glaubt.

Selbstverständlich geht er hin. Er will sie sehen. Unbedingt. Und hören.

In den folgenden Tagen aber wird noch etwas deutlich: Er wartet auf eine Nachricht von Maria. Und das

Warten auf Maria lässt sich nicht vergessen. Es macht sich immer bemerkbar. Mischt sich in alles ein.

Nachdem er die gichtige Herzogin de Chaulnes erst durch die Klagen über ihre gichtigen Finger, dann zum Baquet und durch eine heftige Krise schließlich in den Matratzenraum begleitet hat, bis in den Schlaf begleitet hat, zieht es ihn wieder hinaus, hinaus in den Garten. Inmitten des alles beherrschenden Flieders der Hirschmangold, voll aufgeblüht. Und die Blüten beginnen sich schon wieder zu schließen. Es ist Mittag vorbei. Von Maria nichts. Diese Art Warten kränkt ihn. So gekränkt ist er, dass er zum Konzert gar nicht mehr hinwill. Er verzichtet. Freiwillig. Dabei hat er in Paris noch kein einziges der *Concerts spirituels* versäumt.

Als die Herzogin endlich erwacht, hat der Hirschmangold seine blauen Blüten längst geschlossen. Morgen fallen sie ab, denkt er und hievt die schwere Herzogin von der Matratze hoch. Ihre Schmerzen sind weg, doch versäumt sie es nicht, ihn zu fragen, ob er denn Verbindung halte zu ehemaligen Patientinnen.

Das komme drauf an, sagt er.

Auf was?

Auf die Umstände. Warum sie frage.

Nur so ..., sagt sie.

Nur so?

Ob er denn noch Kontakt habe zu dieser ... *Mademoiselle de Vienne*?

Sie hat es in der Zeitung gelesen. Alle haben es in der Zeitung gelesen. Wer Zeitung liest, kennt die Geschichte.

Die lautet: *Missglückter Heilungsversuch der blinden Mademoiselle durch Monsieur Mesmer.* Diese Geschichte hatte ihn bereits empfangen, als er vor Jahren in Paris eingetroffen war. Das hatte die Mischpoke aus Wien geschafft.

Sie meinen, sagt er, Mademoiselle Paradis?

Ja, sagte sie. Die junge Blinde ...

Sie meinen, korrigiert er, die junge Blinde, die ich schon sehen sah.

Sie spiele morgen Abend in den Tuilerien, in der *Salle des Machines.*

Ja, danke. Auch er lese das *Journal de Paris.*

Die Tuilerien liegen einen Katzensprung entfernt. Und für zwei Beine fünf Minuten. Ob er hingehe?

Selbstverständlich, lügt er.

Seien Sie früh da, es wird voll, sagt sie, sehr, sehr voll.

Wie gut, dass sie das sage.

Er öffnet die Tür.

Er sei ihr dankbar.

Das ungelogen. Unendlich dankbar ist er ihr, dass sie endlich sein Haus verlässt.

Jetzt noch die Schüler. Die sitzen bereits im abendlichen Kreis. Der Kreis hat eine Lücke. Die er, der Meister, zu schließen hat. Vis à vis Bergasse. Flankiert von Carra und d'Eslon. Brissot lasse sich entschuldigen.

Pas de problème.

Lafayette hingegen ist da und Puységur. An Ehrgeiz mangelt es nicht in der Runde. Nach einem langen Tag Praxis (*»Allez, touchez, guérissez, messieurs«*) auch nicht an neuen Erfahrungen. Die rauswollen, berichtet, besprochen und befragt. Wozu hat man ihn denn da sitzen. Den leibhaftigen Meister. Der heute in seinem Leib nicht zur Ruhe kommt. Platzen könnte er vor Ungeduld. Aber dann platzen höchstens seine Schüler, und allen voran d'Eslon mit einem nächsten, allerneuesten Erlebnis heraus.

Heute habe er einer jungen Frau (da hat der Meister natürlich Maria im Kopf) die Hände auf den Bauch gelegt. Er habe den Bauch kaum berührt, da sei sie schon explodiert ... in eine heftige Krise.

Na ja, sie sei eben empfänglich, die junge Frau, sagt Mesmer, der die Runde so dringend loswerden will, wie die ihre Kommentare. Maria könnte noch klingeln. Letzte Gelegenheit, ihn vor dem Konzert aufzusuchen.

Worauf d'Eslon hinauswolle?

Er sei überzeugt, hört er d'Eslon, dass die junge Frau nicht durch sein Zutun zur Krise gelangt sei, sondern durch eigene Einbildungskraft. Ab jetzt, sagt er, werde er sich hauptsächlich darauf konzentrieren: auf die Kraft der Einbildung.

Mesmer schweigt. Fixiert einen Schüler nach dem andern. Er schweigt. In die Spannung hinein, nennt er d'Eslons Aussage eine Katastrophe. Ein Armutszeugnis. Den Beweis dafür, dass d'Eslon bis jetzt nichts gelernt habe. Absolut nichts. Hoffnungslos am Anfang stehe. Dass er nicht begriffen habe, worum es gehe. Diese Kraft. Universalkraft. Das Fluidum, das sich von Mensch zu Mensch übertrage, sei die Basis seiner Entdeckung, auch wenn mit heutigen Messinstrumenten nicht nachzuweisen. Wer auf eigene Faust losziehe, bevor er die Basis begreife, der sei fehl am Platz.

Also konzentrieren Sie sich darauf, meine Herren. Oder gehen Sie.

D'Eslon sieht ihn entgeistert an.

Die menschliche Einbildung sei ebenfalls eine starke Kraft.

Die Schüler diskutieren. Wägen ab.

Der Meister hört sich erst, als er schon brüllt. D'Eslon argumentiere genau wie die Ärzte der Pariser Fakultät, die ihn nicht eingeladen hätten. Genau wie die Regierungskommission, die ihn abgelehnt habe. Die vom König einberufene Kommission stehe noch aus. Die Pariser Instanzen, die, eine nach der anderen, den Animalischen Magnetismus vom Tisch fegten, mit einem Haufen von Wörtern für nichts und wieder nichts. Mächtig wie seine Sprachlosigkeit für das Große und Ganze. Weil sie das Fluidum nicht messen könnten, existiere es nicht. Alles, brüllt er, alles beruhe auf Einbildung. Ungebildeter Einbildung.

Halt, ruft d'Eslon. Genau darauf wolle er ja hinaus.

Aber Carra überschreit ihn, Ob man einig sei, dass alle drei genannten Institutionen elitistisch, volksfeindlich seien. Und dass man solche Institutionen in Zukunft nicht mehr brauche.

Lärmende Zustimmung.

Abschaffen müsse.

Noch mehr Lärm.

Wie direkt das Moralische auf das Körperliche ein-
wirke, Bergasse verschluckt sich fast, das sei rein poli-
tisch zu nennen. Und wer es schaffen wolle, müsse sich
ein Geheimnis zulegen.

D'Eslon (schreiend), Er stehe zu seiner Aussage. Die
Einbildungskraft sei wesentlich dafür verantwortlich,
dass Mesmers Methode wirke.

Im Stimmengewirr dringt Mesmers Protest nicht
durch. Aber etwas dringt zu ihm durch. Im Vielklang der
Stimmen erreicht ihn ein Ton: eine zarte Terz in Moll.
Die Türglocke.

Er steht auf. Verlässt den Raum. D'Eslons Stimme ist
laut genug. Überall zu hören. Im Gang, in der Halle, an
der Tür.

Seine Theorie sei, wenn die Einbildung die Haupt-
rolle bekäme, nicht weniger wert. Darin unterscheide
er sich doch von den Mitgliedern der Königlichen Kom-
missionen. Für ihn, Verzeihung, für mich, macht die
menschliche Einbildung alles noch interessanter.

Und er hört Puységur zustimmen, dass da was dran
sei. Jener allerdings glaube, dass in ihm eine Kraft existiere. Daraus leite er den Willen ab, sie wirksam werden
zu lassen.

Carra übertönt ihn noch, ich glaube, unter einer un-
moralischen Herrschaft muss der Mensch krank werden ...

Während seine Schüler sich gegenseitig aufschaukeln,
öffnet Mesmer die Tür, weit, so weit es geht.

Kein Mensch. Keine Maria. Auch nicht, als er über die Schwelle tritt und über die *Place Vendôme* blickt. Wo im noch durchsonnten Schatten der Bäume zwei Kutschen vor ihren schattigen Schatten herschaukeln, anhalten, ein paar Damen entlassen, die mit Sonnenschirmen übers Pflaster spazieren – keine Maria. Oder?

Die Einbildungskraft, denkt er. Und fragt sich, in welchem Pariser Hotel Maria abgestiegen ist. Und stellt sich das *Palais Royal* vor. Und ob ihr die große Stadt zusetzt, wie ihm, als er vor Jahren eintraf. Schon das Ankommen in der Metropole. Diese Begeisterung muss ja erst mal verkraftet werden. Dieses Begeisterungswachstum. Er war hin und weg gewesen. Hin und weg.

In Paris sein bewirkte einen Laufschub. Er musste andauernd laufen.

Hin und weg. Zur Oper laufen. Zur Seine laufen. Den Fluss aufwärts. Flussabwärts retour. Über die Brücke laufen, hinüber auf die andere Seite. Zur Kathedrale. Und wieder weg. Durch die ungeraden Gässchen, die fließenden Gerüche. Wieder zur Kathedrale. Notre-Dame anlaufen. Aus allen Richtungen. Zum Fluss zurück. Wieder hinüber. Zum Louvre. Richtung Tuilerien. Durch den Park hindurch. Tagelang, nächtelang musste er laufen, als sei diese verrückte Stadt ihm in die Beine gefahren, habe ihn zur Maschine gemacht, die alles in sich aufsog. Diese unglaubliche Pracht und ihr unglaubliches Gegenteil. Alles fand sich hier wie auf die Straße gekippt.

Die Menschen boten zu jeder Tages- und Nachtzeit Dienste an: ihre Körper, ihre Kräfte, ihre Erfindungen.

Er hatte sich ansprechen lassen. In Wien wäre er wei-
tergegangen. In der Fremde blieb er stehen. Trat mit den
Füßen auf der Stelle. So, wie man ihm hier eine Chance
gab, gab er anderen eine. Zuerst einer Wahrsagerin, die
ihm mehr Ruhm und mehr Reichtum prophezeite (sie
soll recht behalten). Dann das wie eine Mischung aus
Wissenschaftler und Künstler wirkende Individuum, das
über seinem Bettelhut und seiner abgestoßenen Mappe auf einem Strohstühlchen saß und aus dem Dickicht
seines Bartes heraus die Errungenschaften beschwor,
die in dieser Mappe schlummerten.

Ob Maria durch die Stadt läuft? Ob sie einander erkennen würden? Bliebe sie stehen für einen Fremden?
Ob sie großzügig wäre oder gedankenlos oder leicht-
sinnig?

Er hatte vor diesen, wie der Bärtige beteuerte, genia-
lischen Erfindungen gestanden. Lauter lose Einzelblät-
ter, vor ihm aufgefächert, ausgebreitet, und von einer
ländlich breiten Hand am Davonfliegen gehindert. Die
Pläne zu den Maschinen, die der Genialische konstru-
iert habe.

Eine Maschine, die fliegen kann, ohne ein Ballon zu
sein. Ohne Dampf, ohne Gas. Sie kann Schweres tragen,
kann Wasser pumpen, Korn mahlen, sich selbst fortbe-
wegen. Aber lebendig ist sie nicht. Immer mehr Rätsel
auf knittrigem Papier, vor Mesmer ausgebreitet, dienten
als Beleg. Immer mehr Ideen: eine neue Art, sich über
weite Entfernungen hin verständlich zu machen. Ganz
ohne Sprache.

Oder das Allerbeste überhaupt: Wie man im Nu das Herz gewinne, das Herz der Liebsten, nach dem man sich verzehre.

Die letzte Zeichnung, in wenigen, stark verschmierten Strichen hingeworfen, ein Gerät, mit dem man Maschinen auf fernen Planeten im Detail sehe, so deutlich, als wären sie hier auf der Erde.

Wie das?

Oh, nein! Zuerst die zwanzigtausend Livres und ein Dach über dem Kopf, damit er sich in Ruhe der Ausarbeitung eben jener Details widmen könne. Mesmer warf ihm eine Münze in den Hut. Sagte, seine Träume seien dieselben. Das Ganze scheine ihm aber noch nicht aus dem Stadium des Wünschens heraus.

War weitergelaufen. So lange, bis er zum ersten Mal seit seiner Ankunft Schwere in den Beinen spürte. Und zum ersten Mal seit seiner Ankunft hatte er sich hingesetzt. Und von den Marmorstufen im Park der Tuilerien zwei in modisches Rosé gekleidete junge Frauen beobachtet, die, im Gespräch, an ihm vorübergingen.

Eine warf ihm einen Blick zu, der seine Beine sofort wieder leicht machte. Er hörte sie den Namen Guillaume sagen und hielt sie für Kornmanns Geliebte. Genau so hatte der sie beschrieben. Dunkle, quirlige Locken und dieser freigebig direkte Blick.

Guillaume, sagte Rosé zu Rosé, sende ihr täglich ein neues Liebesgedicht. Oder auch zwei. Brav durchgereimte Langeweile. Sie habe ausrichten lassen, sie werde Gedichte nur noch akzeptieren, gekleidet in Physik oder

Metaphysik. Wissenschaft sei *en vogue* und alles andere schlaffer Schnee von gestern.

Langeweile, das klang ganz nach Kornmann.

Aber Gedichte? Nein. Offenbar gab es einige bedauerliche Guillaumes in Paris. Er ließ sich von dem abrupt einsetzenden, synchronen Kichern der beiden anstecken. Ein ähnlich verwegenes Kichern kennt er von Maria. Wenn sie über etwas lachen will, worüber man nicht lachen darf. Weil es nicht lustig ist, sondern zum Heulen. Vielleicht sitzt sie im *Palais Royal* und kichert vor sich hin. Denkt an ihn, ihren alten, anrüchigen Mesmer.

Er tritt rückwärts ins Haus zurück, schließt sorgsam die Tür. Er wird die Runde auflösen. Alle werden erschrocken auf ihn schauen.

Dass er ins Zimmer kommt, heißt, dass er weg war.

Wo war er denn?

Er antwortet nicht.

Und wie lange?

Ein Konzert lang würde er gern antworten. Aber er antwortet nicht. Er ist für die Stille. Das heißt, er wird nicht zum Konzert gehen. Auf keinen Fall.

Achtzehntes Kapitel

Sie dreht, läuft über den Platz. Eine Prinzessin im dunkelroten Kleid, die ihre Schritte zählt. Zwanzig bis zu den Stufen, die hinaufführen zum Palast der Tuilerien. Drinnen wartet man auf sie.

Um sie zu feiern. Die blinde Klavieristin. Allen voran ihre Mutter. Der die Tournee wichtige Aufgaben beschert hat. Sie ist Berichterstatterin (zur Zeit aus Paris), ist Marias Auge (Vor uns die Bildsäule Ludwigs XIV., der Genius des Sieges hält die Lorbeerkrone über sein Haupt). Sie ist kritische Hörerin (Kozeluch, fehlerfrei. Und mit Gefühl gespielt. Kleines Bravo), Marias Aufpasserin (Riedinger!) sowie Abwenderin schlimmer Gefahren wie Zugluft und spitze Steine, auch fallende Steine, direkte Sonneneinstrahlung, junge Männer, alte Männer und: Mesmer!

Aber dass er zum Konzert kam, hat die Mutter nicht verhindern können. Maria war sicher, dass er kommen würde. Auftauchen wie aus dem Nichts.

Als sie in der zweiten Pause aus dem jubelnden Saal in die kühle Garderobe trat, atmete jemand im Raum, der da vorher nicht geatmet hatte. Mesmer. So ist er.

Nein so etwas! Damit habe sie jetzt nicht gerechnet! Sie gab sich überrascht. So ist sie. Log. Ihm zuliebe.

273

Auch wenn sie Lügen so wenig leiden kann wie er. So wenig, wie manche die Wahrheit leiden können. Oder Überraschungen. Oder überraschende Wahrheiten. All das, was sie und der Doktor für unverzichtbar halten. Mit dem einzigen Unterschied, dass er eindeutig lieber andere überrascht. Während sie beides gern ist, Überraschte wie Überraschung, am liebsten beides zugleich. Hauptsache, etwas spielt sich ab in ihrer Gegenwart. Etwas Erstaunliches. In dem Lebendiges zuckt. Ein zum Himmel steigender *Montgolfier* oder auch ein tief empfundener Haydn, eine feuchte Hundeschnauze oder eine warme, weiche Hand.

Sie war auch diesmal verblüfft, als sie Mesmer die Hand gab. Der elastische Händedruck fasste ihre Rechte, als fasse er Maria mit allem Drum und Dran. Und sie könne sich ganz hineinschmiegen, wie in ein bequem gepolstertes Nest.

Als Nächstes hatte Maria ihm ihr neues Stammbuch samt Feder hingeschoben, damit er sich eintrage. Und hatte ihn gebeten, vorzulesen, was er geschrieben hat. Das war ein Fehler gewesen. Denn er hatte sie sofort gebeten, die Augen zu öffnen. Warum sie eigentlich andauernd die Augen geschlossen habe.

Aus Gewohnheit, sagte sie.

Aber die Leute müssten sie doch für blind halten.

Ach, die Leute.

Man gibt ihnen, was sie haben wollen, damit man am Ende bekommt, was man will.

Das hielt er für falsch. Man gibt, was man hat.

Er vielleicht. Er gebe den Leuten, was er habe, und keiner wisse, was es sei.

Falsch, sagte er. Seine Patienten nähmen an, was er ihnen gebe. Sie solle sich erinnern.

Klar. Nur hinterher wissen sie nicht, was sie bekommen haben. Lasse sich ja auch nicht so genau messen, fügte sie hinzu.

Doch, hatte er behauptet. Es sei ganz einfach. Die Wahrheit.

Und sie könne sehen.

Hm-hm, sagte sie.

So ist sie. Lügt, ihm zuliebe.

Sie habe es ja schon bewiesen, sagte er.

Ihr sei die Welt manchmal klar und sanft vor Augen, und dann tauche sie wieder ab ...

Sie oder die Welt?, unterbrach er.

Was weiß ich, gab sie kontra. Fest steht, dass nichts feststeht. Und die Welt jederzeit und ohne jede Vorwarnung verschwinde. Und dass das Abtauchen und Wiederauftauchen der Welt sie beim Spielen störe. Während sie in der abwesenden Welt ungehemmt losstürme.

Aber lesen könne sie nicht, sagte er. Es klang verächtlich, wie er manchmal mit Kaline gesprochen hatte. Und dann las er vor. So ist er.

Er gratuliere ihr an diesem Abend von Herzen zu ihrem großen musikalischen Sieg.

Und da war sie dann doch überrascht. Weniger über den Satz als über den Klang seiner Stimme. So kannte sie ihn nicht.

Er freue sich!, sagte er leise, fast heiser, und seine Stimme widersprach ihm selbst. Klang freudlos.

Wie es ihm ergangen sei, sagte sie und bereute die Frage sofort. Denn ihre Eltern hatten ihr regelmäßig von den öffentlichen Schmähungen berichtet. Sie hörte ihn auf sich zukommen und wich ihm aus. Nicht, dass er plötzlich mit seinem Hokuspokus anfing. Womöglich ein spanisches Rohr aus der Tasche zog oder einen Magnet. Bloß jetzt keine Experimente mit ihrem Nervenkostüm.

Sie müsse nun gleich noch mal raus, vor die Leute, sagte sie. Lief um den Tisch herum. Riedinger werde sie rufen.

Riedinger?, hatte er aufgestöhnt.

Er begleite ihre Tournee und sie auf der Geige und überhaupt ...

Sie war hinter den Paravent getreten. Sie hörte, wie er davor stehen blieb.

Ob Riedinger auch die Musik für ihre Konzerte auswähle?

Nein, das tue sie ohne jede Hilfe.

Ihren Haydn (Klavierkonzert in G-Dur) hatte er bewundert, dieses bezaubernd Sanfte und Zärtliche in ihrem Ausdruck. Und ihr Lied (*Ich war ein armes Würmchen*) habe sie gut gesungen.

Und auch in der französischen Übersetzung habe sie den ganzen Saal in ein Schluchzen verwandelt.

Davon habe sie nichts bemerkt, sagte sie. Was im Saal vor sich gehe, fließe direkt in ihr Spiel zurück.

Aber eines verstehe er nicht, sagte er. Da gebe es Mozart, und sie spiele Kozeluch.

Die Leute wollen lieber Kozeluch hören.

Das sei zwar kein Grund. Aber bitte. Er freue sich trotzdem.

Und sie erst!, sagte sie. Sie habe sich noch nie so gefreut. Zum Fürchten, wie sie sich jetzt freue. Als ob sie daran sterben werde.

Das denke sie, sagte er, weil sie ihr Ziel erreicht habe.

Und sie: Sie habe es nicht erreicht. Noch nicht. Ihr Ziel sei *Versailles*. Sie wolle eingeladen werden. Vom König. Ein Konzert spielen in der *Grande salle*. Dort wie hier beklatscht werden.

Sie habe Chancen, erwiderte er leise. Im Saal habe er den König gesehen.

Und die Königin, sagte sie.

Allein, dass sie da sind, gab er zurück. Und wie ihre Mutter neben der Königin throne.

Davon werde ihre Mutter den Rest ihres Lebens zehren. Sie fügte hinzu, Je weniger die Mutter von ihm sehe, desto besser. Sie wolle nicht, dass er in den Saal zurückkehre.

Keine Angst. Er habe hinter einer Dame mit modischer Ballonfrisur gesessen, habe die Nase voll vom Puder.

Die Frisur, die er ihr dann beschrieb, wird sie sich merken. Auch in den Locken waren kleine Ballons befestigt, und einer sogar mit einem Korb dran. Darin die Gebrüder *Montgolfier* – bunt bemalte Bleifigürchen.

Die Arme ausgestreckt in himmelweiter Geste. Damit wird sie ganz Wien überraschen.

Man habe ihn problemlos durchgelassen, sagte er. Kenne ihn hier.

Natürlich. Wo nicht. Dass man ihn hier kennt, ist bekannt bis nach Wien. Gleichgültig, wo Mesmer lebt, man kennt ihn. Er fällt immer und überall auf. Ein artfremder Vogel. Und wo in der Welt fallen sie nicht über die Artfremden her.

Als er in den Saal getreten sei, sagte er, hätten sich reihenweise die Köpfe gedreht.

Aber sie hat nichts gemerkt. War mit sich beschäftigt. Sich zu sammeln vor dem Konzert. Das hat er natürlich nicht geglaubt. Wie auch. Sie war ja auf Seiten der Lüge. Sobald sie den Mund aufmachte und nicht von Freude sprach. Aber manche Lügen sind ehrlicher als die Wahrheit.

Sie hebt ihr rotes Kleid sacht mit den Händen an und beginnt, die Stufen hinaufzusteigen.

Er behauptete, auch ihr Gesicht habe sich nach ihm umgedreht. Aber nicht wie die andern. Eher wie eine Blume nach der Sonne.

Und sie hatte plötzlich ihr Lachen nicht festhalten können. Nicht wegen dem, was er gesagt hatte, kriegte sie kaum Luft, überhaupt nicht. Nein, sie hatte einfach gelacht. Sie habe nicht aufgepasst. Wenn sie nicht aufpasse, lache sie. So wie ein *Montgolfier* in die Luft steige, wenn man ihn nicht festhalte. So lache sie. Das habe allein mit diesem Abend zu tun. Dem Ort. Und dem nicht endenden Applaus. Dem Stand der Sterne und seinem *Fluidum* ...

Sie war hinterm Paravent hervorgetreten und hatte sich an den Tisch gesetzt. Als er sich ebenfalls setzte, dachte sie, fürs Erste sei so ein Tisch zwischen ihnen genau das Richtige.

Ihre Sonne, sagte sie über den Tisch, sei die Musik, die sie höre, bevor sie den ersten Ton anschlage. Ihn habe sie nicht bemerkt.

Da sei er ja froh. Dass sie ihn nicht bemerkt habe.

Warum er so leise spreche?

Er spreche nicht leise.

Nein?

Nein, hatte er noch leiser erwidert.

Er habe doch allen Grund zur Freude. Sie müsse doch ihm gratulieren.

Wozu?

Zu seiner Schrift.

Welche Schrift?

Riedinger habe ihr daraus vorgelesen. Aus diesem Büchlein habe sie zum ersten Mal seine Theorie verstanden, sagte sie.

Welches Buch?

Das über seine Arbeit. Und was für eine Idee, einen weiblichen Namen zu wählen. Bitte ihr nachzusehen, wenn sie jetzt den genauen Titel gerade nicht im Kopf habe ... irgendetwas mit *Magnetisch* natürlich und natürlich mit *Wahrheit*, sagte sie.

Welche Wahrheit?

Na, *Madame Henriette de Barbe-bleu*, sagte sie und spürte ihn schon wieder zusammenzucken.

Wovon sie rede?

Gedruckt in Straßburg, gebunden in edelstes, blau in blau marmoriertes Papier.

Er habe so etwas weder geschrieben noch veröffentlicht.

Nicht unter seinem, nicht unter fremdem und schon gar nicht dem Namen einer Frau. Sie sei, hatte er fast schon geflüstert, bedauerlicherweise auf eine …

Wer es glaubt, ist selbst …, flüsterte sie zurück und war froh, dass im Moment Riedinger rief.

Schnell, sie müsse hinaus. Klavier spielen.

Was er sich, dass sie es spiele, wünsche?, rief sie ihm über die Schulter zu.

Das hätte sie nicht fragen müssen. War zu erwarten, dass er sich das Unmögliche wünscht.

Mozart mit offenen Augen.

Im Gang berührte sie Riedingers aufgeregt zitternde Hand und ließ sie schnell wieder los.

Zeig dich noch nicht, flüsterte er, warte noch eine Minute. Je länger du sie hinhältst, desto mehr lieben sie dich.

Darüber wollte sie im Moment nicht nachdenken, blieb dennoch vor der Tür stehen und wartete gespannt. Sie hörte, wie sich der Applaus allmählich lichtete. Wenige Leute, drei oder vier, klatschten noch. So schnell und heftig, als wollten sie das Ausfallen der Mehrheit wettmachen.

Hinter sich hörte sie, wie der Doktor ihren Riedinger begrüßte. Und ihr Riedinger echt überrascht. Und sie nicht weniger, als sie hörte, wie er den Doktor um Hilfe bat. Er habe ein Päckchen zu versenden.

Was für ein Päckchen?

Ihm fehle leider die Zeit, die Sendung auf den Weg zu bringen.

Sie hörte und teilte Mesmers Erstaunen. Ein Päckchen an Kaline. Und was denn darin sei?

Allerdings eine interessante Frage! So interessant, dass sie nun Riedingers Rat gehorchte. Was hat ihr Riedinger aus Paris an ihre Kaline in Wien zu schicken?

Sie wüsste es gern. Noch immer.

Eine Kleinigkeit, hieß es. Und: eine lange Geschichte. Und überhaupt. Heikel, das Ganze.

Das heikle Ganze, dachte sie. Davon war auch sie nun ein Teil. Und plötzlich kam ihr auch dieser Auftritt nicht unheikel vor. Die letzten Applaudierenden hatten sich auf einen Rhythmus eingeklatscht, der den Rhythmus ihrer Schritte vorwegnahm. Ein Klatschen, das sie auf die Bühne hinausziehen wollte. Sie hätte sich einfach gehen lassen können. Doch sie wollte im Gespräch bleiben. In dem der Doktor nach Kalines Kind fragte.

Und Riedinger sagte, sie habe es nun. Der Knabe mache sich. Kein Wunder. Zur Welt gebracht nach Mesmers Weisung. Kaline habe wie eine Löwin gekämpft. Das wisse er von Hossitzky, der Kaline schließlich geheiratet hat. Inzwischen habe sie vier. Den ersten, zwei weitere und Hossitzky.

Sie hörte die Männer lachen. Und konnte den einen vom andern kaum unterscheiden. Und hätte selbst gern gelacht. Aber lachend auf die Bühne? Eine blinde Klavieristin sei, so ihre weitsichtige Mutter, seriöser als seriös, und das müsse man ihr auch ansehen. Das sei es, was man hören solle. Und gehört werde das, was man von ihr sage. Sie riss sich los vom Lachen und schritt langsam, würdevoll dem aufbrausenden Applaus entgegen.

Als sich ihr größter Wunsch erfüllt hatte, fand sie den Doktor allein am Tisch. Dass er ihr schon wieder gratulierte, konnte ihre Freude nicht mehr vergrößern.

Ihr fiel nur ein, dass so, wie ihre an Lichtlosigkeit gewöhnten Augen alles Helle als Schmerz empfanden, der Doktor vielleicht ihren Erfolg als Schmerz empfand. Und sie beschloss, ihm nicht zu sagen, dass der König sie anschließend zu einem Umtrunk geladen hatte.

Sagte nur, sie sei müde. War sie auch. Sie hätte nicht gedacht, dass Freude so erschöpfend sein könnte. Und übrigens, der Kaiser Josef habe ihr die Gnadenpension gestrichen. Jetzt aber wolle sie dringend an die Luft. Ob er sie hinausbegleite.

Er stand auf. Sie folgte ihm durch den Gang und mehrere weite Säle Richtung Ausgang.

Schade, sagte er, dass sie diese Pracht nicht sehen könne.

Und sie: Ihre Mutter, ihr Auge, habe ihr all das bereits beschrieben. Sie sei sehr beeindruckt von dem vielen Gold und den vielen Gemälden. Im Übrigen, fügte sie flüsternd hinzu, sollte besagtes Auge ihnen zufällig begegnen, müsse er sich sofort unsichtbar machen. Ihre Mutter dürfe sie auf keinen Fall zusammen sehen.

Sie hörte, wie er sich räusperte, und war nicht sicher, ob er verstanden hatte.

Denn er fing von seiner Praxis an. Die so prächtige Räume habe, Säle, sagte er, mit purpurseidenen Wänden. Dort strömten täglich Patienten und Schüler ein und aus.

Dass die Welt der Wissenschaft für seine Entdeckung nicht reif sei, habe er inzwischen eingesehen. Er konzentriere sich jetzt auf Lehre und Praxis. Er brauche keine Richter mehr. Er brauche Schüler. Und die habe er. Täglich treffe man sich in dem alten Palast an der *Place Vendôme No. 16*.

Die Fensterläden und Lampen seien so raffiniert verstellbar, dass er vierundzwanzig Stunden jede Nuance von Hell und Dunkel herstellen könne.

Wenn der Doktor mal ins Schwärmen gerät, hört er nicht mehr auf.

Schön, sagte sie, schön schön schön.

Bis sie auch das nicht mehr sagte. Nicht mal mehr staunte. Über die Luxuskarossen, in denen die Patientinnen anrauschten. Den musikalischen Diener, der jene vor seiner Tür empfing und dem Doktor durch variierte Pfeiftöne signalisierte, wie wichtig die Person sei, die da gerade über die Schwelle Richtung magnetisches Baquet spazierte.

Es klang alles so anders als das, was sie aus Wien her kannte.

Ob er denn in der Praxis auch Musik habe, so wie in Wien?

Musik?, sagte er. Ein ganzes Orchester. Sechs Geigen, eine Bratsche, eine Oboe, ein Waldhorn.

Jeden Tag?

Jeden Tag. Und die Glasharmonika natürlich. Die natürlich spiele er selbst. Und ein Pianoforte. Original Silbermann. Ob sie vielleicht ...

Nein, leider. Die Zeiten, in denen sie dafür noch Zeit gehabt hätte, seien vorbei. Sie werde morgen nach Versailles abreisen, und ...

Energische Schritte auf spitzen Stöckeln, die sich rasch versuchten zu nähern. Die Strecken in diesem Palast sind sehr lang, doch sie befürchtete, viel zu kurz. Sie kannte die Hand, die ihre Wange jetzt tätschelte.

Da sei sie ja, sagte die Mutter. Man warte schon auf sie. Salieri. Und der Herr von Kempelen, der mit seinem Schachtürken jetzt Europa bereise und gerade in Paris weile. Und unzählige französische Herrschaften.

Sie solle hier auf sie warten, sie wolle sich kurz frisch machen, sagte die Mutter.

Stöckelnde Schritte entfernten sich so energisch, wie sie gekommen waren.

Maria war durch die Tür hinausgetreten. Hatte tief ein- und ausgeatmet. Und nach ihm gesucht. Nach seinen Schritten, seiner Stimme. Hatte wie ein Tier im Wind gewittert. Sich flinke, geübte Augen gewünscht. Dann war sie die Treppen hinabgestiegen, über den *Place Louis XV.* gelaufen.

Und fand ihn nicht.

Sie dreht, läuft über den Platz zurück. Eine Prinzessin im dunkelroten Kleid, die Schritte zählt.

Zwanzig bis zu den Stufen, die hinaufführen zum *Palais des Tuileries.*

Hinter ihr fährt eine Kutsche ab, acht Hufe klappern davon, eine nächste kommt an, sechzehn Hufe werden vom Trab in den Schritt pariert, halten an. Leute steigen aus. Gepäckstücke werden auf die Straße geworfen. Irgendwo ticken vier Pfoten übers Pariser Pflaster. Eine Dame schreit, *Attention!*

Und eine Männerstimme, *Mon Dieux! Le Diable!*

Sie entfernt sich vom geschäftigen Pariser Rauschen. Steigt langsam die Stufen hinauf. Freut sich, dass der Doktor da war. Und wieder weg ist. Und über ihr Konzert. Und den Abend. Und ihre Freude. Und etwas Feuchtes berührt ihre Hand, die sie jäh zurückzieht. Das Nasse, Weiche, Schniefende, das um sie herumtanzt, sich in ihrem Kleid verfängt, fällt selbst fast die Treppe hinab. Reißt sie fast mit.

Eine Männerstimme nähert sich. Sie solle aufpassen. Diesen schwarzen Teufel werde man nicht mehr los. Ihn verfolge er seit Wochen. Und er schwöre bei Gott, sein Hund sei es nicht.

Ihrer auch nicht, ruft sie zurück.

Und er: So benehme er sich aber. Am besten, er erschieße ihn endlich. Hier und jetzt.

Nein, nein, schreit sie. Sie wisse, wohin er gehöre.

Der Hund, der in seiner Freude niesen und wieder niesen muss, folgt ihr hinüber zum Kutschplatz. Springt, kaum öffnet sie die Kutschentür, vor ihr hinein. Sie streichelt das verfilzte Fell, riecht an ihren Händen, reibt seine weichen Ohren zwischen den Fingern, bis er aufhört zu hecheln, sich hinlegt, den Kopf auf die Pfoten. Seine Nase an ihre Satinschuhe schmiegt. Als sie aufsteht, hebt er den Kopf. Sie springt aus der Kutsche, wirft die Tür zu von außen. *Place Vendôme No. 16.* Der Kutscher hat verstanden.

Seiten 106–109: Neun animalisierte Varianten
einer Glasharmonika nach der Aquarellzeichnung
(Eins) Alissa Walsers für den Schutzumschlag
von Hardcover und Taschenbuch.